WAYS OF REFUGE

a conversation with the world

连接之道

我与世界对话

梁斯乔——著

光明日报出版社

图书在版编目（CIP）数据

连接之道：我与世界对话 / 梁斯乔著. -- 北京：
光明日报出版社,2023.6

ISBN 978-7-5194-7112-5

Ⅰ.①连… Ⅱ.①梁… Ⅲ.①随笔 – 作品集 – 中国

当代Ⅳ.①I267.1

中国版本图书馆 CIP 数据核字（2023）第 059820 号

连接之道：我与世界对话

LIANJIE ZHIDAO：WO YU SHIJIE DUIHUA

著　者：梁斯乔

责任编辑：舒　心　曲建文　　　责任校对：傅泉泽

封面设计：MXK DESIGN STUDIO　　　责任印制：董建臣

出版发行：光明日报出版社

地　　址：北京市西城区永安路 106 号，100050

电　　话：010-63169890（咨询），010-63131930（邮购）

传　　真：010-63131930

网　　址：http://book.gmw.cn

E-mail：gmrbcbs@gmw.cn

法律顾问：北京市兰台律师事务所龚柳方律师

印　　刷：天津融正印刷有限公司

装　　订：天津融正印刷有限公司

本书如有破损、缺页、装订错误，请与本社联系调换，电话：010-63131930

开　　本：160mm×230mm

字　　数：207 千字　　　　　　印　　张：17

版　　次：2023 年 6 月第 1 版　　印　　次：2023 年 6 月第 1 次印刷

书　　号：ISBN 978-7-5194-7112-5

定　　价：58.00 元

自序
Self-sequencing

2018 年，我在北京一所普通的公立学校读初三，身边有一同说笑的同学，有关怀我的老师。我和大家一样努力备战中考，一起在空闲时偷摸着打游戏。7 月，成绩出来，我位列海淀区第 1444 名。那时，我决定未来学商科，因为听说赚的钱多，尽管那时我还不知道商科究竟是干什么的。我决定要考一所美国排名前 15 的大学，尽管当时我还纠结于该信任哪一份榜单。那年暑假，我每天都从朝阳区往返两个小时，坐地铁到海淀区的培训机构学习，准备英语托福考试，每天中午都和同学一起去吃一顿汉堡。那个时候我以为，这些就是我生活的全部；我以为，这就是我的学生时代。

然而，包括我在内的所有人都没有想到，三年后，2021 年，在北大附中的讲台上，我竟然在千余名学生家长面前，讲起了自己在中东与难民相处的故事，讲起了自己结识的中外学生所拥有的独特气质——"对世界、社会和身边他人的关爱与关注。"我还谈起了同理心，谈起自己尝试改善难民的教育条件。我通过演讲，努力使中国青年看见万里外数千万背井离乡的难民群体。我终于走出了"升学主义"，并试图论证"非功利教育"对青年成长的重要性。

这三年，时间照旧中规中矩地流逝，而我却有了翻天覆地的变化。一个个契机引出一段段经历，一段段经历带来一次次探索。在这三年的巨变之中，我归纳出一种奇妙的连接之道。

这里我所说的连接是一种空间结构，它跨越地域，建立起我们同他人的联系。于我而言，无论是身赴中东实地探访难民们的困境，还是在航班熔断时坐在家里通过网络为难民学生打开一扇与沟通世界的窗；无论是在大江南北数十个城市里面对无数陌生青年介绍难民的含义，还是只身行走在异国他乡，用自己的方式去拥抱世界，都是连接之道。

连接亦是一种时间结构。我们的过去、当下与未来，始终串联在一起。在这本书里，首章与尾章都是从这时间维度出发叙述的。通过这本书，我不仅描述了自己的成长、所接受的教育，还探索了自己的学术兴趣——难民研究。正是难民研究引导我连接与关怀身边的社群与世界，它是我思想成长的指向标，于我至关重要。但它并非我唯一的全部的动力来源和思想源泉。父母对我性格的培养、我对学生自治的探索、我对同理心的学习，以及身边有识之友的探讨、启发，都让我有了更多的思路和力量。

每个人都要有自己的指向标。首先，你要发现它；其次，你要抵达它，并负其前行。这本书，正是我发现它并负它前行的经历。

连接，是目的。

当我在全国各地演讲时，我带给大家的不仅是难民一词背后隐藏的故事，更是关爱世界的种子。大家也因我的分享投入公益中来，并在其中找到幸福以及找到更虔诚的自己。在数百天孤独的旅行中，我曾屡遭困境，也曾无数次得到陌生人的帮助。我见到了世界的方方面面，学会了拥抱恐惧，战胜困难，勇往直前。在反复的思索与反思中，我终于发觉，于我而言，旅行的意义在于奉献，在于以不同的方式传递爱与支持。在只能通过网络交流的疫情时期，我致力于打通线上平台，帮助一位又一位在失学边缘徘徊的难民学生坚持完成中学教育，走进大学。

连接，亦是途径。

连接将我从 2018 年的起点带到了 2021 年，并将 2021 年的我带向未来。通过连接，我得以细致入微地洞察难民生活的困境，艰辛地探索破局之法。我见识了底层生存的无奈，也历经了身心的磨难。我学会从内部和外部汲取力量，走出自身的局限，在服务中尝试将大爱引于己心，将幸福根植于己身。

通过这本书，我尝试达到三个目标。

第一，在客观知识层面为大家做些贡献。首先，我介绍了中东难民危机的现状，引用访谈经历与轻学术的内容带大家走入真实的难民生活。其次，我分享了做公益服务的经验，探讨了做公益服务的方法、困难与潜在的问题，以供大家借鉴。最后，我讲述了自己所经历的和所采用的教育与教学方法及其优势与成果，以供今后的实践者们参考。

第二，自始至终，我尝试建构并向大家描绘一种"连接"的思想与模型。我以自身探索的经历与心路为基础，探讨中国青少年如何在探索自身心灵与外在世界之时，对身边社群、社会以及地球上的其他地域产生关怀，并做出更大的贡献，并在这一过程中找到内心的幸福感、责任感与自我实现感。

第三，我的连接之道，起于教育，抵达教育。我批判地分析了自己所接受的一切源自父母、学校、导师甚至同学的教育，提炼其中的特点与要害，总结之后阐述于本书之中。我虽从未直接回答，但所有的论述都围绕一个核心问题，那就是：何为真正的教育？"非功利教育"仅是我回答这一问题的初步探索，仅是我构建的连接之道在教育维度的投影，然而其核心却将永远不变，那就是：追求卓越，服务于社会、国家和世界。

2022 年 7 月 4 日

于约旦安曼

前言

Preface

　　这本书讲述了我在 16 岁到 18 岁之间，对难民与移民问题所展开的探索、对服务与教育所进行的研究。这本书不仅仅是针对难民问题的介绍和讨论，也是我的一段重要的人生经历的留念。

　　16 岁时，我深入中东的非法市场聆听最真实的难民故事，我在北美看到终生难忘的移民生活。

　　17 岁，我只身在 33 座城市举办公益演讲，从零开始创办第一个难民教育项目。

　　18 岁，我将旅行与服务结合、将校园与外界贯通，突破界限，分析思考"升学主义"的利弊，在反思中写下了这本《连接之道》。

　　具体地说，在本书第一章，我介绍了难民的概念，以故事的形式展现了 2019 年我在中东的几个城市的难民营的访谈过程。从救我一命的翻译朋友阿纳斯到深受环境剥削的青年努尔，从同窗学长哈克姆到备受歧视的高中女生西玛……通过典型的难民案例，我尝试展示普遍的真实的难民生活。我通过数十个故事，采用案例访谈的形式，从各个方面介绍了叙利亚、苏丹、也门等国难民在中东的生活现状。通过展示难民的困境，剖析了难民中存在的早婚、童工和性别歧视等现象，披露了难民们遭遇的教育"无用"、就业无路和心理孤立的现实状况。在讲述了难民的故事后，在这一章，我探究了当今全球的难民问题，以及全球难民援助与管理的局势和趋势，尝试剖析其中的具体矛盾，以及难民这一全球问题的复杂性。除了对难民的访谈，我的访谈还从联合国难民署的会客室延伸到约旦接纳叙利亚难民的扎塔里难民营，从巴勒斯坦难民学校延伸到约旦安曼耶稣会难民中心，又从约旦高级人口理事会延伸到中国大使馆。在访谈中，我聆听了各方的声音，听到了诸如人道主义救援的核心困难和主要局限，难民救援所面临的无数进退两难的选择等问题。根据这些访谈，我在本章中阐述了本地问题、国际因素与地缘政治是如何影响难民生活的，以及它们是如何使得难民这一全球"危机"延续数十年的。同时，我以自己的研究结果为基础，描绘了在 2020 年至 2022 年新冠疫情之下，难民如何被不均等地影响，从而向大家展示了在新的困境中，已有的矛盾如何继续被加剧，并对难民造成诸多不可挽回的影响。最后，我提出了自己的见解：虽然见证了难民问题的复杂性和现存的各类矛盾，但是我们并不应当就此悲观，更不应该放弃改变现状的决心。当数千万难民依旧在世界各地努力寻求自己的生存之路时，还有无数有志之士前赴后继坚持投身于改变难民现状之事业。定局尚未出现，也正因如此，当我组织于第二章和第四章介绍的难民服务项目时，一直动力十足。

在第二章中，我叙述了自己在 2019 年到 2021 年搭建公益服务项目的经历，分享了如何将"难民"这一概念从校园带入社会，如何在中东难民群体、校园学生群体与社会青年群体三者间建立连接。我和我的老师、同学们在全国各地的书店与学校等平台上开设公益演讲和分享会，尽自己的全力去帮助难民们战胜孤独，消除被孤立、被排斥的困惑，并鼓励中国青年为国际问题做出贡献。在本章中，我叙述了自己做公益项目的缘由与方法，以及作为一个高中生在此间遇到的种种艰难。我还在本章中回忆了在30余座城市做活动的种种细节以及曾经面对的一个又一个困难。初期，那些屡屡受挫、因为没有经验和身份、没有资金和人脉而被拒绝几百次的日子，那些面对观众的冷场，被刁钻的问题困扰地下不来台的场景，都让我终生难忘。我曾经在凌晨的机舱中狂呕不止；还曾经一日辗转三城，疲倦得吃什么都淡而无味。然而我和我的同学与老师们，还是坚持将难民与乡村文化相连接，将难民与残疾儿童相连接，将难民与艺术相连接。我们在坚持中一点一滴地改变着难民的境况。我们种下了一颗颗知识与关怀的种子，传播着无疆的大爱。这段经历让我收获了感动与幸福，更找到了连接之道。

在第三章中，我回忆了16岁时独自前往美国的旅行经历。我从最初那个成长于温室，只知道读书学习，从未见识过真实社会的少年，通过无畏自由的探索，逐渐认识到世界之大，逐渐走出了盲目的生活，突破了"升学主义"的局限。那个夏天，我在美国纽约曼哈顿下城陷入华裔移民的陷阱；在美国纽约哈莱姆区的街边与吸毒的白人青年共住一屋；在美国康涅狄格州的第二大城纽黑文的郊区夜晚恐慌地逃离追踪。那个夏天，我在洛杉矶、罗德岛、波士顿和费城聆听移民故事；我接受陌生人的支持和恩惠，经历从未体验的缘分，自由自在地感受能量的连接。我在冒险中增长了胆识，在旅程中学会了交际。在这一部分中，我试图展现当年那个真实的少年。连同我做全国公益演讲时的旅行经历，一并浓缩在这一部分的旅行笔记中。在那些日子里，我连续几十个小时，探寻与一座陌生城池的连接之道。而在与之离别时，我又想尽一切办法将那稍纵即逝的美好凝固，并试图将其传递下去。在书中，我分享了遇见的有趣的生活方式，分享了旅行理念与旅行技巧。当然，纯粹的旅行、体验不同的生活，并非我所探索的答案，但它们却赋予我自由地向前迈进的勇气，而我从中也学得了连接之法。这让我能够将自己的经验与公益服务相结合，第一次找到一条属于自己的前进之路。

在第四章中，详细讲述了当前难民的教育现状以及我所投身的难民教育项目。2019 年，在中国 25000 所中等学校中，我建立了第一个，也是迄今为止唯一一个关注难民教育的学生项目组织。从一个人构建到 4 个人创建，从几十人的团队到几百人的社群。虽然我还是一名学生，但带着难民学生，一个单词一个单词地学习英文，还联络各方搭建平台筹集资金。我们先后成立了线上的"难民高考辅导项目""难民文化交流项目"等。在构建过程中，我们遇到了数不胜数的困难，时间问题、态度问题、语言问题、技术问题。一系列的问题都指向一个事实：难民生活高度不稳定。新冠疫情之下，这种不稳定性迅速升级，使得难民接受教育，也变得前所未有的困难。本章中，我讲述了自己在 2020 年和 2021 年对难民教育进行的研究，列举自己如何将研究结果应用于解决难民在疫情期间遇到的几大实际教育难题中。令我印象最为深刻的案例是——我们曾在疫情期间，在 48 小时内，将一份学习材料经非政府组织传递了 6 次，最终送到了生活在军事管制下的难民营中的学生手中。事实上，做难民教育项目，无异于搭建一家非政府组织，这两者面临的困难也有诸多相似之处。以我的亲身经历为例。当公益服务没能被恰当地执行，就可能产生事与愿违的结果，甚至对难民产生负面影响。在本章中，通过对这些可能发生的问题的描述，我试图阐述当下难民服务项目的方向、要领以及社会服务者所应具备的信念。值得庆幸的是，我在难民教育项目中的努力最终获得了成功。作为一个可以用来展示的成功的公益服务，我希望它不仅仅能够给难民们留下深刻的印象，而且能够被持续地传承下去。难民教育项目，于难民、于辅导员、于合作的非政府组织、于支持该项目的学校、于我自己，都意义重大。当下，它还只是一个开始。作为改变难民教育的尝试，它必将在未来的时间与空间范围中发挥更加深远的影响。

在本书的最后一章，我以个人记事与案例分析的形式对当前的中等教育进行了探讨。提出了"非功利教育"的概念，并尝试将其定义为"通过减少对文凭和名校的刻意追求。从时间和精力方面释放学生，发现其兴趣所在、激情所在，挖掘其潜力与能力，同时使其以开放的心态面对更多可能"。我认为，"非功利教育"拥有被推广至各个教育体系的潜力，它的重要之处在于鼓励学生在各自热爱的领域追求卓越。我通过研究和思考，提出以"日常性"作为"非功利教育"的重要实践途径。相对于自上而下的教育教学体系以及公共社会政策，我构建了由社区、人际、个人三大维度构成的"日常性"实践框架。在此框架中，一所学校、一份人际交流、一个学生个体，辅以恰当的实践，可促使学生找到真正的热情与天赋所在，激发潜在的能力。我通过介绍自己从 2018 年至 2021 年在北京大学附属中学读书的经历，以我自身所接受的公民教育理念、体验的课程体系、参与的学生自治以及亲自授课的经历为例，从学校维度解读了"非功利教育"的实践基础。而从人际维度，我认为教师与学生、家人与学生、同学与同学之间的交互关系，对"非功利教育"的推广至关重要。为证明我的观点，我讲述了两位导师的教育理念与教育方式。其中一位是拯救过无数人的心理学家，另一位是在20世纪80年代从事中东战区研究的社会学家。我还讲述了我父母的教育法——从培养绝对的独立到舍弃一切的陪伴，身边同学的成长故事——几位同学如何在彼此的影响下摆脱升学主义的负面影响。在本章最后两节，我尝试系统地对"非功利教育"进行论述，从理论到实践进行了简单的归纳，描绘了恰当应用的良性结果，也分析了不恰当应用的潜在弊端，为实际操作提供了启示与建议。

目 录 >>> CONTENT

第四章│我们能否改变难民的教育状况

第五章｜非功利教育

第一章

我眼中的难民

第一节 救我一命的叙利亚翻译

2019 年 11 月中旬，我再次来到约旦。同行的是学校带队的老师、十几位学弟学妹，以及我要好的几位同届同学。此时的我，已经不再是那个对于"难民"一无所知的高一学生。这次，我在学校的资助下，开始了关于《在约旦的叙利亚难民非正式经济网》的研究项目。来之前，我花了大半年时间，分析了数个理论模型，在线上收集了各种数据。此次前来，就是要深入采访约旦的非法劳工市场。

因为不懂阿拉伯语，要进行采访，就必须找到一位翻译。我们学校同约旦首都安曼市的耶稣会难民服务中心一直都有合作关系，所以难民服务中心的负责人莎杰达为我们找了三位翻译候选人：一位是在电视台做临时工的伊萨，一位是自主创业的程序员穆罕默德，还有一位是四处奔波谋生的阿纳斯。6 个月前，我第一次来约旦做难民研究时，穆罕默德与阿纳斯就在我见过的上百位难民中，不过那时我和他们并无太多交集，所以对他们的印象并不深刻，也根本记不住他们的名字。然而他们对我却记忆犹新，并在此次的翻译选拔中，拼尽全力，争取获得这份工作。当时，我完全没有想到，自己对于他们来说竟然如此"重要"，我将决定谁能获得这份翻译的工作。我甚至努力想让自己和他们处在平等的地位上，而不是决定他们去留的"决策者"。然而最终我意识到，不成为难民，就无法真正理解他们。

我逐一与他们交流，面试后最终决定和23岁的阿纳斯合作。因为他向我承诺，自己懂得合理地看待不同的观点，即使受访者的回答与自己的想法不一致，他依旧会认真、准确地翻译给我。接下来，阿纳斯就成了我的第一位受访者，这也算是即将开始的一系列采访的演练过程吧。而且阿纳斯的经历的确能够代表青年难民们的现状，于是，我以半结构访谈的方法，记下了阿纳斯的故事。

八九年前，叙利亚战争开始，阿纳斯同家人从叙利亚搬到了约旦的首都安曼市。刚来的时候，刚满14岁的阿纳斯没有文化，更没有工作经验，也不熟悉安曼语言。所以头两年，他一边自学语言一边四处打工。起初，他只能做清洁工，收入不稳定，工作时间也不固定。说起那段生活，阿纳斯直摇头："老板会寻找每一个可能扣掉你的薪水的机会。"那两年里，阿纳斯换了近20次

2019年4月，作者在安曼市耶稣会难民中心与难民学生合影

工作，被一个又一个老板压榨，日子过得慌乱而紧张，连健康都深受影响，颈部被查出长了肿瘤，好在发现及时，家里四处借钱才给他治好了。

直到16岁，阿纳斯的生活才出现转机：他得到一个德国项目的资助，获得了一笔奖学金，可以先进入约旦的高中学习14个月，然后进入一所两年制的社区大学学习。从那时开始，阿纳斯一边上学一边打工。4年后，20岁的阿纳斯获得了工程学的学位，除了自己的母语阿拉伯语和英语，他还学会了德语、法语、日语。

然而，这些努力，并没有给他带来一份合法的工作。

说到这里，阿纳斯平静而无奈："在这里，我的文凭就是一张废纸。没有工作许可的证明，我学多少语言、多少知识都是白费。没有工作许可，一个难民不管学历多高，都只能做最底层的工作……"

听完阿纳斯的故事后，我决定在那天的傍晚时分，到安曼市的西部去采访。

安曼是一座有名的西亚古城。早在3000多年以前，安曼便是一个小王国的首都，当时叫拉巴·阿蒙，可见当时居住在这里的是信仰埃及太阳神阿蒙的民族。古希腊时代马其顿帝国征服了这里，并重新命名为"费拉德尔菲亚"。后来，罗马人来到这里，统治了300年之久。由于安曼处在东西方交通要道上，当时便成为繁华的商业中心。"一战"之后，安曼成为约旦的首都。

2019年12月，在安曼市区街上与苏丹难民学生萨米合影

安曼分为旧城和新城两部

分。东安曼是旧城区，保存有很多罗马帝国时代的遗迹，如斗兽场、罗马露天剧场以及宫殿等。地面上的遗址还有市场、祖尤斯庙、艾尔特尔斯庙以及东罗马帝国时期的教堂、水塘、浴池等。东安曼由密密麻麻拥挤的老旧房屋构成，容纳了数百万的中下层、底层的本地人以及难民、非法劳工。

西安曼是新城区，多为别墅式建筑，有宾馆、体育馆、文化宫、剧场、纪念馆等。这些设计新颖的现代化建筑，使这座古老的城市显得年轻而生机勃勃。西安曼聚集了社会中上层，这里有现代的社区，商场里有各种知名品牌，商业中心有高楼大厦，有免税店、奢侈品店，也有高端酒店。

我之所以去西安曼采访，就是好奇西安曼有没有难民。

我和阿纳斯依据地图一路向西安曼走，边走边聊，很快就走了几公里。抵达西安曼的时候，天已经黑了。走到一条没有红绿灯的马路时，我毫无意识地走到了路中央。行至一半，路的右侧突然开来一辆跑车，急速朝我们驶来。我愣了一下，没反应过来，阿纳斯突然一声大叫："跑！"随后抓紧我的手腕，向侧前方猛冲。飞奔了十几米之后，他才停了下来。我这才意识到，跑车已从我们的身后飞驰而过。转身看刚才跑过的那段马路，我不禁打了个冷战。如果刚才不是阿纳斯拉着我狠命向前跑，真不知道会发生什么！

我们继续赶路，我心有余悸，而阿纳斯则很坦然。走进西安曼的高端商场，阿纳斯的神色变得不安和紧张起来。他说自己很少到西安曼来，更没进过这样的商场，他不熟悉这里，感到局促不安。

在这个商场里，所有的店员都会说英语，因此我不再需要阿纳斯把阿拉伯语翻译成英语。我们爬了好几层，四处向工作人员询问："有叙利亚人在这家商场工作吗？也门人、苏丹人、索马里人呢？"

问了好久，得到的答案只有一个：这里似乎只有约旦人，似乎也只有约旦人，才能在这个商场工作。

最后，终于有两个信息让我激动起来：有一个维修工是苏丹人，晚上商场打烊后他来上夜班；还有一个叙利亚人在商场的一家门店担任经理。因为我等会儿还要回难民中心，与我的同学和老师会合，所以没法等那个苏丹人来上夜班，于是我打算采访那位担任门店经理的叙利亚人。

很快，我们在商场二层的一家高端化妆品店找到了那位叙利亚经理。他面带笑容，说着一口流利的英语，长相算得上英俊，身穿价值上千美金的西装。他说自己还要忙一小会儿，让我等他20分钟，他下班后再接受采访。

显然，作为身在约旦的叙利亚人，这位经理生活得很不错，我很好奇他对自己的难民同胞的看法。虽然天色已晚，时针已经走过7点，但是我实在不愿放弃这个好不容易才找到的采访对象。于是我给在难民中心组织活动的导师打了电话，申请延长采访的时间，八九点之后再回去和他们会合。

事实上，我也有点担心阿纳斯，显然，他和这位经理并不是一个阶层的人。我既担心他会被这位经理鄙视，也担心有他在场，这位经理难以直言自己的感受和看法。于是我婉转地向阿纳斯表达了自己的担心，提出由我自己独立完成此次采访，并承诺会将采访内容转述给他。阿纳斯答应了我的要求，可他似乎不知道该去哪里，环顾四周后告诉我，自己就在楼下的公共座椅上等我。他离去的步伐有些许急促，这难免让我心生感慨，看来阿纳斯在这里还是难以找到让自己感到放松的地方。

在等待的20分钟里，我心中有种莫名的情绪。从小在北京长大，对于这样的商场我已司空见惯，但几乎从未认识过能说五国语言的人。我下意识地将多语言使用者和都市性、现代性和国际主义挂钩，却忽视了难民本身是一个与现代性以及现代生活相对隔离的群体，他们甚至鲜有机会享受现代生活的便利与舒适。

20 分钟后，我等到了这位经理。他很有礼貌，也很热情。他曾任职于某国际奢侈品公司在叙利亚门店的销售部门，叙利亚内战爆发后，公司把他调到了约旦，并帮助他以外国人的身份获得了约旦的合法永久居住许可。因此，他并不是寻求庇护的难民。

他带着母亲在约旦安了家，有不错的收入。他对于当下的生活很满意。谈到叙利亚内战时，他说自己虽无法预料战争何时结束，但也并不太在意，因为家人都已迁到了约旦。提及在约旦的其他叙利亚人，他说自己和国内的其他同胞并无太多来往。如今在他的生活圈里，极少能看到叙利亚人。而对于那些成为难民的叙利亚人及他们的生活状况，他更是一无所知。思考良久，他支支吾吾地对我说："也许，也许他们有联合国的帮助吧。"

这令我颇感惊讶，没想到他对自己的同胞竟一无所知，联想到他笑容可掬的面孔，我难免惊讶于他有如此冷漠的一面。但他至少说的是真话，这说明他并不是一个虚伪的人。

后来，当我委婉地向阿纳斯转述那位经理的观点时，阿纳斯严肃地说："他讨厌我们叙利亚人，即使他自己就是。"我皱着眉头表示不解，阿纳斯向我解释，在他看来，如果一个叙利亚人不在乎穷苦的叙利亚人的生活现状，那就是恨与偏见。

我至今无法赞同阿纳斯的观点，但我明白，他的观点来自无数痛苦的日子，来自长期压抑的心灵。

第二节 大市场里的父亲

　　我的第二个采访是在东安曼。这天晚上七八点钟，我和阿纳斯来到东安曼的大市场附近。这里的人不是很多，我们除了在街上走访小摊小贩，还到大市场中去采访。这一带是非法务工者最集中的地方，也是数万难民生存的空间之一。

　　这里不仅有来自中东各国的难民，还有约旦本地的穷人以及从东南亚、埃及等地来这里讨生活的廉价劳工。从这里，我可以听到最具代表性的难民故事，也能观察到本地人与难民间的矛盾和互助。

　　那晚，在昏暗的灯光下，四人围坐方桌前：我和阿纳斯坐在一边，两位叙利亚难民坐在另一边。这是一家快餐厅，在得知这家餐厅有两位叙利亚员工后，我便在阿纳斯的翻译下，向餐厅老板表明自己是一位来自中国的学生研究员，正在研究叙利亚人在约旦的生活情况，请他许可我们采访他的两位叙利亚员工。当时生意不忙，这位约旦老板便同意了我的请求。当然，我掩饰了真正的研究内容——非法务工的叙利亚难民的生活状况。几句寒暄之后，其中一位难民讲述了自己的故事：

　　"我来到约旦6年了，换了好多家餐厅。我之前被开除都是因为老板找到了更廉价的劳工。上一份工作结束前，老板毫无征兆地找我谈话。他给了我两个选择：要么减少四分之一的薪水，要么直接被开除。"

"为什么？他总要给你个理由吧？"我感到惊讶。

"没有，没有理由！如果有，那就是他想给自己省点钱。"

"我进退两难，原本工资就不够维持一家人的生活，我的妻子又刚刚生了第二个孩子，生这个孩子去医院的钱都是借的。如果工资减少了，我欠的钱就会越来越多，我就更加入不敷出；可如果我被开除了，很难确定什么时候才能找到下一份工作，也许是一个月后，也许是两个月、三个月后。"

"你没和老板商量商量吗？"

"完全没有讨价还价的余地。街上有无数的难民和失业的人在找工作，老板随时可以找到更便宜的人来接替我。和那些人相比，我只是多一点工作经验而已，并非不可替代。"

我接着问："那你可以举报老板吗？有没有劳工组织可以求助？"

他一脸苦笑，答道："我没有政府颁发的工作许可证，连工作都是非法的，又有哪个劳工组织会帮我呢？"

我无言以对。

沉默良久，他问我："如果你是我，你会怎么选？"

"有没有其他可能呢？我知道这里有很多组织在帮助叙利亚人，有一些非政府组织，还有联合国的组织。"

"我当然试过，我向很多组织寻求帮助，也包括联合国的组织。但没有一家帮助过我，它们都是骗人的！"

"没有一家回复吗？"我颇感疑惑。

"曾有一家非政府组织向我们承诺，帮助我们申请联合国的补助金。我们信以为真，把身份文件都交给了他们。这个组织确实用我们的文件申请到了钱，但他们把钱装进了自己的腰包，再没有联系我们。"

"靠着这笔钱，他们的办公室在一年间从一个房间变成了一栋楼！"

说到这里，他激动起来，我清晰地感受到他心中的痛苦和凄楚。虽然我还未考证他的话是否属实，虽然他的话可能有所夸大，但是他的激愤之情溢于言表。显然，他渴望整个国际社会都能关注到他，关注到整个难民群体的窘困。

"最终我还是选择离开那家餐厅，另找工作。那段时间很艰难，当时我的房租已经拖欠了一个月，时刻担心房东会突然出现，把我和妻儿赶走。对于莫测的未来我毫无抵御的能力，因为在这个国家，我的工作、租房，包括一切生活，都是非法的。"

"最后呢？"我不禁问道。

"很幸运，我花了一个月时间找到了另一份工资一样的工作。虽然依旧一贫如洗，还是没钱给孩子买新衣服穿，但至少能生活下去了。后来我又花了很长一段时间，终于还完了欠款。"

说到这里，他停顿了一下，眼神凄凉，陷入回忆之中。

"真想回到战争之前的生活，那时候我们全家还在叙利亚，我的生活和今天截然不同。我有一间房子，虽然不大，但属于我自己。白天我们在楼下做吃的、卖吃的，晚上在楼上住。我有辆车，虽不是什么豪车，但一有空闲，我就开车带妻子和孩子出去兜风，四处逛逛，休闲放松。可战争来了，一切就都没了。"

说完，这位难民低下了头，不再开口说话。

无数难民和这位父亲一样，带着一家老小，在约旦非法居留。这并不是因为他们不善良，也不是因为他们无知。他们这样做仅仅是为了活下去，因为他们找不到一份合法的、能够维持一家人生计的工作。提到难民，很多人会感到恐惧，他们把难民当作暴徒，看成危险分子。通过采访我终于了解到，其实最恐惧的是难民自己。他们时时刻刻担惊受怕，害怕被本地人压榨，害怕被警察逮捕，害怕被逐出收容国，害怕被赶回战火纷飞的家乡。而且他们几乎完全没有使用暴力的可能，因为没有合法身份，因此他们即便遭遇不公，即便衣食无着，也大都选择隐忍。因为他们受制于收容国，害怕被查询、被盘问，从而导致自己和家人被驱逐出境。

因此难民们基本都是默默地、忍辱负重、半合法或是非法地工作着，悄然建立自己的人际关系网。虽然他们的生存方式不合法，但他们很少危害他人。在收容国政府无能力或不愿意为所有难民提供足够帮助的情况下，难民们只能以这种悄无声息的生活方式"自救"。这种方式虽然使得当地的非法市场有所扩大，但也在一定程度上减轻了当地政府的压力。所以只要没有恶性事件发生，当地政府便不予过问，也算是默许了非法难民的存在。在阿瑟夫巴亚特教授的作品中，这种方式被称作"静默中的侵蚀"。

第三节 难民的定义

采访了东安曼和西安曼的难民之后，不得不提出一个问题，那就是："究竟谁是难民？"广义的难民是指由于天灾或人祸而生活无着落、流离失所、离开原居地的人。严格意义上的难民，是根据联合国1951年的一份国际公约以及联合国在1967年修订的关于难民身份的议定书。该定义是"基于一种可以证明成立的理由，由于种族、宗教、国籍、身为某一特定社会团体的成员，或具有某种政治见解的原因而畏惧遭受迫害并留身在其本国之外，并由于这样的畏惧而不能或不愿意受该国保护的人，或者一个无国籍的人，或国家灭亡的人，并由于上述事情留在他以前经常居住国以外而不能，或由于上述畏惧而不愿意返回该国的人"。时至今日，就我所见到的绝大部分难民而言，最直观最简单的概述就是"因战乱而流离失所来到其他国家的人"。这些难民主要来自叙利亚、巴勒斯坦、阿富汗、南苏丹等国，其中以叙利亚难民和巴勒斯坦难民数量最多。诚然，在非洲、中亚、拉丁美洲，也有大量的难民，但从数量和流亡时间来看，中东是目前难民问题的重灾区。

在联合国注册的流离失所者超过了8000万，占世界人口的1%；在这8000万人中，难民总数超过2600万。联合国难民署负责救助、统计除巴勒斯坦难民以外的世界各地所有的难民；巴勒斯坦难民则由联合国近东巴勒斯坦难民救济和工程处负责统计并救助。值得注意的是，以上数据均指在联合国注册的"合法"难民，事实上，还有大量并未注册的"非法"难民。例如，我主要研究的"在约旦的叙利亚难民"群体，从2010年战争爆发到2021年，累计有近70万人在联合国难民署注册，获得了合法的难民身份。然而当地政府和学者给出的这一难民群体的总数为140万，据此推断，难民的注册率不到50%。也就是说，每一个"合法"难民背后，都藏着一个"非法"难民。

2010年，阿拉伯之春运动爆发，引发叙利亚难民危机。一场人们寻求自由平等的非暴力游行，最终升级为暴力冲突。因为已有的宗派矛盾在外国势力的影响下被加剧，产生了后来我们在新闻中时常能够听到的"政府军"与"反政府武装"的冲突。双方僵持不下，直至今日。在这场旷日持久的暴力冲突中，一半以上的叙利亚人因为战乱而流离失所。超过1000万的叙利亚人成为难民，其中约300万逃至土耳其，约140万来到约旦，还有约100万在黎巴嫩寻求庇护。其余的不是生活在欧洲，就是以各种身份流落在中东各国，乃至世界各地。

第四节 难民如何生活

　　事实上，难民终究是难民，只有极少数难民能在东道国，也就是收容国获得国籍；剩下的人中，有一部分能够获得难民署提供的正式的"难民身份"证明；其余的，只能做"非法难民"。合法的难民身份很重要，它可以保证难民在本国战争未结束之前，不会被收容国无端驱逐，亦能保证在战后返回家乡的权利，同时也有机会获得联合国的救济。相反，未在联合国注册的难民，即便拥有约旦政府颁发的难民文件，也没有足够的权利保证。至于那些在东道国没有取得任何身份证明的难民，就只能生活在"地下"，几乎无法获得任何教育、医疗和就业的机会。如果他们在收容国生下孩子，那么这个孩子不被记录，就没有身份证、户口和护照。

　　我曾经非常疑惑，在长达十年甚至几十年的难民生活中，那些半合法或非法的难民为什么不去难民署注册，以获得一个正式的难民身份呢？我就这个问题数次走进联合国难民署约旦总部以及约旦政府高级人口理事会采访，并采访了许多叙利亚难民。

　　答案如下。

　　首先，难民署的注册点在约旦一共有三个，都在难民聚集的地域。

位于安曼市的难民署驻约旦总部是整个约旦乃至中东最大的难民身份注册点，每天能接待数千位难民。

获取合法难民身份的流程是极为复杂的。在嘈杂拥挤的等候大厅里，一家家难民坐在椅子上、箱子上和地上，焦急地等待着。和医院相似，这里有一排排窗口，按序号接待难民。在经历五六关审核后，难民以三四人的小家庭为单位来到面试处。面试处是一个又一个不到 10 平方米的简易房。每个面试房间里有两位难民署的工作人员，他们会询问难民的详细信息，检查各种身份证明。通过者就有机会拿到"难民证"。

难民注册点

没有合法的难民身份，既可能是主动选择的结果，也可能是被动接受的结果。

不少难民在逃亡的路上，丢掉或是遗失了申请合法难民身份的必要证明文件。他们中的一些人甚至萌生"将身份证明扔得越多，我就越安全，因为没有人知道我是谁、我从哪儿来"的想法。也有很多难民在经历战争之后，丧失了对联合国和政府的信任，即使有身份证明，也不愿将其提交至难民署。身在非法劳工市场的难民更害怕来自收容国政府的监视。同时，在难民署注册后，亦很少能得到实质有效的救助，而难民身份证明每年都需要更新，更新的费用也是影响大多数难民获得正式身份的因素之一。

更重要的是，拥有正式的难民身份并不代表可以拥有合法、体面的生活。上百万在约旦的叙利亚难民中，也许有一半能够得到法定难民身份，但能够得到合法工作的则少之又少。在约旦、黎巴嫩等收容国，难民们被"工作许可证"就业系统束缚。作为外国人，难民们必须持有工作许可证才能通过合法的方式挣钱。

约旦大致从 2016 年开始向叙利亚难民发放工作许可证。截至 2020 年，累计发放约 20 万份工作许可证，占 140 万叙利亚难民的 1/7。可数据往往具有欺骗性，各种文件中鲜少提到工作许可证的具体信息。事实上，绝大多数工作许可证都只有几个月的有效期。例如，一个建筑公司招募了数十位难民来做一个工程项目，公司很可能会帮这些难民向政府申请半年时长的工作许可证。半年时间一到，许可证就作废了。

我在 2020 年 4 月分析了约旦近两年新发、更新的工作许可证的总数，得出最多只有约 13000 份工作许可证仍在有效期内的结论。也就是说，140 万叙利亚难民中，最多只有 1% 是合法的工作者。此外，工作许可证将难民所能从事的工作限制在农业、建筑、餐饮等收入最低的行业。换言之，叙利亚难民不管学历多高、本领多强、从前多成功，成为难民后便再也没有机会通过自己的努力，成为一位合法的医生、律师、分析师或是银行经理。我在实际调查中发现，就算持有工作许可证的 1% 的合法工作者，他们所从事的临时低收入的合法工作，往往无法让他们养活一家人。他们也总会争取另一份半合法或非法的工作，以便养家糊口。限制难民的就业行业，已成为收容国在劳工市场竞争中保护本地人的主要方法。

第五节 探访难民营

在有关的国际新闻里，经常会听到"难民营"这个词。它是集中收容难民的区域；在约旦，也是大量难民来的第一站。只有拥有正式的难民身份，才能居住其中。在身处约旦的 140 万叙利亚难民中，只有一小部分生活在那里，占难民总数的 15% 不到。

难民营为难民提供居住的地方，提供生存的必需品，也为难民孩童提供一定的教育。2019 年，我在约旦北部的世界上第一大叙利亚难民营——扎塔里难民营和联合国近东救济工程处在约旦设立的巴卡阿难民营，见到了难民营的真实面目。在扎塔里，我看到了孤立和拥挤。难民营建立目的是暂时安置难民，因此往往位于边境地区。在约旦，几大叙利亚难民营均建在约旦北部靠近叙利亚的沙漠中，与世隔绝，离这些难民营距离最近的小镇，也有十几公里。当时，我们坐车前往扎塔里难民营。在距离难民营

扎塔里难民营外

一两公里之外的小路上，就能模模糊糊地看到密密麻麻的房子。通往难民营的路口站着全副武装的军人，停放着装甲车和坦克车。难民们在这样一望无际的沙漠里生活着，我无法想象他们在这里生活十年甚至几十年的感受。

进入难民营后，满目是拥挤不堪。密密麻麻的帐篷、临时搭建的简易房、简陋的自建房，无序地排列着。我想如果从高空看下来，一定是凌乱得"壮观"。作为临时庇护所，这里的房屋大多比较简陋。一位联合国官员曾这样告诉我："在约旦有一个难民营是在叙利亚难民到来前，一周内建成的，质量很差，没想到后来竟容纳了数万难民。当时谁也没想到，这样的临时难民营，就是数万叙利亚难民此后十多年里唯一的家。"每一个帐篷、每一所房屋，都住着一大家子。中东家庭大多人数众多，一个难民家庭普遍有七八个人，甚至更多，所以不仅是扎塔里，所有的难民营都十分拥挤。2020

巴卡阿难民营

年，难民营拥挤的居住环境为新冠病毒的传播提供了极大的"便利"，各个难民营的新冠病毒感染率都非常高。

难民营给难民提供了保护，但无法确保难民吃饱穿暖。之前我采访联合国难民署时，有官员说，如果能在难民营里装上太阳能设备，就是一个非常大的突破。

难民营虽然受到了保护但也是束缚的。对于更多的年轻难民来说，在难民营里最致命的问题是就业。难民营里没有就业机会，只能接受救济。无从就业，就意味着没有改变命运的可能，因此很多难民不愿意住在难民营里，而宁愿走进城镇，干最苦的活、挣最少的钱，只为能有出头之日，改变一家人的生活条件。

在城镇打拼非常艰苦，难民们要打黑工，才有钱租房子、买吃的。到城镇生活的难民，几乎都做了非法劳工。典型的难民务工者的日程大体如下：早上在小商店做售货员，挣第一份工资；中午去餐厅做清洁工，挣第二份工资；晚上到社区收垃圾，挣第三份工资。他们的工作环境通常非常糟糕，还时刻担心着来自合法工作者的排挤、来自警察的盘问，以及来自老板的压榨。

到城镇生活的难民还要应对各方的歧视。和难民营不同，城镇里人群结构极为复杂，有本地人，有东南亚的外来务工者，有埃及等地的非法劳工，还有各国的难民。居民来自不同的国家，属于不同的阶层，有着不同的文化背景。所以对于难民来说，被歧视、被区分对待是再普遍不过的事情了。面对这些，他们只能忍辱负重。城镇中的难民处境比想象的更恶劣，我在约旦做研究时，常常会被这些没有合法身份，但依旧不遗余力拼搏的人所感动。

第六节 我的任务与使命

　　2019年，我前往约旦时，所担负的任务不仅仅是研究难民，还要向难民学生介绍我所就读的高中和奖学金项目。我高中就读于北京大学附属中学，到2019年，北大附中的难民项目已开展四年。该项目在第二年便提出了筹设奖学金的计划，旨在为难民学生提供受教育的机会，帮助他们改变自己的命运。从2018年秋季开始，北大附中国际部每年为一位难民学生提供全额奖学金，供其来到北京完成高中学业，并帮助他申请就读包括中国在内的世界各个国家的大学。这份奖学金包括就读北大附中国际部的每年10万元人民币的学费，以及从所在国往返北京的机票，还包括国际考试的报名费与基本生活费等。因为每年只有一个名额，所以对于难民学生来说，北大附中的要求还是非常严苛的：年龄在20岁以下，有相当的英语水平，能通过一轮笔试和两轮面试。

　　于是，我们来到约旦，走进各个学校与非政府组织，还走进酒店大堂和咖啡厅。我们在这些地方宣讲我们的奖学金项目，由

作者一行拜访巴勒斯坦难民学院

带队老师面试报名申请奖学金的难民学生。宣讲由学生来完成。例如，第一次去约旦时，我的任务是向难民学生介绍北大附中的整体环境。短短半个月中，我做了二三十次分享。每一次宣讲，都能看到诸多难民学生蜂拥而至，往往都是座无虚席。我因此获得

作者一行拜访巴勒斯坦难民学院

了大量同难民学生交流的机会，并对他们中的很多人进行了采访。

其中与我们合作最为密切的组织是耶稣会难民服务中心。在安曼所有帮助难民的非政府组织中，耶稣会难民服务中心的表现极为优秀。虽然它的资金来源于一个宗教组织，但它所面向的难民群体不分国籍、不分宗教，一视同仁。耶稣会难民服务中心为难民们提供持续接受教育的机会。这里有几间教室，每间教室能容纳二三十位学生。学生们都是难民，来自叙利亚、巴勒斯坦、伊拉克、索马里、也门、苏丹等国。他们有的信奉基督教，有的是穆斯林，还有无神论者。

这里的教师一部分是志愿者，比如我的导师，他十几年前就曾在这里支教。另一部分教员则是有文化的难民，耶稣会难民服务中心为他们提供的授课机会，也能给他们带来一定的收入。程序员穆罕默德就是这样一位难民，他在耶稣会难民服务中心教授编程的基础课程。他说自己在耶稣会难民服务中心认识了很多难民朋友，还和一些朋友一起设计了

作者一行在难民服务中心

一款应用软件，正在努力将其投入市场。一旦成功，他们不仅可以改变自己的经济条件，也能帮助很多人。

当下，耶稣会难民服务中心承载着大量的交际职能。难民们聚集于此，交换信息、介绍工作、相互支持。难民们通过各种方式不断努力，力求寻找走出困境的机会。

耶稣会难民服务中心还为难民提供了一个与世界连接的窗口。在这里，难民们有机会向来自世界各国的各个组织的访客讲述自己在战争中、在战后的经历，以及当下所面临的困难。难民们积极参加各种活动，为自己和其他处在困境之中的人发声。2019 年 4 月，当我第一次来到耶稣会难民服务中心时，就看到数十位难民正在和欧洲几国的访客一同参加亚美尼亚大屠杀纪念日的活动。

这种与世界的连接，对于难民来说，是至关重要的。

在为学校的奖学金项目做宣讲时，在协助难民学生做面试准备时，我发现了一个奇怪的现象：大部分前来面试的申请者并不符合奖学金项目的要求，有不少人已经二十四五岁了，就读于当地的社区大学；还有很多人一点儿英语也不会，只能用翻译软件和我们交流；更奇怪的是，他们中有不少是家里唯一的劳动力，即使被我们录取，也做不到放弃家人来北京上学。在我看来，在约旦继续半工半读，才是他们最好的选择。

那他们为什么还来呢？

事实上，这些难民都知道，自己获得奖学金的机会极为渺茫。可他们这样对我说，他们只是希望得到消息，知道他们中的某一位获得了这份奖学金，就非常开心了。他们来，其实并不真的指

作者好友与一位难民学生交换联系方式

作者向难民学生介绍中国学生

望自己能抓住这个机会，更多的还是希望能有一个下午，和世界其他地方的人，包括中国人、美国人、加拿大人，一起说说话。难民们只是想告诉自己：还没有被这个世界遗忘，还在被世界关注着。

也许，难民们最害怕的不是缺乏资源和机会，而是被世界遗忘。因而，在后来我做的数十场分享和演讲中，总会选用"挑战孤独和遗忘"为副标题。而在每年难民教育辅导项目开启时，我也总会讲述被遗忘将是多么的痛苦。

我们的奖学金项目在2018年和2019年各录取了一位中东学生，分别是哈克姆和迪亚。他们的故事我后面会写到。

那一年，我常常行走在中东的大地上。有一次，快到叙利亚边境时，路过一个小镇。正值小孩子放学的时间，上百个难民小学生围住了我们的汽车，兴奋地敲着车窗，热情地笑着向我们打招呼。我不禁感叹，不知道这群孩子的未来会是什么样子，想到之前我见过的奖学金申请者，心中感慨万分。

还记得那些来申请奖学金的难民学生，他们中有不少同我们交流都是通过翻译软件进行的。他们中大部分到十八九岁就没有机会再去上学了，只有很小一部分能够进入约旦当地的技工学校学习烹饪等技术。其中大部分人不知道自己以后要做什么、能做什么，迷茫而无望。他们不避讳自己难民的身份，不避讳自己贫穷的处境，向我诉说无法上学也得不到工作许可的艰难。曾经有一位难民学生低着头问我，自己能不能考上美国哈佛大学；有的难民学生看到我们走进房间就紧张地让出自己的座位。我看见过一位难民学生默默地在电脑上敲下"今年目标"；也看到过目光坚毅，咬牙说"总要一试"的难民学生。更多时候，难民学生是不自信的。有的在英语表达错误时低头叹气，有的谦卑地一次次起身给大家倒茶。除了难民学生，难民父母也一样紧张。有一次，一位难民父亲使用洗手液时洒在地上。他看了看站在一旁的我，局促地摊了摊手，表达歉意。还有一次，一位难民少年欲言又止，最后终于开口说，想要我们的联系方式。有一次，一位难民母亲带着儿子来，一见我们就不停地催促儿子把他的美术作品拿出来，希望借此增加拿到奖学金的机会。

除了不自信，难民的心中还有很多的不甘。在难民中心时，曾有一位难民半开玩笑地对我说："为什么你长这么高，我长这么矮？为什么你的英语比我的好？为什么我的肤色与身边的人不一样？"我在这个玩笑中看到了他内心深处对命运不公的哀叹和不甘。

当然，难民们在我们面前总想表现得乐观而自信，但这对于他们来说的确非常难。他们都经历过战争，背井离乡、流离失所，都在陌生的国家被区别对待，所以他们的内心会产生强烈的孤独感。更凄凉的是，他们中大多数都有家人和朋友丧生于战火之中，难以想象战争带给他们的心灵创伤究竟有多大、有多深。

在路过难民集中的嘈杂城区时，我在车上抓拍到两个小女孩。看到她们，我仿佛看到了千万难民，身处异国他乡，进退维谷。

那两个小女孩触及我的内心，我不能说自己完全了解了难民的处境，但我至少已经下定决心，尽己所能，让更多的世人了解难民，关注难民，并帮助难民，这是我心中的使命。

作者一行与难民学生进行文化交流

第七节 难民们的生存危机

穆罕默德努尔是我见过两次的叙利亚难民，也是我们奖学金项目的申请者。第一次见到他时，我和朋友们就被他的热情和乐观所感染。他的笑容让我们觉得今年已经 22 岁的他似乎只有十六七岁。他的言语之间总是洋溢着快乐，我们被他的乐观所打动，甚至为他这份极具传染性的乐观感到震撼。后来我们和他交往了一段时间，始终觉得非常愉快。然而，当我们 70 岁的老师讲述了他的经历后，我们都惊呆了。谁也没想到，从未在我们面前表现过任何痛苦和悲怆的他，竟然……

2011 年内战爆发后，穆罕默德努尔的两个哥哥和父亲相继在战乱中去世，他和母亲以及 6 个姐姐、妹妹逃到了约旦。当时他初来乍到，才 15 岁，还没到法定的工作年龄，却要承担养家的重担，不得不辍学工作。在中东的难民群体中，女性往往不就业。一方面因为在中东家庭中，孩子往往比较多，女性必须留在家里照顾孩子。另一方面因为难民们能够从事的工作基本上都是体力活，女性在这方面毫无优势可言。政府机关向女性发放的工作许可少之又少，在这十年间共计也不过寥寥数千份。而在穆罕默德努尔家中，妹妹们尚幼，母亲和姐姐们少有精力外出。即使外出务工，找到的也都是收入极低的家政工作，根本不足以维持一家八九口人的开销。作为家里唯一的男性劳动力，15岁的穆罕默德就成了家里的顶梁柱。到约旦的前两年，尽管还没有到法定的工作年龄，但已经被迫担负重任。我见到他的那一年，是他工作的第七个年头。在我们了解了穆罕默德努尔的情况后，和他聊天，他说："我现在同时打五份工，每天从早上6点忙到凌晨两点，确实有点累，但我还能坚持住，毕竟我才20出头嘛。希望四五年后，妹妹们长大点，我们的生活能轻松一些。"

和穆罕默德努尔相处的日子里，我与同行的五位同学无数次被触动，他的成熟、乐观、坚持都令人震撼。我们围坐谈论时，英语不好的我有时会用中文和身旁几人交流。穆罕默德努尔听不懂，就微笑着说："虽然我不懂中文，但你们一定在讨论有趣有意义的事情。"在耶稣会难民服务中心面试结束后，他向老师询问我们几人的行程。得知两天后我们将会途经他家附近，他便执意提出一定要向老板请假，和我们再见上一面。

作者一行与穆罕默德努尔难民学生合影

比较之下，穆罕默德努尔的姐姐、妹妹们无疑是幸运的。作为女儿，她们还能和家人生活在一起。因为难民们的经济条件极差，且女性鲜少能为家庭带来收入，许多难民父母不得不通过嫁女儿的方式获取钱财，也就是获得男方家庭的彩礼。在彩礼这一习俗上，中东和中国的习俗近似。因此，无数难民女孩被安排嫁给从未谋面的男性，贩卖人口的现象也屡禁不止。难民女学生尼贝尔告诉我们，她最好的闺蜜被父母逼迫，走出约旦的难民营，嫁到了土耳其。那个女孩通过非法手段偷渡到土耳其，嫁给了那个从未谋面的丈夫，这辈子大概再也回不来了，不能同父母亲人再见了。而她的父母则拿了彩礼，继续养活家里其他的孩子。如今，尼贝尔的闺蜜已经生子，整日在家劳动，偶尔还在社交平台上跟尼贝尔说，自己遭受了家庭暴力。女性在难民中尤其脆弱，她们鲜有为自己发声的机会。靠嫁女儿获得彩礼的父母也未必冷血，因为如果不这么做，也许一家人都无法生活下去。

穆罕默德努尔的面试结束后，我们到中东最大的巴勒斯坦难民营——安曼巴卡阿难民营采访。从一家名为阿马尔妇女协会的女性组织了解到，女性难民所面临的问题远不止被逼出嫁这么简单。巴卡阿难民营是1967年第三次中东战争爆发后建立的，建成已五十余年。整个难民营与外界隔绝，驾车行驶在营外的高速路上，只能看到一堵高墙，看不到巴卡阿难民营内的景象。这里早已没有了临时搭建的帐篷，取而代之的是二三层楼房，标志着这里已成为永久定居点。阿马尔妇女协会就建立在这个经济穷困、思想保守、严密管理的环境中。协会由一位曾经在联合国任职的官员建立，旨在教授女性难民可就业的基本技能，提高难民营中女性对个人身份、权利的认知。到这个妇女协会里工作和学习的都是女性，有不少曾深受家庭暴力的迫害，后来通过协会的帮助，了解到自己还有学习、工作甚至离婚的权力。在这里还得到了其他女性的支持，开始反抗家庭的束缚和压迫，踏入新的生活领域。也有些前来工作的女性是背着家人偷偷来的，她们的丈夫不愿意她们外出。不过说到底，这家女性组织能够为女性难民做的事情还是很有限的，能帮到的也只是难民营里数万女性中的几十位、几百位而已。

穆罕默德努尔家就在这个难民营附近。我们围坐在咖啡馆门外的桌子旁，看着他远远地跑了过来，有些激动，也有些心酸，我们不知道还能为他做些什么。我们点了咖啡、橙汁和点心，请他和我们共享。他知道，我们也知道，以他的年龄，是无法就读高中的，这次很可能就是彼此一生中最后一次见面。况且就算他排除万难，真的获得了奖学金，他会到北京读书吗？他的家人怎么办呢？仅靠他的母亲能撑下去吗？

这是个无解的难题。

在难民之中，穆罕默德努尔的境遇还不算最差的。他 15 岁的时候开始做童工，扛起家庭的重担，但他并不是我见过的唯一的童工，也不是最小的童工。

曾经，在约旦北部城市马弗拉克，我和阿纳斯在街边采访叙利亚难民。阿纳斯能清楚地分辨约旦口音和叙利亚口音。一天上午，我和阿纳斯走在大街上，突然，阿纳斯叫住了一个小男孩，并和他交谈了一会儿。我没有听懂他们交谈的内容，于是询问阿纳斯为什么停下来和这个小男孩聊天。

"他也是一个叙利亚非法劳工，你要采访他吗？"阿纳斯问我。

"什么?!"我一脸震惊，眼前这个瘦小的小男孩还不到我的胸口高。

我将信将疑："没搞错吧，这么小？"

阿纳斯肯定地点点头，这让我感到了一丝心痛。

于是我们三个在街边的阴凉处坐下来，开始了访谈。

阿纳斯对我说，这个孩子 14 岁，就在我们刚刚路过的理发店工作。当时我并不相信这个孩子已经 14 岁了，彼时我 16 岁，在我看来，这个孩子也就 10 岁左右。当然，多报年龄在难民中非常常见。对于年轻甚至年幼的非法务工者来说，他们希望借此获得更多的工作机会，不被举报。而我特别理解他们的这种做法，当我独自出门，来到陌生的环境，感到紧张害怕时，也常常多报上几岁。但我还是难免惊讶，因为这个孩子实在太小了，应该说，就是一个小朋友。

小朋友说，两三年前，有一次出门买东西，被人叫住，问他愿不愿意到理发店当学徒。回家后他和家人商量了一下，就来理发店工作了。那时他家的经济状况很差，难以维持生计，有这样一份工作，就可以减轻家里的负担。他和家人自然并没指望他靠这份工作挣到多少钱，只要管饭就足够了，还能学会一份手艺，离家又很近，他们就知足了。在小朋友的记忆里，来到约旦的 7 年中，没有任何组织帮助过他的父母，一家人始终孤立无援。

安曼街边窗外的小女孩

小朋友还对我说，自己已经掌握了一些理发的技术，过些时日就可以给客人剪头了。我问他对未来做何打算，他歪着头，一脸茫然。过了一会儿，他摇摇头说："我不知道。"然后跑开了，似乎不愿意继续回答我提出的问题。

我没有马上离开，看着小朋友的背影越变越小，我一直在想："他为什么不去上学呢？"

对于难民们来说，生存危机无处不在。童工、逼婚等种种问题都在摧残着他们的身心，这就是难民的真实生存状态。

第八节 难民的教育问题

　　某日，在与安曼市毗邻的马达巴城的一家咖啡馆内，来自北大附中的两位老师与我们6个学生围坐在一张桌子旁，等待一位奖学金申请者的到来。我刚喝了一口咖啡，一抬头，苏丹女生西玛就来到我们的面前。她面带笑容，十分激动地和我们打招呼。

　　在约旦，一般有三种高中，分别是费用最高、教育质量最好的私立学校，教育质量极差但是便宜的公立学校，以及时不时就停课的难民学校。来自不同国家的难民极少能付得起私立学校的学费，因而大多选择公立学校和难民学校。难民学校又分为联合国难民署开办的学校和近东巴勒斯坦救济工程处开办的学校。

　　那么到底谁能得到教育？

　　难民群体中，近一半人都处于学龄时期。这些学生无论想就读哪一类学校，都需要合法的身份，要么是约旦国籍，要么是难民身份。建在难民营中的难民学校更是需要学生的家庭在难民署正式注册。如此一来，一半以上未在难民署注册的难民孩童以及所有生活在难民营外的难民学生，就失去了在难民学校接受教育的机会，而只能想各种办法进入环境最差的公立学校读书。这些学生上学自然需要交学费。对于大部分难民家庭来说，孩子进入学校读书，需要缴纳的学费就占到整个家庭收入的1/3左右。因此，难民学生的家庭总要面对极大的经济压力。很多难民学生读到初中就辍学了，外出务工以补贴家用。在约旦，数十万难民青少年缺少受教育的机会。而在全球，这个数字至少要乘以100。

西玛来自一所公立学校，提到自己的学校，她这样说："作为难民，我们在公立学校常常被人欺负，而老师们则普遍偏袒约旦学生。我所在的学校教学质量极差，英文老师的口语水平还不如我。有一次，我在课堂上纠正了英文老师一个发音的错误，她就把我赶出了教室。如果我是本地学生，她一定不会把我赶出教室。"

由此可知，难民学生在收容国的学校里，普遍被歧视。

另外，接受大量难民学生的公立学校，教学时长普遍不足。在约旦北部，尤其是靠近叙利亚边境的地区，公立学校被迫接收了大量的难民学生。由于这些学校缺少教师、教室与教学设备，无法满足所有学生的需求，于是学校采取三班制教学法。当地学生贾瓦德曾向我们描述他所在的公立学校的教学模式：

作者一行拜访巴勒斯坦难民学院，介绍北大附中难民奖学金项目，难民学生通过标语表达自己渴望继续上学

"我所在地区普遍实行双班制和三班制。我就读的学校采用三班制,所有学生被分为三组,分别在一天中不同的时间到校上课。第一班学生从早 7 点上到中午 11 点;第二班 11 点到校,学到下午 3 点;最后一班下午 3 点到校,晚上 7 点离校。虽然容纳了更多的学生,但每一名学生能学到的东西少了许多,根本比不了其他地区那些全天上学的学生。"

2019 年,我走访了几家巴勒斯坦难民学校。这些难民学校所提供的教育一般只到 10 年级,这就导致很多难民学生不得不前往非政府组织开办的学校或是采取自学的方式来完成 11 年级和 12 年级的课程,然后再参加约旦的高考。不少难民学生高考时直接报考欧洲各国的技术学校,德国资助的技术学校尤为热门。难民学生在技术学校学习两三年后,毕业便可进入酒店、餐饮等行业工作。在这方面,中东各国相差不大。我认识的一位巴勒斯坦难民朋友谢哈比,从小就在黎巴嫩北部的难民营长大。他说每年非政府组织都会来难民学校挑选成绩最好的学生,帮助他们完成 11、12 年级的学业,并帮助他们申请所报考大学的奖学金。在他曾经就读的巴勒斯坦难民学校,每年都有几位申请成功的学生,而他就曾是其中之一。如今,他正在美国德州农工大学卡塔尔分校读本科,所学专业是工程学。

在约旦,巴勒斯坦难民学校分男校和女校。一次,我们走访一所女校,进门就听见校内喊声大作,于是心中一惊。走进去才知道,一群初中女生正列队喊口号欢迎我们。她们身着军装式样的制服,英姿飒爽。我们走进教学楼之后,又有一群小学女生转圈跳舞,为我们表演节目。每所难民学校都聚集着从 1 年级到 10 年级的学生。平日里,高中生,也就是 8 年级到 10 年级的学生一出班门，就可能撞上正在追逐打闹的六七岁的 1 年级学生。我们曾经前往位于伊尔比德地区的男校，那所男校的欢迎方式也很有意思：楼道里、教室里都贴上了各式各样的卡纸，上面用中文写着"欢迎""你好"等问候语。男校女校差别不大，一样拥挤，一样老旧。围墙将学校和周边社区隔离开来。拜访结束时，看到一个六七岁的小孩，跨坐在学校高高的围墙上，向我们微笑。

从西玛的故事延伸开来，说了这么多难民教育的情况。说到底，一切都太让我揪心，揪心这些孩子的现在，以及未来。在难民署采访时曾了解到，每年难民署在约旦只能帮助几百名学生进入大学，几十名就读研究生。当时同行的地区教育署负责人还向我们介绍，就在几个月前，美国在联合国撤资，近东巴勒斯坦难民救济工程处的预算减少了 40%。难民学校没办法为教师发放足额工资，于是连续几周，教师罢工抗议，学校不得不停课，而学生们也因此一两个月没法上学。走进学校的难民学生已属幸运，可即便走进由联合国资助的难民学校，依旧生活在莫测之中。

然而，就算接受了教育，又真的能够改变命运吗？教育对这些孩子来说，又有多大用处呢？

时至今日，在叙利亚难民危机爆发 10 年之后，伊拉克难民危机爆发 20 年之后，巴勒斯坦难民危机持续 70 余年之后，教育，依旧是难民问题中最有待解决的难点。如何让更多的难民孩子合法地上学，如何提高教育教学质量，都是迫在眉睫的难题。

然而即便解决了这些问题，难民孩子接受了教育，成长起来，在约旦的劳工市场，难民在政策层面依旧受到重重限制。当地政府为了保护本地劳工，只允许难民们在最底端的行业，以非法劳工的身份工作，而这些工作又与学历、文凭无关。从务工挣钱的角度来看，似乎通过教育改变命运这条路，对大多数难民而言，是走不通的。因此，我在难民家长中常常听到这样的言论："有工作许可的限制，即使我的孩子上了学，到头来还是要去工地、餐厅做体力活。我为什么不让他十五六岁就去打工呢？至少以后还能比同龄人多些经验。"

是啊，未来似乎已经注定，对于难民家庭来说，到底有没有必要让儿女接受高中和大学教育呢？

第九节 难民访谈实录

在我高二的学年论文中，有这样一段话：

欧盟同约旦合作援助难民劳工就业的行动已经失败。无论从社会、经济还是政治层面看，难民们都将长期被边缘化。这一过程迫使在约旦的叙利亚难民构建各种非正式经济网络来寻求生存的机会。本节研究了这些难民间非正式经济网络的形成、结构、运作方式以及影响。本节介绍了数个关于经济网络的理论分析模型，这些模型已被应用于在约旦的叙利亚难民群体中。阿瑟夫巴亚特关于'社会非运动'的理论可以在一定程度上解释这些难民经济网络的运作方式。大部分叙利亚难民正以各种非正式的方式工作。他们将从前在叙利亚搭建非正式/正式经济网络的经验带到了约旦，而约旦对难民劳工的紧束政策也促使新的非正式经济/人际网络的形成。

这篇写于 2019 年至 2020 年的论文名为"非正式经济网络：关于在约旦的叙利亚难民群体的初步分析"。全文研究的核心是难民的社会资本，在不利于难民的大环境之下，难民们会以半合法或非法但非暴力的方式为自己争取机会和资源，其中一个重要的方式就是建立多种多样的人际网络，来进行资源和机会的交流与交换。叙利亚人之间是如何相互支持的？难民在多大程度上相互依赖？远亲和近亲之间是如何相互扶持的？本地人对于难民的合法／非法帮助是怎样的？以非政府组织为中心的非正式经济网络又是什么样的？这些就是我当时探索的重点。

　　研究的过程就是同难民交流的过程，也是聆听难民故事的过程。当我开始研究这个课题、走进难民身边时，就不自觉地与难民们共情起来，再也无法保证研究者应有的绝对客观和绝对冷静。我的访谈对象大多是非法从业者，生活中充满了紧张、压力和风险。顺利采访的前提是让他们充分感到安全。见到他们，我的第一句话往往是："您好，我是来自中国的学生研究员，正在研究安曼市／马弗拉克区域／伊尔比德区域叙利亚人的生活状况……"

　　访谈是半结构化的，大部分是匿名访谈。按照导师的要求，我在访谈中绝不录音，绝不动笔记录，一切皆靠大脑记忆。我准备了一系列问题，把几十个问题都记在脑海里。根据受访者的回答，随时即推进访谈的进度，力求建立良好、和谐、安全的访谈氛围。

　　这里我摘选了部分问题：

1. 您在叙利亚／也门／伊拉克时做什么工作？
2. 来约旦前，您的家人做什么工作？
3. 您什么时候来的约旦？
4. 您和多少人、什么人一起来的约旦？
5. 您现在的工作是什么？
6. 您现在需要养活几口人？
7. 您家里还有谁在挣钱？
8. 分享一下您在约旦的第一份工作。
9. 您换过工作吗？更换工作的原因是什么？
10. 您在工作中遇到过什么困难吗？
11. 您是怎样租到现在的房子的？

每次，几十分钟的访谈结束，与难民受访者道别后，我会和阿纳斯一起，迅速地在手机上复述、记录刚才的访谈内容。晚上回到酒店，我便根据记忆和手机上的记录，在电脑上将这一天的访谈逐一整理出来。一天接一天的访谈，不仅考验体力，也考验耐力，但很有成效。最重要的是，我听到了最真实的难民故事。

这里，列举几则访谈实录。

访谈一：

我是叙利亚人，我在约旦生活和工作12年了。我是在叙利亚爆发内战之前来约旦的。起初，我在一个小镇上工作，9年前来到这里，开了这家餐厅。因为我在约旦生活了这么多年，且没有犯过任何过错，今年我终于拿到了约旦国籍，当然我也为此花费了上万约旦第纳尔。这是值得庆贺的。幸而我来得早，对于2011年及之后才来约旦的叙利亚人来说，几乎不可能拿到约旦国籍的。如果在联合国机关注册了难民身份，就一点希望也没有了。

大家在叙利亚时过得都很好，但现在却都处在水深火热之中。只要叙利亚难民向我求助，我都会尽我所能帮助他们，毕竟都是同胞。我现在和四五十位叙利亚难民保持着联系，在生活上帮助他们，包括赠送食物和衣物。还有些难民来我的餐厅工作，虽然按照规定，我不能接受他们，但我还是悄悄地接收了几个难民员工。

匿名，马弗拉克地区，某餐厅老板

2019年11月13日

访谈二：

2013年，我从叙利亚来到约旦。之前我去过安曼和马弗拉克地区，后来就到这边投靠亲戚了。最开始的时候，我花了两年时间，花光了所有的积蓄，才找到了一份像样的工作。后来，在朋友的帮助下，我找到了现在这份工作，一直做到现在。

我结婚了，有三个孩子，全家都靠我养活，所以现在我的生活压力比较大。其中最大的难题就是房租。我们一家人每个月的生活费至少是 600 约旦第纳尔（约 6000 人民币），我的收入勉强够用。

曾经有一个组织，帮助了我家一段时间。后来他们觉得我能找到工作，能够养活一大家子人，就没有再帮助我们。现在回想起在叙利亚的日子，我当时的工作和房子是多么好呀。

匿名，伊尔比德地区，某面包坊厨师

2019 年 11 月 10 日

访谈三：

我一直在向联合国组织寻求帮助，之前在联合国难民署、联合国儿童基金会、联合国开发计划署做过志愿者，前段时间还去一次峰会做志愿者。我主要参加教育方面的活动和项目。

和这些机构多次合作之后，我终于和它们达成了约定：我帮助联合国难民署组织一些活动，他们给我一定的生活费用。但这并不意味着我拥有了工作许可，如果我去外面挣钱，我还是个非法工作者。

在来约旦之前，我学习过很多电脑知识。在父亲的资助下，我在当地开了一家电脑维修店。四年前，刚来约旦的时候，我在一家电脑公司找了一份工作。刚开始做学徒，没工资，只是尝试认识更多的人、搞好关系。经过几个月的努力后，我终于被公司正式雇佣。

我在这家公司工作了三年，主要工作是编程、绘图、设计。我每天工作 9~12 个小时，空闲时间就去难民中心教其他难民电脑方面的课程。最近一年我开始创业，和伙伴们设计了一个帮助非阿拉伯语使用者学习不同的阿拉伯语方言的软件。我们现在有

5个人，我主要负责技术方面的工作。

穆罕默德拿出手机，向我展示了他设计的软件。我尝试了一下，做得很人性化、很智能。

我相信自己设计出的软件性能出众，我只是需要资金，我需要人来为我的应用程序投资，不然我没法扩大生意。寻找赞助也是我现在正忙着做的事情。我家8口人，只有我一个人全职工作，所以我着急挣钱。

分别时，穆罕默德要了我的邮箱，把他们寻找投资的幻灯片发给了我：

"有机会帮我宣传一下啊。"

我笑着点头："当然。"

穆罕默德，安曼市，耶稣会难民服务中心难民中心
2019 年 11 月 11 日

访谈四：

我在这家咖啡店工作三年了，是亲戚介绍我过来的。从也门过来之后我就再也没有上过学。起初，我和亲戚住在另一座城市，在一家面包店做学徒。当时因为年龄小，找工作很麻烦。后来有了在面包店工作的经验，我就比较轻松地找到了现在这份工作，也能挣更多钱了。我还没结婚，生活压力不算大。

匿名，安曼市，某咖啡店
2019 年 11 月 11 日

访谈五：

我在 2012 年就来约旦了，当时花了一整年时间，向身边认识的人一个一个询问，最终才在超市得到了一份工作。在超市工作的三年中，我积累了不少经验。虽然没存下什么钱，但至少认识

了一些人。

没有任何组织帮助过我，所有号称帮助难民的机构都是骗子。那年我哥哥做手术，我向无数家组织寻求帮助，根本没人理我，最后还是向好朋友借钱才渡过了难关。至于联合国，只有很少一部分人能得到他们的援助。能得到援助当然好，但机会太小了。

在这里生活最大的问题就是东西太贵，也许你无法理解。说实话，只有我们穷人能理解穷人。富人和老板都把我们当工具使，他们这么做是很残忍的。我们的生活水深火热。他们给我们极低的工资，从不管我们死活。

他越说越愤怒："你知道吗，那些富人们把很多埃及劳力非法运到约旦充当劳工，没收他们的护照，只付一点点工资。这样一来，这些老板就不用再雇佣我们这些难民了，毕竟我们需要更高的工资来养活一家人。我今年24岁，老板刚雇了埃及人，我马上就要失业了"

匿名，马弗拉克地区，某餐厅

2019年11月13日

访谈六：

2012年战争爆发后，我来到约旦。第一份工作是在建筑工地打工。当时在街上看到在招收日结工，就去了。

后来我受伤了，伤在后背，很严重，很长一段时间不能工作。当时联合国难民署给了我一些补助，让我有钱租房子，但还是从朋友那儿借了一些钱来养几个孩子。

伤好之后，我不能干重活，几乎找不到工作。一年前在朋友的介绍下才来到这家餐厅，干一些轻活，挣的钱比以前少。

很感谢我的老板，他是一位有约旦护照的叙利亚人，我的工友也都是难民。

说话间，另一位服务员加入了我们。

我来这边工作8年了，但每月挣的钱依旧不够花。我家只能通过少买衣服和鞋子来省钱，省下来的就用来买吃的、交房租。我同时打两份工，这样生活才有保障。有时候房东不续租房子给我，我就得另找新家，换个地方住就得换份工作。联合国每月会给我一点钱，但只有10约旦第纳尔（约100元人民币），只能说是聊胜于无。

来约旦生活另一个比较大的困难是如何适应当地的习惯和文化，尤其是口音。

匿名，安曼市，某餐厅

2019年11月14日

访谈七：

在这家餐厅的后厨，我见到了两名年轻的难民厨师。

我们来自叙利亚，2013年来到约旦后考上了一所职业学校。在那里我们学了四年厨艺并成为厨师。在这个过程中，我们也在联合国组织的帮助下拿到了奖学金。

于难民学院眺望夕阳的北大附中学生

最后一个学期，学校给我们联系了这家餐厅进行实习，最后成功留在这里工作。对我来说，挣的钱是够用的，因为我的父母也外出务工挣钱。

除了我们俩，这里还有5个叙利亚人工作。但他们只是偶尔来，负责修理桌椅等，他们非常擅长做这些。

匿名，安曼市，某中高档餐厅

2019年11月15日

第十节 横跨五国的"世界难民"

　　回忆起我认识的第一位难民，是在北京，在北大附中的校园里。他叫哈克姆，叙利亚人，和家人一起生活在约旦。2018年9月，我入读北大附中高一，而他也拿到了奖学金，来北大附中读高三。我们两个人同时选择了难民研究的课程，也是在这门课上，我认识了许多好朋友，以及我之后的研究导师加雷。记得每次加雷老师讲到关于叙利亚难民的知识时，哈克姆都会用自己、家人和朋友的案例来帮助我们理解一些概念。

　　一年之后，哈克姆通过自己的努力考上了美国西北大学卡塔尔分校，到西亚国家卡塔尔的首都多哈去读书了。我也开始了更为深入的难民研究。又过了两年，我已经是对难民问题有所了解的大一学生，正在编写现在这本书。为了完成我在移民学课程中的一份访谈任务，我又采访了正在读大三的哈克姆。

　　时隔三年，再一次听哈克姆讲他的故事，我依旧深受触动。一个小时的访谈中，我详尽地了解了一位难民学生的过去、当下和未来。看到了一位难民学生如何通过自己的努力，一步一步从难民营、从约旦的偏远小镇，来到中国，前往卡塔尔和美国，改变了自己的命运。

以下，就是海湾时间 2021 年 10 月 20 日下午 2—3 时，我与哈克姆通过 Zoom 视频进行的访谈记录。

我："哈喽哈克姆，最近过得如何？"

哈克姆："非常好，非常好！你怎么样？"

我："我也很不错，见到你很开心。"

哈克姆："今天我们见面是要做个访谈吗？"

我："没错，我今天想要询问你的迁移经历，包括你作为难民的迁移路线，以及你曾经面对的选择和遇到的困难。"

哈克姆："没问题，那我们现在开始吧。"

我："首先，你是哪里人？最初从哪里来？你可以再具体说一下吗？"

哈克姆："我是叙利亚人，更具体地说，我来自叙利亚德拉省布斯拉城。在那里，我度过了我的童年时代。"

我："那么，你第一次跨国迁移是什么时候？你为什么要离开你的国家？"

哈克姆："那是 2011 年，叙利亚发生了内战，我作为难民逃到约旦，寻求庇护。"

哈克姆明显地强调了"逃"这个词。

我："这已经是 10 年之前了啊，那时候你多大？"

哈克姆："我当时 11 岁。"

我："当时你去约旦，是一个人还是和别人一起？"

哈克姆："我和全家人一起去的，除了我最年长的哥哥。"

我："那你哥哥呢？他一切都好吗？"

哈克姆："他留在叙利亚坚持读大学，后来他去了叙利亚的首都大马士革。"

我："你来到约旦后，居住的第一座城市是哪里呢？你为什么选择那里？"

哈克姆："事实上，我们最初住在马弗拉克地区的扎塔里难民营。随后我们向南走，到了卡拉克。"

我："那你觉得难民营怎么样？"

哈克姆摇摇头，似乎不愿回想难民营里的生活。

哈克姆："不，难民营不是一个选择。逃离了叙利亚后，我们别无选择，被带到了难民营。"

我："我不明白。'被带到难民营'是什么意思？谁把你们带过去的？是被迫的吗？你们是如何跨越边界的？边界又是什么样子的？"

哈克姆："首先，约旦和叙利亚的边界是一个国际边界，它在军队和警察的监视下。就像美国和墨西哥的边境一样，由强大的安保力量控制。穿越它只有两种方法：第一种，非法偷渡，这极为危险；第二种，则是我和绝大多数难民采用的。2015年之前，约旦开放边境并接收难民。像我这样的难民穿越国界，会有军用巴士把我们拉走，统一登记。拿到约旦政府发放的文件后，我们会被带到难民营。"

我："原来如此，那2015年之后发生了什么呢？"

哈克姆："如你所知，约旦没有签署1951年的难民公约，因而它可以选择不接受叙利亚难民，联合国也不能强迫它开放边境。尽管如此，作为邻居以及一些其他原因，2015年以前约旦还是接收叙利亚难民的。可到了2015年，因为难民数量已经超过一百万，约旦不得不关闭边境。"

我："照你所说，似乎大多数在约旦的叙利亚难民都在边境注册过，都持有文件。但我手上的数据却是大多数叙利亚难民并没有合法的难民身份。这是怎么回事？"

哈克姆："你所说的难民身份，是指他们是否在联合国难民署注册，而我所讲的注册是在约旦政府。向约旦政府和联合国登记是两码事。虽然难民在约旦的政府登记处登记，也能得到联合国的技术和资金支持，可拿到约旦政府给的身份文件，并不代表你是联合国承认的难民。"

我："我明白了。在联合国和约旦政府登记是两个系统，而这两个系统不共享数据，对吧？"

哈克姆："对。但你必须在约旦政府登记，如果没有登记，你很难在约旦生存，什么都做不了。除非你一直待在家里，不然去哪儿都有风险。例如，你不能去上学。如果被发现没有登记，后果很严重，会有大麻烦。"

我："据你所说，我猜想在约旦政府注册的难民比在联合国注册得要多很多。"

哈克姆："虽然我没有官方数据，但是我同意你的看法。我认识的难民都在约旦政府注册过。"

我："在约旦政府注册能获得什么呢？一些证件？"

哈克姆："对的，你会获得一些身份证件。2015年之前，在政府注册过的叙利亚难民能够获得约旦的身份证。那个证件是一张纸，上面有一串属于你自己的数字。携带护照来约旦的叙利亚难民拿到这个证件后，护照上会盖上章。对于那些没有护照的，或者护照丢失的，从约旦政府得到的那个身份证就是一切。"

我："那你觉得约旦这种情况，和欧洲那些签署了难民公约的国家相比，对难民来说，会带来哪些问题？"

哈克姆："在欧洲，作为一名难民，你可以先申请庇护，然后一步一步申请绿卡，最终可以申请公民身份。但是在中东这些没有签署难民公约的国家，这一合法路径并不存在。你将永远是难民，联合国也没法强迫当地政府将你纳入当地国籍。因此，难民在中东的这些国家生活，将很难改善自身的经济条件与社会身份。"

我："那么难民营呢？我知道现在只有 10%~20% 的叙利亚难民生活在难民营，但你刚刚说，开始时，军队把所有人都带到难民营。其中又发生了什么呢？而且，印象中我第一次见到你的家人时，也并不是在扎塔里难民营里。"

哈克姆："所有被约旦军方接收的难民，起初都被拉到难民营。但后来，我家决定从扎塔里营地搬出来，前往卡拉克，也就是你当时见到我家人的地方。"

我："原来如此，那你们是怎样从难民营里出来的呢？"

哈克姆："难民有两种方式离开难民营。第一种，你可以逃跑。但这很冒险，一旦被抓，要么被送回难民营，要么被直接送回叙利亚。另一种，就是我们选择的方式，申请在外居住。为此，我们需要花不少时间等待政府批准。"

我："可是你们一家人为什么选择卡拉克呢？更多的叙利亚难民生活在安曼市、伊尔比德地区与马弗拉克地区。"

哈克姆："20 世纪 80 年代，我父亲曾在卡拉克工作，在当地有不少朋友，大家都很熟悉。所以去卡拉克会有很多人帮助我们。离开难民营到达卡拉克的第一周，我们就住在我父亲在当地的一个老朋友家里，直到后来我们找到了房子。"

我："这位老朋友是约旦人还是叙利亚人？"

哈克姆："他是约旦人，我父亲在卡拉克的大多数朋友都是约旦人。"

我："那你父亲是怎么在卡拉克找到第一份工作的呢？"

哈克姆："还是因为我父亲的约旦朋友，他们帮了我家很多。因为我父亲以前是理发师，他的约旦朋友就帮他租了一间房子，在卡拉克开了一家理发店。"

我："不错。那其他叙利亚人呢？出了难民营，有其他叙利亚人帮助过你和你的家人吗？"

哈克姆想了一会儿，说："从经济上说，没有。但是在情感上有一些。当我们见到其他叙利亚难民时，我们能够相互理解、建立联系。举个例子，我母亲和其他叙利亚妇女时常会聚在一起聊天、做饭和吃饭。卡拉克的叙利亚人不多，那时我的大部分朋友都不是叙利亚人。我父亲虽然也有一些叙利亚朋友在约旦，但彼此间没有经济帮助。但如果你去伊尔比德这样有许多叙利亚人的地方，很可能就会发现不同的难民家庭在经济上相互帮助。"

我："除了你父亲的这些朋友，你来约旦之后，有没有任何政府或非政府组织帮助过你家？"

哈克姆："有非政府组织提供过帮助，但他们一般提供的都是情感支持，其实我们并不太需要。他们偶尔会为难民不定期地提供一些生活必需品。但总的来说，这些帮助聊胜于无。除此之外，难民署曾给予我们一些粮食，称为人道主义援助。难民署发给我们只能在特定食品店使用的卡，并时不时为我们往里面存钱。"

我："再后来呢？你就来到了中国？"

哈克姆："对。如你所知，我获得北大附中的奖学金。"

我："那你是怎么知道北大附中道尔顿学院的这个奖学金项目的呢？"

哈克姆："那时候我每天都会登录网站，寻找各种适合自己的奖学金项目。我四处寻找机会，申请任何我能够申请的项目。然后我就发现了北大附中道尔顿学院的项目。"

我："所以一切都是你自己完成的，没有通过任何当地组织的帮助？"

哈克姆："没有，一切都是我自己做的。我知道有一些申请者是通过非政府组织帮助申请的，你也见过这些申请者中的一部分，但我没有。"

我："太不容易了！然后你就成为几十位申请者中唯一成功

的学生，来到了中国。"

哈克姆："是的。"

我："在你来中国的路上，遇到过什么困难吗？"

哈克姆："当然，最大的问题还是签证。获得中国签证并不容易，即使我提前三个月就开始准备材料，第一学期还是迟到了。我花了一个夏天的时间来完成申请签证所有必需的文书，我每天都需要从卡拉克到安曼市去准备材料。这是一个漫长的过程，我把纸质的复印件寄到北京，等着校方盖章再寄回来，往返多次。"

我："这些手续都是在中国驻约旦大使馆完成的吗？"

哈克姆："不，安曼有一个中国签证中心，它与大使馆是分开的。但我确实去了大使馆好几次，办理不同的手续，签字、盖章等等。"

我："在这些复杂的流程中，有没有人或组织帮助过你？"

哈克姆："几乎没有。除了学校给了我一些证明和支持国际旅行的文件之外，在约旦的一切，都是我自己做的。"

我："真不容易啊。根据约旦规定，作为一名难民，一旦你离开约旦就回不去了，也就意味着与家人分离，你的内心有过不舍和挣扎吗？"

哈克姆："说实话，刚离开约旦的时候我并不知道这一点。直到我来到北京几个星期后，才收到自己返回约旦的申请被拒绝的信息。"

我："那时是 2018 年？"

哈克姆："2018 年 10 月。"

我："那之后我和你就认识了。你在北京生活的一年多，有没有阿拉伯社群、叙利亚社群或其他社群帮助过你呢？"

哈克姆："没有，我一般都在学校。主要是学校支持我，奖学金涵盖了一切。直到我离开中国的前两个月，才认识了其他两名叙利亚大学生。"

我："我想知道你离开北京之后的事情。你被美国西北大学卡塔尔分校录取，并拿到了奖学金，去了多哈，对吗？"

哈克姆："对。"

我："那你申请奖学金的时候，除了咱们学校的升学顾问，还有其他组织帮助过你吗？"

哈克姆："没有了，只有咱们学校的老师帮助我申请，盖比、艾琳……你都认识的。"

我："那卡塔尔签证呢？很难拿到吗？有没有人帮你申请？"

哈克姆："不，这个过程很简单。你把护照交给学校，学校会和政府机构的人合作，帮助你获得签证。"

我："我在阿联酋也是这样，不需要像去美国和英国读大学的同学那样，自己跑到大使馆去申请签证。在你现在就读的大学里，还有其他难民或者叙利亚学生吗？"

哈克姆："这里只有两三个难民学生。难民学生要被这所学校录取，是极为困难的。如果我没有在北大附中接受教育，没有在北京学习，也是很难考到这里的。"

我："我之前采访过你的室友，他也是难民吧？"

哈克姆："没错，他来自黎巴嫩的一个巴勒斯坦难民营。"

我："他是怎么考到你们学校的？"

哈克姆："他在近东巴勒斯坦难民救济工程处开设的一所高中读书。后来一个非政府组织与这所学校联合培养学生，他得到帮助，申请到了我们学校的奖学金。"

我："按理说你是不允许以难民的身份回约旦的，对吧？但我听说暑假的时候你回到约旦，你是怎么回去的呢？"

哈克姆："我 2018 年离开约旦时还不到 18 岁。按照规定，18 岁之前离开的难民，之后还能返回约旦。我很幸运，如果 2018 年我超过了 18 岁，那就真的回不去了。"

我想约旦海关必然也知道，哈克姆不会放弃在卡塔尔的生活，长久地滞留在约旦的。

我："祝贺你终于和家人团聚了。不过接下来的寒假，你还能重返约旦吗？你这次离开约旦，到卡塔尔的首都多哈继续上学，已经超过 18 岁了。"

哈克姆："我觉得我可以，但我不确定。"

我："希望一切顺利。那么接下来两年，你有什么计划吗？还会去哪里？"

哈克姆："下个学期，我将会去西北大学在美国的主校区。之前我就想去，但特朗普政府颁布了不许叙利亚人入境的政策，好在拜登就任总统后这个政策就被取消了。"

我："那以后呢？你现在已经大三了，本科毕业后你打算做什么呢？"

哈克姆："首选去美国读研究生，但前提还是我能否申请到全额奖学金。如果申请不到，我想我会先在卡塔尔工作一段时间，然后再接着申请研究生。看看明年申请的结果再做决定吧。"

哈克姆的声音突然低沉下来，显然，他对自己的未来缺乏信心。

我："不管怎样，祝你一切顺利！最后一个问题，作为难民，你遇到的最大困难是什么？"

哈克姆："首先还是签证问题，然后就是护照问题。我需要每两年更新一次我的护照及各种文件，以保证其有效性。"

我："你如何去更新护照呢？"

哈克姆："送到叙利亚使馆就可以，但是需要等待一段时间才能完成更新。"

我："感谢你接受访谈，我没有问题要问了，实在太感谢了！"

哈克姆："没事儿，不过我有个问题要问你。"

我："你说？"

哈克姆："你什么时候来多哈？"

我和哈克姆都笑了起来。

在哈克姆的故事里，我们可以看到一个难民家庭的生存策略以及做出的种种决策。让家里的孩子分别生活在叙利亚、约旦以及第三国，便分化了整个家庭的风险。如果今后回叙利亚，还有长子在国内接应。如果哈克姆在未来成功地获得了美国国籍，全家就可以去美国和他团圆。在他的故事里，我们也能看到一所所学校和联合国难民组织是如何影响难民的迁移的。约旦的边境政策在不断变化，难民与收容国本地人以及难民之间相互帮扶，国际与地方还存在双重系统的矛盾。更有意思的是，通过哈克姆的故事，我们还了解到，美国的政府更替竟然也影响到了中东难民的命运。在哈克姆身上，我看到缺乏国际保护和法律支持的难民青年，是如何顽强地成长起来的。

在访谈中，我和哈克姆都没有提到"返回叙利亚"，似乎我们两人都已经默认——战争将持续下去，难民危机将长期存在。

哈克姆是非常幸运的，他是极少数有机会在世界一流大学接受教育的难民之一，也是极少数拥有世界主义认同感的难民之一。他比绝大多数难民掌握了更多的知识，熟悉国际法律与政策。他对于时事与现状的领悟也是其他难民少有的，因此他是难民中的特例。他最终的成就与所拥有的生活，不能代表全体难民的水平。但是他的案例却鲜明地展示了难民们逆流而上的奋进精神。即使长期身处逆境，也有可能有所突破，书写属于自己的故事。

哈克姆、张梓杰、江文涛在北京地铁

第十一节 难民危机的解决之道

在研究中东难民的过程中，我与联合国的工作人员做过一些交流。我曾两次到联合国难民署驻约旦总部进行采访，也曾同联合国儿童基金会的工作者以及难民学校的老师进行交流，寻求难民危机的解决之道。

每次到难民署，我和朋友们都会提前准备好纸、笔，以及一系列的问题。每次交流，都以受访官员播放幻灯片，为我们介绍难民署的工作成果为开端。毋庸置疑，联合国难民署是全球为难民提供人道主义救援的主要组织，它从生活的方方面面帮助了无数的难民。

联合国提出了三种永久解决难民危机的方法。

第一，维护难民所属国的社会稳定，减少战乱，将难民们遣返回国，从根本上解决问题。

第二，使难民成为收容国的国民，获得该国国民身份与国民权利。

第三，将难民安置在欧洲、大洋洲、北美洲的发达国家。

然而，联合国官员也承认，只有不到10%的难民能享受到这三种"待遇"。中东战争频繁，并未有结束趋势，近十年很少有难民愿意再返回家乡。叙利亚战争既是国内社会宗派间的战争，也是映射国际矛盾的"代理人战争"。而对于巴勒斯坦人来说，他们的战争持续了 70 年，无休无止。他们的家乡在过去 70 年中已经变成以色列，他们不被允许返回。在一些地方，武装冲突不断。2021 年上半年，加沙地带多次遭受轰炸，没人能预测战争的趋势和结束的时间。难民总数逐年增加，就算有人愿意返回家乡，每年能合法返回家乡的人也少之又少。

给予难民收容国国民身份更具阻力。中东的难民收容国大多人口较少、经济薄弱。比如约旦，本身就是一个负债大国，依靠外国的资金援助维持本国经济。再如黎巴嫩，难民占其人口总数的 1/3。2021 年，黎巴嫩政府因腐败被赶下台。当时，我的难民朋友谢哈比从卡塔尔回到黎巴嫩，说"整个国家都处于一种奇怪的无政府状态"。在中东的所有难民中，只有部分巴勒斯坦难民在挣扎了半个多世纪后，在约旦拿到了护照。即使如此，他们也都在近东巴勒斯坦难民救济工程处完成了注册，只为有朝一日能重返故乡。

将难民安置于第三国也不妥当。当德国决定接纳 100 万跨过大陆逃难而来的叙利亚难民时，国内就发生数次大规模抗议活动。一些本国人打着标语喊着口号，要求政府将难民驱逐出境。大多数收容国的国民认为，难民带来的是危险、暴力和失业。而生活在约旦的数百万难民中，每年能通过联合国移民到第三国的也不过几千人。尤其是在国际政策不断变化的当下，能够通过合法途径改变命运，移民到第三国的难民更是少之又少。

在联合国组织采访时，我常听到的另一个问题就是资金不足。近些年，难民署和其他联合国机关都要面对预算缩减的问题。

由于美国拖欠会费并从联合国撤资，联合国一些机关的经费缩减了 40%，只能勉强应付机关的运营，能用来帮助难民的费用寥寥无几。2019年，我在约旦各地采访了四五十位难民务工者。他们之中，只有一半左右过去的某一阶段得到过联合国或非政府组织的帮助。近期，得到帮助的难民越来越少。我的采访对象中只有两三位还在持续地收到难民署的现金帮助，虽然这份帮助每月只有20~30约旦第纳尔（合两三百元人民币）；只有一位残疾难民，每月能从难民署领到135约旦第纳尔（约合1350元人民币）。

对于一个难民家庭来说，来自联合国的资助不过杯水车薪。难民们告诉我，在安曼或者马弗拉克这样的城市，一个人一个月至少要花费400约旦第纳尔（约4000元人民币），而一大家子人一个月则至少要花1000约旦第纳尔（约10000元人民币）。这些花费用于交通、租房、吃饭等生活支出。而联合国所给予的几十块钱，对于他们的生活需求来说，帮助甚微。更重要的是，联合国只能帮助极少数的难民，连联合国难民署的官员们都这样说："难民署只能选择优先帮助最边缘、最贫困的10%的难民。"

作者一行采访难民署　　　　北大附中学生向难民署工作人员提问

记得有一次，结束了联合国难民署的采访，阿纳斯和我在返程的路上随机采访了一位在服装店做店员的叙利亚女性难民。那位女性难民叙述了自己的经历：

"我到安曼大概8年了。在叙利亚时就做服装方面的工作，刚逃过来时在其他服装店也找过类似的工作。后来在朋友的介绍下，我认识了现在的老板。面试后就获得了这份工作，这里薪资更高，我已经在这里工作6年了。

"我是幸运的。因为我一直没有丢掉工作。不像我丈夫，他已经很久没有找到一份稳定的工作了。但我也是不幸的，我家曾在联合国的帮助下获得了在美国被重新安置的机会（所谓重新安置，就是拿到美国国籍，获得公民的权利）。但我们前往美国的计划却被无限延期了，因为特朗普政府颁布了不准许叙利亚人进入美国的政策。先前服装店的一位难民同事在这一政策颁布前，就被重新安置在美国了，他们现在的生活和我们简直就是天差地别。"

由此可见，难民的生活是被掌控的。这种掌控来自收容国，亦来自其他国家。给予难民的援助说断就断，难民的生活机会说没就没。国际合作与外国援助能维持难民的生活，全球纷争亦能使难民陷入二次危机。为此，联合国又能做多少呢？正如一位难民署官员回答我问题时所说："目前不同国家的政策在不停地变化，约旦的难民政策也不稳定，我们只能等等看。"

"等等看"三个字让我迷茫不已。还记得那天，看着对面的联合国官员，我瘫在难民署会议室的椅子上，悲观地想：如果连联合国这个全球最大的难民管理组织和难民权利的保护组织都只能"等等看"，那难民危机还有解决的希望吗？他们的生活还有机会改善吗？

第十二节 当非政府组织成为一个行业

难民从四面八方奔赴而来，当政府与联合国不再能够为难民提供足够的支持，非政府组织就登上了舞台。这些组织如雨后春笋般不断涌现，它们用各种方式从全球募集资金，从儿童、妇女、就业、健康医疗等各个方面援助难民。

在约旦，100多万叙利亚难民集中生活于边境地区的马弗拉克和首都安曼，因此这两地也是各类非政府组织、非营利组织、公益组织的聚集之处。除去先前所提到的耶稣会难民服务中心，我也数次走访位于马弗拉克地区的贫困家庭与幼儿慈善协会，这是约旦规模较大的一家非政府组织。

第一次拜访是在4月底，一天上午10点左右，我们一行10人——一位司机、一位当地向导、两位老师和6位学生，从安曼抵达这个所处偏僻的非政府组织。这里俨然是农村，然而由于位于沙漠之中，农业并不发达。我们在负责人的办公室里进行访谈，这里条件一般，大家生活也很简朴。我们围坐一圈，在负责人向我们介绍了该组织的情况后，与三位申请北大附中奖学金的学生进行了交流。

负责人这样介绍这个组织："我们这里是贫困地区，2008年时带头建立了这个组织。起初它是以经济发展为中心的，从2009年起，叙利亚难民开始涌入这里，我们便逐步考虑如何在人道主义救援方面尽一份力。因为难民中很大一部分是孩童，所以我们从教育入手，努力去寻找大的、有资金支持的组织进行合作。驻约旦的联合国儿童基金会帮助了我们，我们一同努力在这个区域建立了新的学校，我们的几位工作人员也在其中任教。2010年，我们又与驻约旦的美国国际开发署进行合作。当时叙利亚爆发了内战，大量难民涌入我们这个边境小镇。我们努力组织居民接纳难民，帮助上万个难民家庭融入我们的生活和社群之中。

"在这个地区，我们致力于减少难民和本地人的矛盾，大家一同生活、一同吃饭。我个人也参加了不少国内国际的峰会，力求鼓励更多人和组织加入帮助难民的队伍中来。自2008年至今（2019年），我们搭建了79个项目帮扶难民，有的帮助难民学生，有的针对孩童，还有的提高了妇女的就业率。

"有一个项目大家现在就可以看到。这些，是我们每天为难民学生准备的食物，足够上千学生的午餐。"她指着旁边走廊里的一排箱子说，箱子里盛满了苹果和辣椒。我和朋友分享了她递过来的一个苹果，很新鲜，也很好吃。

午餐之前，我们见到了两位奖学金项目的申请者——贾瓦德与迪亚。负责人决定留他们和我们一起吃午饭，还专门为我们准备了阿拉伯美食——抓饭。所有人都坐在小板凳上吃饭。贾瓦德很健谈，大家围着他畅聊，而我则和稍显紧张的迪亚一起坐在角落里，一手抓饭一手果汁，一边交谈一边吃饭。贾瓦德给大家的第一印象是热情，迪亚给大家的第一印象是冷淡。可在和他交谈中，我看到了他内心的谦卑和举止的谨慎。他见我吃了大半盘食物，忙去帮我加饭，生怕锅里的食物被大家分完。他一边帮我加饭一边说："你太瘦了，要多吃点。"

当天晚上，大家开始讨论奖学金的颁发问题，都对贾瓦德印象深刻。我却和大家分享了自己对迪亚的观察结果。10天后，我们得到消息，经过教师面试和院长面试之后，迪亚最终成为当年的奖学金获得者。

那次在非政府组织贫困家庭与幼儿慈善协会的访谈是愉快的，也是成功的。但我难免忧虑，无论是这家组织还是早先介绍的安曼耶稣会难民服务中心，都已经是非常成功的非政府组织的案例。他们各自在巅峰时期都能同时帮助上千位难民，资金有限时也能帮助上百位。然而从全局来看，又有几家组织能够做到这一步？对比数百万的难民基数，这些非政府组织的帮扶是不是也只是杯水车薪呢？

拜访贫困家庭与幼儿慈善协会的第二天，我们走进了安曼市附近的巴卡阿难民营，这里是约旦乃至中东最大的巴勒斯坦难民营。这一难民营建设于70年前，至今仍被用于收容巴勒斯坦难民。70年风雨，这里的房屋已多次修建，最初的帐篷已变成永久或者半永久的砖房。然而这里依旧是贫民窟，尽管它已经成为城市的一部分，进入这里还是需要获得许可的。我们坐上一辆十几座的轿车，拉好了窗帘，悄悄地溜了进去，直奔难民营里的一家女性非政府组织。车开到这家组织门口，我们迅速拉开车门跑了进去，唯恐被人注意到。

值得一提的是，这家机构的门很小，大家只能一个一个地进入，也没有什么标志牌，非常不引人注目。

该组织的几位负责人已等候在屋内。这里别有洞天，从外面看只是一个半地下的杂物室，没想到里面竟然有好几间屋子，阳光也十分充足。其中两间屋子是负责人的办公室，两间很大的客厅做了工作室。每间客厅里都有几张合并在一起的桌子，上面摆着缝纫机，约有20位妇女正在用这些器械工作。

负责人告诉我们："住在巴卡阿难民营的难民都非常穷困，而巴勒斯坦的女性难民往往因为要照顾孩子和老人，没有机会外出务工。她们中有很多人并不想整日被困在家里，因此我们这个组织的首要目标就是为这些女性提供一些工作机会，同时教会她们一些工作可用的技能，帮助她们外出务工。"负责人曾在联合国巴勒斯坦难民学校任教，放弃了稳定的工作，来到这个艰苦的环境里，建立了这家非政府组织。"我们鼓励难民营中的数十位女性来这里制作手工艺品，包括制作一些陶瓷和玻璃制品。我们也教她们做一些衣服，教她们做饭，以便以后有可能外出就业。我们机构正努力把她们做成的工艺品卖出去，得到的钱一来可以供组织维持运营，二来可以为这些妇女补贴家用，三来可以资助一些穷困学生。"

　　"靠出售这些手工制品能够维持组织的运营吗？"我的同学问道。

　　"当然不够。我们每年所需运营资金为 50 万美元，用于租房、发工资和购置设备等各个方面，也用于在难民社区中组织活动。我们也直接赞助了一些难民，比如去年我们就资助了难民营里 110 户极其穷困的家庭和个人，还帮助了一些残疾人和数十名幼儿。我们每年还会资助 20 名难民学生读大学。

　　"说到教育，我们难民营的十几万人里，有很大一部分都是小孩子，主要来自巴勒斯坦，也有不少来自伊拉克和叙利亚。这些孩子以及他们的家庭对教育大多有两种看法：一种是鼓励小孩尽可能多地接受教育，长大以后可以更好地支持家庭；另一种则鼓励小孩早点工作挣钱，因此我们在下午时常能看到逃学外出工作的学生。不过很多地方，包括我们，都只接受 18 岁以上的务工人员。

　　"除此之外，资金也被用于妇女教育方面。

"如你们所见，这里所有的工作人员都是女性，她们都来自我们现在所在的这个思想比较保守的难民营中。这里的主流观念是女性要在家做家务照顾孩子，不得出门务工，丈夫在家庭中拥有较高的地位。有的女性私自出门会被家暴，人身权利都无法得到保障。而且相比男性，女性接受教育的机会更少、质量更低，她们也不懂得如何保护自己。

"不少女性来我们这里务工，是背着家里人来的，生怕被发现。因此我们会重点帮助她们提高对个人身份和自身权利的认知。我们向她们讲解妇女的权利和婚后的权利，并在她们需要离婚时帮助她们。这里的女性从前是不敢反抗的，但在接受了我们的教育之后，越来越多的女性开始自主地维护自身权益了。"

"刚刚您提到组织的运营成本很高，那这些资金主要来自哪里呢？每年组织的资金够用吗？"我们提出了问题。

"资金的来源有多种。我们 2006 年就注册了，是一家有经营许可证的非政府机构，因此我们能从政府和一些大使馆获得一定的资金支持，不过金额不多。我们也会与其他更大的非政府组织合作，共同开展一些帮扶难民的项目。为此，我们会经常关注报纸和其他的一些信息平台。这些平台经常会发布一些捐赠信息，比如一些企业家会把捐款信息发布在不同的平台上，我们只要看到就去联系，申请获得这笔捐助，用以帮助难民。

"但现实也很残酷，我们常常需要和其他非政府组织竞争同一笔捐助。比如说，一个帮助难民妇女的组织和一个帮助难民儿童的组织一起去争取同一家公司提供的公益资金，如果前者成功了，就意味着难民儿童将得不到这笔资金；如果后者成功了，则意味着难民妇女将得不到这笔资金。

"很多时候，捐款来自外国机构，我们因为语言不通，错失了这些合作的机会。好在这十几年下来，我们在本地的名声很不错，时常能够得到一些小额捐助。而且不少来难民营做研究、做义工的学生也会到我们这里帮忙。"

　　非政府组织面临的困难是多样的，上面那位负责人陈述的只是其中的一部分。政府对许多非政府组织不够信任，甚至派警察来监视，这就是为什么我们在进入这家非政府组织的时候唯恐被人看到的原因。再者，许多非政府组织的生存之道在于首先满足资金提供者和捐赠者的意愿，其次才是满足难民的需求。这些资金提供者、捐赠者往往对难民问题并不了解，所以他们的意愿在很大程度上干扰了捐赠资金对于难民的帮扶效果。与此同时，在实际操作中，任何一家非政府组织所募捐的资金中，都有很大一部分被用于自身发展和运营。一些组织自身的运营费用甚至占到了总预算的 80%，只有很少一部分资金用于帮扶难民。

作者拜访社会组织

　　因此，非政府组织的存在并不能从根本上解决难民问题。当然，这并不代表这些组织都是没有价值的，更不代表它们的领导者都是贪腐虚伪之辈。相反，在中东的非政府组织中，我结识了许多有识之人。他们中的每一位都在努力地为难民事业做贡献，试图改变难民们的命运。比如在安曼市的一家教堂旁，有一家意大利餐厅，长期雇用了三十几位伊拉克难民，教他们做比萨和其他意大利美食。再如在伊尔比德地区一条杂乱街道的一栋二层老楼里，妇女们正忙着给城区里的难民小孩做衣服，争取赶在换季之前送给孩子们。角落里堆满了之前活动的展板，展板上的核心词有"为女性赋能"，有资助商"H&M 基金会"的 LOGO。

诚然，联合国对于如何彻底解决难民问题尚无定论；诚然，非政府组织于宏观上尚未做出过多改变。可每天都有难民学生、难民妇女、难民孩童，接受这群人的积极影响，被这群人一步步改变了命运。在这些人身上，我见证了一个个成功的案例，感受到无比的欣慰，更看到了他们日复一日的坚持。

第十三节 拜访中国驻约旦大使馆及欧盟建设的难民工厂

2019 年 4 月 21 日，我们学校一行 8 人，拜访了中国驻约旦大使馆。中国驻约旦使馆文化参赞热情地向我们介绍了约旦，并回答了我们关于难民危机的问题。世界各国对于难民的援助方式、援助内容大同小异，了解中国的援助情况，也能帮助我们一窥整体的难民援助国际合作的状况。

中国驻约旦使馆文化参赞说，每年中国对于约旦的相关援助可达 8000 万 ~1 亿元人民币，相对美国、日本、德国和英国的援

中国驻约旦使馆接受杨参赞接见

助额要少一些。中国也在努力用各种方式支持在约旦的难民，其中很多援助是基于民生方面的。如中国政府每年会提供约 150 个奖学金机会给在约旦的难民学生，也因此赢得了不错的声誉。大使馆也时常举办义卖活动帮助难民，还会携带生活用品前往难民营进行慰问。

近些年由于特朗普政府的政策，约旦得到的国际援助减少了许多，整体经济下滑。按照国际的主要合作模式，中国对于难民的援助是通过援助约旦政府来实现的。

在做背景调查的时候，我曾研究过欧盟提出的对于约旦的援助模式。

由于约旦没有完整的工农业，所以欧盟建议在约旦投资建设工厂，然后要求约旦政府给予难民在这些工厂上班的工作许可。这样，难民有了工作，约旦政府也得到了援助，欧洲国家就不用接收大量的难民了。这个项目初步的目标是让 10 万难民拥有合法的工作。可这个由国际著名学者提出、得到各国政府支持、看似"三赢"的计划最终还是破产了。

工厂的确建设起来了，我们曾参观过那些工厂。那些工厂主要生产建材，和难民营一样建在沙漠深处，远离城市和居民区，甚至没有往来附近小镇的通勤车。也就是说，只要进入工厂，就很难离开。记得当时我们是一大早离开安曼的，快到中午时才赶到了工厂。难民们也的确在工厂里上班了，但因为没有汽车通勤，他们只得住在厂房边的员工宿舍里。说是宿舍，其实都是临时搭建的房屋，住宿条件还赶不上难民营。这里酷热、缺水、缺电，缺少所有生活必需品。

走进工厂，所见的是各种大型设备。大量难民工人在车间里干体力活，本地人做主管，坐在旁边的办公室里。生产车间里气味极其难闻，粉尘漫天。难民工人们没有任何防护措施，在这样的环境里长期工作，工人们很有可能患上肺病。当然也有相对自动化一些、环境好一些的工厂，可我在研究中发现，在这些条件好的工厂中，难民工人的比例非常少。后来这些工厂逐渐关掉了，即便是条件差的工厂也逐渐倒闭。因此，越来越少的难民从欧盟的这一援助计划中受益，越来越多的资金在上下级流动的过程中损失掉，更不要提曾经设下的 10 万难民的目标了。

难民问题还在继续，对世界各地都有不同的影响。

作者一行拜访约旦工厂

在希腊，难民的登陆和滞留让全国 GDP 大幅降低。

在德国，无数本地人游行抗议，反对难民入境。

在北美，援助难民的高中学生联盟已经建立数年。

而在中东，社会问题越演越烈，而主要的难民收容国，如约旦、黎巴嫩，大多时候仅仅扮演着协调者的身份，协调国际资金，协调人员，很大一部分资金用于各级政府的运营过程中，和非政府组织相似，真正送达难民手中的援助极为有限。记得我拜访一家约旦的政府机关时，负责人曾说，他们很欣赏我们这样的小型项目，因为连他们自己也只能从小事做起，没有办法改变难民的整体状况。他的表述让我心生悲凉。

在中东的一些国家，我还见到了诸多本地人和难民之间的误解和矛盾。有本地的商店雇员向我抱怨，说难民得到各种组织和联合国的帮助，日子过得比他们好多了。然而事实上，真正得到帮助的难民少之又少。我还听到过边境一家小商店的老板抱怨："曾经有一位叙利亚难民在我这里工作，我每天支付他 4 约旦第纳尔（约合 40 元人民币）；我并不认为难民的到来对我的生活影响很大，但我听说有不少约旦人因难民劳动力太多而失去了工作的时候，我很不满。"在约旦劳工市场，因为工作许可的缘故，只有少量本地穷人和难民存在工作竞争的关系。不少约旦老板不肯承认雇用了叙利亚人，生怕给自己带来麻烦。但事实上，通过我的翻译阿纳斯辨别雇员的口音，通过对街区内住户的访谈，我发现这种雇佣关系其实极为普遍。

这些误解和矛盾，会对难民造成伤害，而这种群体间的社会问题当下还在扩散，还在升级。

马弗拉克的街道

第十四节 贫穷远比病毒对我们的
威胁更大

2020 年新冠肺炎疫情暴发，几个月后疫情席卷全球，我再次前往约旦的旅行被无限期拖延，于是我只能在网络上和难民朋友们做日常的交流。通过这些交流，一个问题逐渐凸显出来，那就是难民群体本已脆弱的生活和生存方式正在被疫情彻底摧毁。"疫情下的难民们生活如何？"这成为我的新课题，于是我继续开展自己的难民研究。

疫情蔓延的头几个月，曾在约旦餐厅、服装店认识的难民们相继告诉我，他们被解雇了。他们所在的餐饮、服装零售行业在疫情中都受到了巨大的冲击。一位难民务工者在网上对我说："现在我们这些难民都被解雇了，只有本地人才能留下来，继续领工资。我们工作的地方都关闭了，老板通过减员来减少运营成本，可他不能随意解雇本地人。本地人都签了合同，随意解雇会带来麻烦，所以老板开除了我们这些没有工作许可、没签合同的难民。他也知道，我们这样的非法从业者是不敢去政府那里举报的，我们只能忍受，没有反抗的权力。"

非法务工的难民群体本就容易失业，他们大多在工地、市场做体力活，是日结工、小时工或每周一结的工种，工作极不稳定，疫情之下失业更为严重。本地人在疫情中可以线上办公，可这些做体力活的难民如何在网上干活呢？

我认识的一位难民焦虑地向我倾诉："疫情中，难民总是最快花光积蓄的人，因为我们以前就挣得少，现在一个月也没有几天能找到工作。所有难民都生活在贫困线之下，可物价却在疯涨，我们缺少生活所需的食品和药品。"当然，本地政府也在努力想方法补贴难民，给他们提供新的就业机会，可这些终究只针对那些合法的、登记过的难民劳工。至于那些非法的、从未登记过的难民劳工，又有哪个部门会关注呢？疫情之下，难民们更加无助。

黎巴嫩北部贝达维难民营的朋友穆罕默德告诉我，疫情蔓延一年后，难民营中大部分人都感染过新冠肺炎，但是政府既没有调查难民营中的具体感染情况，也没有为难民提供更多的保护或是防疫。难民自己也根本没有钱和渠道进行核酸检测，以判定自己是否感染、是否需要隔离。穆罕默德亲眼看到熟人因感染新冠肺炎去世。2020年8月黎巴嫩政府倒台之后，难民得到的关注更少。

随着疫情在中东国家的蔓延，难民的处境越来越困难。更多的难民被房东从出租屋中赶走去，在去超市抢购时被保安拦住禁止入内。来自各种国际组织和社会组织的援助没有增加，收到救助的难民照旧少之又少。

"我们生病联系医院，医院总告诉我们没有床位了，让我们另寻诊所，但本地人去医院时，却总是有床位。

"整个国家处于一种奇怪的无政府状态。人人都在自谋生路。我们难民营里的人现在大多已经不再关心自己会不会被病毒感染，每个人都在拼命寻找挣钱的机会，贫穷远比病毒对我们的威胁更大。

"这个世界正在崩塌。"

在本章中，我细述了最具代表性的难民故事，尝试展示难民们的生活。

从对我支持甚多的翻译朋友阿纳斯，到曾经的难民童工努尔；从同窗学长哈克姆，到难民女生西玛。真实的难民个案展现了难民们面临的各种问题：早婚、童工、性别歧视、群体分层、教育问题、就业问题、健康问题，等等。

我也探究了当今世界对于难民援助与管理的整体局势与趋势，并进行了大量的访谈。

从难民署的会客室，到扎塔里难民营；从巴勒斯坦难民学校，到耶稣会难民中心；从约旦高级人口理事会，到中国驻约旦大使馆。在访谈过程中，我见到了各方的努力，看到了他们面临的各种难题，以及救助的局限性。

正是一系列难民救助组织和机关所面临的困境与上述难民所面临的问题，构成了难民危机的复杂性，也正是这种复杂性使得难民危机延续数十年。

难民问题既受战争局势的影响，又受本地因素和国际因素，甚至地缘政治的影响。

而新的问题到来，新冠疫情使得难民们原有的困难和矛盾不断加剧，造成了诸多不可挽回的后果。

然而，难民问题的复杂性与各类矛盾的持续性，并不代表我们应当对难民问题持彻底悲观甚至放弃的态度，亦不应该持维持现状的心态。数千万难民依旧在世界各地寻求自己的生存之道，仍有无数有志之士坚持投身于改变难民现状的事业之中。

在之后的章节中，我将会介绍我亲身组织的两个难民项目。其中一个是在中国搭建关注难民的社群，另一个则专注于为难民学生提供教育机会。

第二章

我为难民做公益

第一节 我的前两场难民危机分享会

2019 年 11 月，从约旦回到北京后，我就开始着手准备校内的演讲活动：一来分享自己参与这个难民学生奖学金项目的心得，二来向更多的同学介绍难民的概念。这是国际部的公开活动，也是我第一次做与难民相关的公共分享。

当日，学校的小剧场里座无虚席，近百名师生在台下，期待地看着台上的我。我用近期读到的一本书做开场白，借助书中描写巴勒斯坦地区的动物群体的段落来铺垫，暗喻巴勒斯坦难民所面临的悲惨处境。然后我分享了访谈中听到的几个故事，引出了难民危机中的几个主要矛盾，帮助大家了解难民援助组织的多样性和各个群体之间的利益冲突，并指出了人们对难民普遍的误解。

这次演讲非常成功，也收获了相当多的反馈与好评。

这次活动原本只是一个学校活动，没承想最终带给我一个新的可能。

演讲结束后不久，我和室友迪亚收到了一封邀请函。国际部的老师邀请我们二人前往附近的清华附中，做一次相似但更细致的分享，向那里的高中生介绍难民的概念。迪亚是继哈克姆之后第二位获得北大附中中东奖学金的学生，也是我的室友。他从小就生活在难民聚集的马弗拉克地区，来北京上学之前，他时常参与组织帮助难民的活动，与当地的难民群体和非政府组织建立了良好的关系。

收到邀请后，我们二人在宿舍里讨论良久，一致认为这是一个很好地向更多的人介绍难民危机的机会。我们连夜赶制出幻灯片，还找来相关书籍，从中截取了十几页关于难民危机的介绍，提前发给了清华附中参加分享会的学生们，以便他们掌握此次分享的有关背景。

这次的分享时间是 35 分钟，我们将内容分为两部分。第一部分是难民危机的起源，着重介绍巴勒斯坦与以色列的矛盾和叙利亚内战。第二部分是难民现状，着重讲述难民教育、就业、医疗等方面的困难，每一个方面都以一两个故事做支撑。而这一框架，也为我们日后的各类演讲和公益分享提供了最初的模板。

活动之前，我们两人都有些紧张。这次分享是全英文的，而我俩那时的英文水平都不太过关；在此之前，我们也从未做过如此全面的讲座。我甚至想起初中在学校听各种讲座时，自己闭目养神的样子。也许这一次，我和迪亚要做台上那无趣之人了。彼时，我尚不能看到这种活动更深远、更广阔的意义，也没料到它对我之后所做的事情会产生怎样的影响。

2019 年 12 月中旬的一个周三的下午，迪亚和我来到清华附中，同学把我们接到做活动的教室。这和我们预想的礼堂不一样，教室中的学生并不多。可也正因为人不多，我俩很快就松弛了下来，不那么紧张了。调好设备后，十几个人围坐在一起，我们开始了

在清华附中分享交流

这次分享活动。

　　一切都超乎我们的意料，每位观众自始至终都非常激动、全神贯注地倾听我们的分享，不时流露出或震惊，或无奈，或伤感的神色。原来这些观众来自八九个不同的国家，几乎每一位都是移民或二代移民，因而他们不仅能够理解我们分享的故事，还能和我们一起分享他们身边的故事。不少人都分享了他们听说过或见过的难民案例。结束之前，我和迪亚被他们围在中间，回答了一个又一个深刻、现实、严峻的问题。

　　我从未预料到同学们会如此投入。最后，我对他们说，可以留下联系方式，我们将凭此将他们和难民学生们进行随机的笔友匹配。没想到所有人都争先恐后地在我电脑上敲下姓名和邮箱；还有人找来张笔，写下对无数难民的真诚祝愿。

　　我从未想过，一次活动，竟能将大家带进难民的世界。这也是我第一次发现，我们的分享，竟然真的可以帮助难民与世界各国的人建立连接。

　　当天晚上，我一个人行走在北京中关村附近的街道上，心中久久不能平静。原来，通过自己的努力，我们真的可以影响一群人，帮助一群人。大家也真的会因为我们的活动去了解、去支持一个似乎和他们没有直接关系的遥远而边缘的群体。我无法按捺内心的激动，流下了感动的泪水。有些事情，如果不经历一次，可能永远都不会相信。

　　从这次活动中，我和迪亚看到了分享会的价值，也为我们在中国国内帮助难民发声打开了新的思路。

　　半年后，当我拟去约旦的政府组织实习并实地研究难民危机的计划因为疫情搁置时，我决心启动 B 计划。那就是在 2020 年的夏天，在全国各地做一系列的难民公益分享会。

第二节 18 岁，我为自己而骄傲

我在全国做难民危机分享会和难民危机公益活动的目标有两个：一个是着手推动建立中国关注和帮助难民的青年社群；另一个是通过书信等方式将这一社群与中东的难民们连接，帮助难民们走出孤独无助的困境。

我最初的设想是同国内各城市的市、区级图书馆以及青少年活动中心、少年宫合作，由我与迪亚去做一场场演讲，辅助以图片、视频的形式，向观众们介绍什么是难民，分享我们的所见所闻，讲述真实的难民危机。演讲的最后就是活动环节，由观众们写下或者录下他们对难民们的支持和鼓励。我们计划请活动的合作方提供免费的场地，并利用他们在当地的影响力，帮助我们招募活动的参与者。

2020 年 5 月 23 日，我正式开始筹备。连续一周，每到自习课，我就上网查询国内各个城市的图书馆和青少年中心的联系方式，然后通过电子邮件的方式把我的活动策划案发给这些单位。选择城市时，我揣了小心思，想到自己从未去过的地方举办活动。我想走进一个个新鲜的城市，我想去面对一个个陌生的面孔。由于自己是北方人，因此当时我将所有的活动城市都选在南方。

说实话，我从没有同图书馆、青少年中心这样的单位打过交道，我的社会经验也非常有限，沟通中也没有什么策略和技巧。先前我也没做过太多活动，心里也没有底气。于是在邮件中，我声称自己来自一个"校内的难民问题研究小组""在过去的一年中，我们一直在努力帮助中东难民学生，并设法提高国内人群，尤其是青少年对全球难民危机的关注度"。我试图让自己显得很专业。而事实上，在我眼中，确实有个小组，比如我和迪亚做分享会的时候，我们的同学奕轩主动帮助我们剪辑视频，还有一位同学主动帮我们做海报。再就是两次和我一起前往难民营的张梓杰与江文涛同学，我们常常就难民危机进行交流和探讨。只不过，这个小组并没有正式成立，而接下来的一切活动，也只能靠我和迪亚两个人去推进。

在邮件中，我还列举了自己先前的研究经验、活动流程和活动成果。

在"我们的需求"一项中，我写下了如下内容：

1. 我们希望在 7 月或者 8 月的某一天，能够申请到一个小型的场地来进行宣讲，使用时长为 1.5~3 小时。由于没有预算，我们希望贵方能够免费提供场地。

2. 我们期望在宣讲前，可以利用贵部的影响力，为我们的宣讲做一些线上或线下的宣传，我们可以提供相关文案、照片以及海报等所需材料。

3. 在宣讲当天，我们可能需要技术方面的支持，比如播放幻灯片或者视频等。

那一周，我一直以地级市为单位，不停地在网上搜索各个图书馆的信息，按照写好的模版发送邮件。我疲惫却又傻傻地快乐着，有理想的人是幸福的。但现实真的很残酷，凝聚着心血、志忑地发出的五十余封电子邮件几乎全部石沉大海。两周后，只收到了一封电子邮件，几句简单的回复："您好，感谢您对某某市图书馆的关注与支持。受疫情影响，目前本馆有限开展线下活动。故，您所提方案暂不能安排，希能谅解。"

我长叹一声，也许这些单位的工作人员不习惯看电子邮件吧，于是我战战兢兢地开始拨打一个又一个图书馆和活动中心的电话。开始时我很紧张，小心翼翼地拨电话，谨慎地开口说话。但很快，这种紧张就又被我的叹息所替代。很多电话不是无人接听就是被敷衍地挂掉。总算有人肯认真听我说话，也大都给出了疫情刚刚缓和，不宜做任何线下活动的答复。最终，只有三家图书馆同意接受我的活动策划案。有两家后来没了音信，只有一家图书馆的负责人回复了我，并提出了严苛的要求——请提交学校的证明文件，由负责该项活动的老师来进行联系。我很无奈，我的活动既没有学校的证明，也没有负责的老师，我唯一的导师不会说中文。更重要的是，我不想借助学校的力量。在没有最终的把握可以证明自己能够把这个项目做成之前，我不希望被人知道。

兴奋消退之后，可能是放弃，也可能是冷静思考的开端。

2020 年 6 月，学年研究项目结束。写论文的时候，我重读一本重要文献，忽然读到一句话："书店是陌生人构建人际网络的地方，在这里，瞬时交流得以发生，而信息得以传递。"

书店！

我找到了！

从那之后，我寻找合作伙伴的目标就变成了独立书店。与图书馆和各类活动中心相比，独立书店更年轻，它聚集了自由的灵魂。这些书店的老板各有情怀，而书店的束缚相对也少一些。疫情缓和后，不少书店都打算通过举办各种各样的活动来扩大知名度，吸引更多的关注者，这就给了我开展公益活动的便利条件。于是，书店就成了我做难民分享的意向合作伙伴。

有了确实可行的方向，我精神抖擞，再次从地级市入手，搜索各个独立书店的联系方式，拨通一个个电话，反复地介绍自己。

那时候，电话一接通，我就会快速而简洁地介绍自己，生怕被对方打断，挂掉电话。

"我是来自北京的高中生项目组的成员，我们这几个月在全国各个城市的书店做一系列的公益分享活动，我想请问有没有机会同您这边合作办一场分享活动？"

通常如果对方产生了兴趣，我就会进一步介绍活动的内容和主题，询问相关负责人的联系方式，我也会尽早地提出自己的三个需求。一旦进展顺利，我就会将策划案发给对方。如果对方同意，接下来就是敲定大致的活动时间了。

第一家、第二家、第三家……

这个过程非常不容易。

在一个多月的时间里，我联系了一两百家书店，但取得联系的只有三四十家。电话接通，常常是我刚说两句话，就被对方当成骗子挂掉了电话。更多的时候，因为我资历不够，或者对方提出需要收取场地费，就无法继续推进。还有一些书店在收到我的策划案后就没了消息，直到很多天后，才给我发来一句简短的回复：活动方案未经通过。

不过一个月的磨炼，我练就了刀枪不入的强大内心，不管是被拒绝还是被接受，都不再会影响我的心境了。而且我逐渐地练就了"活动新技能"，可以仅仅通过短暂的网上检索，就判断出与一家书店合作的可能性，并预期沟通的难度。我还学会了用滚雪球的办法联系到更多的意向合作伙伴。

但是我没想到，还有更大的拦路虎在不远处等着我。

那时正值高二的期末，而高三上学期我们必须完成国外大学的申请。7月和8月是所有出国学生最后的冲刺阶段，我所有的同学、所有的好友，都趴在桌前拼命地刷题，然后认真谨慎地一遍遍修改提交给国外大学的申请文书。在所有人看来，最后这几个月，将最终决定未来。那时的我心气极高，一心想考最顶尖的常春藤学校，可我连最基础的英语托福成绩还卡在103分，距离录取线还很远。看着身边的同学们一稿又一稿地改着文书，考出一个又一个高分，我强压内心的焦急与担忧，认真地思考自己的未来。

是和大家一样努力刷题考试、稳稳当当地考个全球顶尖的大学，还是抛下一切，冒着被同学们甩在身后的风险，去做我的公益活动？

其实做决定并不难，我早就坚定地选择了后者。只是心里并不好受，我还是害怕自己考取的学校不如他人，辜负了同学和老师们对我的期望，更怕将来的自己不甘心。当然，我也没跟任何朋友提及自己将要开始的这场为期几个月的"冒险"行动。我相信即使在一年后，大学录取结果尘埃落定，我的同学也没人相信我会在申请季前的暑假里，不刷题、不写文书、不背单词，却跑出去做活动。

我顶住了身边的同龄人给予我的泡沫般膨胀的期待，狠狠地咬咬牙，最终还是去做了自己想做的事情。

我告诉自己：成年前的最后几个月，我绝不可以将时间浪费在没有意义的事情上。考学不成功，日后还有机会，可如果不能在18岁那一天为自己而骄傲，那我一辈子都无法原谅自己。于是我笑着对我的父母说："只要能做成这个项目，哪怕申请到的学校排名低30名，我也乐意。"

正是靠着这一信念，我一路横冲直撞、势不可当，全心全意地投入公益演讲中去。

做好了心理准备，找到了合作书店，剩下的就是内容了。

最开始的十余场分享，都是迪亚和我两个人一起演讲。我在现场讲，他在线上讲。轮到他讲时，我就来做翻译。我们两人一起做了六七十页的幻灯片，合理分配内容，力求从各个方面详细介绍难民的概念及其生活的方方面面。我们还多次测试了各种视频电话、视频投屏的网速，还设计了两份海报模板，制作了发放给活动参与者的宣传单页。

7月初，所有的准备都已完成，我再次联系各家书店，敲定了最后的活动时间。

中东难民危机
Refugee Crisis In The Middle East
挑战孤独、遗忘、抛弃、恐惧

在过去的数十年中，中东上千万人因战乱背井离乡成为"被孤立的"难民，渴望着来自世界的关怀。

1967
巴勒斯坦-以色列战争

560万注册的巴勒斯坦难民

2011
阿拉伯之春

2590万已注册的难民

670万叙利亚难民

270万阿富汗难民

230万苏丹难民

还有无数被迫未在官方注册的"非正式"难民……

地理位置
难民主要集中在约旦、黎巴嫩、土耳其及诸多欧洲国家

生活需求
难民营中生活的难民在食物和日常用品的数量及质量方面无法得到保障。而许多生活在难民营外的难民得不到任何帮助。

教育
无数难民学生因战乱失去教育的机会。而在成为难民后，因资金和生活压力不得不放弃学业。

谁在帮助难民？
联合国难民署 (UNHCR)

联合国近东巴勒斯坦难民救济和工程处 (UNRWA)

社会各界的非政府组织 (NGOs)

难民收容国政府

国际政府支援

社会问题
早婚、童工、性别歧视是在难民危机中常见的问题。

唐山樊登书店中东难民危机故事分享会海报（一）

中东难民危机

故事分享会与关怀传递活动

关于分享者

　　Deaa和梁斯乔来自北京大学附属中学，他们有着与难民居住/采访的经历，并以难民危机为独立研究项目进行深度学习。与此同时，他们多次组织参与了支持帮助难民的活动。

分享时间

2020.10.08 星期四 15:00-17:00

分享地点

唐山市路北区学院路98号五洲金行大厦三层樊登书店

"我的一位老板曾经给过我两个选择：要么没被开除，要么工资减少四分之一……我没有任何办法，他（老板）很容易找到一个替换我的人，因为有无数难民在街上寻找工作" —— 一位叙利亚难民员工

"我老师的英语并不是很好，而且她对难民区别对待。有一次因为我公然纠正了她的错误，她就把我赶出了教室…" —— 一位苏丹难民学生

"成为难民后，我非常努力地工作，还获得了一个学院的奖学金，我在那里读了两年书，拿到了工程学的学位。但是这个文凭没有一点用处，因为我始终得不到工作许可，我只能成为非法员工……" —— 一位叙利亚难民员工

"我的哥哥们和父亲都在战乱中去世了，一家九个人中只有我一个男性，我必须撑起整个家" —— 一位刚刚成年的叙利亚难民员工

唐山樊登书店中东难民危机故事分享会海报（二）

第三节 种一颗关爱的种子

第一场分享会选在广西的北海市，一座有趣的海边小城。小满书店算得上北海最精致的书店，在小城缤纷的商铺中独树一帜，布局装饰都很有特色，聚集着一群有趣的青年。文西和尼克是书店的老板，虽然这只是他俩的副业，可他们却很敬业，想把书店变成一个平台，希望借助这个平台，能够帮助各种有想法的年轻人。而我，就是其中之一。不过，这是小满书店第一次做分享会。

2020年7月12日，我人生第一场公众分享会的前一天，由于感冒还没好，到了下午，我还在不停地咳嗽。在小满书店的办公室里，文西提出，请我用10分钟的时间简述明天要讲的内容。我一直很自信，对自己的叙事能力充满信心，所以也没有准备和演练。可真正讲起来，我才意识到——我高估自己了。由于从前所有的研究、分享和活动，甚至连学习难民课程，用的都是英语，而突然改用汉语叙述，很多术语我一时翻译不出来，讲话的同时不停地思考，以至于讲述断断续续。我曾经对自己的演讲非常自豪，如今，我对自己的汉语讲演毫无信心，甚至越说越气馁。10分钟的简述我讲了半个小时也没讲完，内心实在过意不去。显然，我对内容的把控能力严重不足。

回到酒店，我第一时间联系了迪亚，告诉他我遇到了困难，两个人便迅速开始演练。分享会的前半段由迪亚来讲，我来翻译；后半段我来讲，迪亚答疑。在演练中，我不断练习语言组织能力，努力使我的表达通俗易懂。然而，越演练我越心慌，问题越来越多地暴露出来。迪亚讲的内容，在幻灯片中没有图片来辅助。我们二人讲的内容有大量的重叠，迪亚不知何时入场，也不知何时切换，我们的线上合作简直糟糕透顶。

最终，我无力地抱着头，瘫坐在沙发上。在之前的宣传中，我们已经承诺我们在难民研究方面足够专业，并拥有丰富的演讲经验。可现在，连我自己都觉得内容无聊，图片少、互动少、故事少，而且技术问题频出。当然，迪亚和我谁也不想让大家感到失望，都期待能收到积极的反馈，我们都期盼被赞扬。然而就剩不到一天了，我不知道我们是否还来得及准备完备。无奈之下，我向迪亚道歉，而他也向我保证，分享会前一定把所有内容都准备好。由于我们之前合作了多次，所以彼此信任，于是在最后的那段时间里，我俩各自准备自己的内容。

2021 年 7 月 13 日下午 5 点，我提前两小时抵达书店做现场准备。调试好幻灯片，拨通了迪亚的视频电话。人们陆续进入书店，我将事先打印好的分享会内容单页分发给每一个人。临近开场，我在房间内侧的沙发上坐下，房间中所有人都在我目光可及之处。我身前摆放着一张桌子，听众从桌子旁一直坐到门口。桌子上的电脑放映着我和迪亚制作的幻灯片。一切就绪，我压抑住兴奋，开始了自我介绍。房间很小，我没用话筒，但因为感冒还没好彻底，每说一段话就停下咳嗽一下。

我由简入深，从历史的角度切入，讲解难民问题的成因，带大家了解其形成的根源。紧接着讲述难民生活的现状，带大家体会难民所面临的问题。很多人不知道，无数我们眼中理所当然、唾手可得的资源与条件，都是难民们穷尽一生的追求。接下来我向大家描述了难民问题对全球各区域的影响，宏观地阐述了解决难民危机的难点与解决的压力。最后，我带大家一起对难民的未来做了一个展望。

事实上，在准备此次演讲时，我并没有完完整整地顺过一遍，直到去讲的时候，我才意识到——要在短暂的一两个小时里让大家了解难民危机的方方面面是多么困难的事情。最终，原本计划一个半小时的演讲，被我硬生生地讲了两个半小时。先前准备的一瓶水很快被我喝完，接着尼克和文西给我递了一杯又一杯。这是我第一次在书店做公益活动，给大家讲难民问题。我说了不少车轱辘话，甚至不知道如何临场缩减内容。由于准备不充分、感冒没全好，加上高强度的输出，我在一个多小时后就感觉极为疲惫，只能强行支撑下去。

时间一分一秒过去，我和迪亚还是坚持到了最后。讲到最后一页幻灯片时，我忍不住笑了。我知道，不管怎样，我们也算成功了。至少所有的参与者还在专注地听着，拿笔记录着，虽然已经快到晚上 10 点了。我虽感体力不支，但兴奋、惊喜、快乐和幸福充斥着内心，让我忘记了身体的感受。我让迪亚先下线休息，自己开始组织大家为难民们写祝福的话语。如果说，在此次活动之前，我心里一直七上八下、惴惴不安，不知道这样的活动能否有效，能否产生哪怕一点点的影响；可现在，我心里有了答案，那就是这样的活动不仅能够被社会所接受，而且大家是欢迎的。大家找到我说，迪亚与我在他们的心里种下了关怀难民的种子。有的在微信里这样写："当大家听到叙利亚、约旦这样的字眼时，已不再是旁观，而是更加留意，看看自己能做什么。""我从前对朋友支持联合国帮助儿童的行为嗤之以鼻，认为远水救不了近火。听了你们的分享很有触动。思想是那座灯塔，让受苦的人们心中有光！"我相信，这颗种子未来一定会结果，让大家的心灵变得更加富有。

深夜，我迟迟没有入睡，思绪久久不能平静，灵感一个个一闪即逝，想法一个个接踵而至。这场分享只是一个开始，从技术到流程、从视频到文字、从内容到讲演，每一部分都有待提升。我在电脑里记下一个个问题，虽然问题有很多，但我丝毫没有感到灰心，相信暴露的问题越多，解决的问题就越多，下次的呈现就会越完美。国内关注难民的群体很少，迪亚和我算是引领者之一。相信随着更多的人逐渐加入，关爱的种子会越种越多，终会产生宏观的效果。

第四节 总有一次要面对零位听众

在打响这场难民公益持久战之前，我曾对人说，哪怕只有一位观众，我也要把活动做好、做到底。可第二场在柳州的分享会，却一位观众都没有，一个都没有。

在北海做完分享会，第二天我就来到了柳州，下了高铁就直奔阅光书社。阅光书社是我的第二家合作书店，正如小满在北海，阅光在龙城柳州也是不可多得的精致书店，有上万册在售图书，定期开展活动，还有好喝的饮品。阅光书社分享会在第二天举行，考虑到早来总是没错，我提前一天便抵达了柳州。彼时的我斗志昂扬，期待着在第二场活动中创出佳绩。关于此次分享会，一周前阅光书社就开始了相关的宣传，准备相对也比较充分，因此我对于此次活动的参加人数，也充满了期待。虽然我嘴上说，哪怕只有一位观众，也要把活动做好、做到底，但对于每场活动参加的人数，还是有所期待的。然而书社老板的回答却像一盆冰水一样，瞬间浇灭了我激动的心情，她含蓄地说："0人报名。"

我的心跳刹那间慢了下来，整个人都呆了。此刻，7月的广西似乎也没那么炎热了，我心里略感寒凉。虽然很久之前，我就和迪亚探讨过：如果没人来参与我们的活动怎么办？当时，我们两个意志坚定：这件事必须去做，即使没有人来参与，即使充满困难，即使需要花费无数的时间和精力才能有所突破，我们也要做，因为它意义非凡。可真正直面惨淡的现状，内心的感受却完全不一样。没有壮志豪情，只有乱糟糟的复杂的心情。整个下午，我都过得很难受，伤心失望。我不知道应该怪谁。书店已经给了我们合作的机会，并且想方设法帮助我们做宣传；迪亚则放弃了实习工作，同我一起准备这次活动。明明大家都在很努力地付出，为什么看不到收获？

那晚，在住处，我无力地坐在地上，后背靠着床帮，眼神涣散地看着窗外。

也许是巧合，傍晚，我的心理老师尹璞老师给我发来了几个名叫"拥有耐心"的英文视频。我仔细看了一遍，虽然没太听懂视频中的对话，但我能感受到其中的心境。我意识到，自己太没耐心了。我忽然想到尹老师在他的自传中写到的一句话，翻译过来大意是："我似乎感到几十年来，我在心理学领域的研究、学习和实践，就是为了让我在马航空难之时，以对未知有所准备的心理咨询师的身份，出现在这些家属身边，完成帮助他们的使命。"我的心情终于明朗起来。如果说，我的老师用了几十年的时间去准备，只为在别人需要之时完成自己的使命，那我这一时的得失，又算得了什么呢？

于是当晚，当书店打来电话，问我明天是否还举办活动的时候，我坚定地说："办，当然办！"就算没有人，也要办。没人，那我就去感受没人参与的气氛，去体验和思考没人参与的感觉。不去，才是真正的失败。我从地上爬起来，看着镜子里的自己，脸上流露出一丝笑容。我在心里对自己说：这种机会可是很难得的哦！

只是，我不知道该如何把这件事告诉迪亚。我怕他因此失望而感到愤怒。犹豫良久之后，我一边想着怎样鼓励他，一边拨通了他的电话。他接了。我叹了一口气，平静地把我们面临的情况告诉了他。和我一样，迪亚也惊呆了。电话冷场了几十秒，我们谁也没有说话，各自整理思绪。"要不这样，明天你休息一下，到时我去现场看看，说不定有一两个人来……"然而还没等我说完，迪亚就坚决地说："我会上线，我们是一个团队，一起开始，一起结束。"

我忽然又有了力量。

就这样，到了第二天傍晚，我提前半小时走进书店，仿佛这仍是一场正常的分享会。我刻意地将笑容挂在脸上，却不再指望有人来聆听。当然，我还在观望着，倒计时 30 分钟，倒计时 20 分钟，倒计时 10 分钟，倒计时 5 分钟——时间到。到底，这次终究还是没人来参加活动。我静静地坐在角落里的椅子上，心中茫然。坐了一会儿，我忽然想起刚才逛到书店二层的时候，看到一张大桌旁围坐了一群人。我咬了咬牙，上了二楼，径直走到那群人面前，打断了他们的交谈："你们好，我们正在楼下做一个公益分享会，请问你们有兴趣来参加吗？"对面的那群人冲我点头微笑，看起来有些兴趣，然而随即其中一人对我说："抱歉，我们也正在做一个分享会。"于是我也冲他们点头微笑，然后悻悻地下了楼。

也许是怕我们的心理受挫，也许是对难民话题有些兴趣，刚到楼下，店里唯一的店员七七就叫住我，问我能不能给她讲讲，说也许以后还有合作的可能。我愣了一下，旋即答应。打开幻灯片，叫上迪亚，我俩一起向七七讲述了我们研究的内容以及我们在做的项目。接下来，作为一位观众，也作为一位活动组织者，七七直接指出了两个核心问题：第一，内容过于复杂和学术性，不够接地气；第二，需要更多直观的视频与图片，才能更好地展现主题。事实上，我一直感觉应该在这两个问题上有所改进，但始终没有行动，感谢她直截了当地指了出来，让我意识到必须迅速改进。

在读高一和高二的时候，我和迪亚都参加过不少校内的学术研究研讨会。受此影响，在我们的分享会中，我也经常说到"根据某某模型""进行某某研究"，列举诸多学术名词。我俩甚至就某个联合国机关的名字和工作职能讲论很久，同时深入挖掘和解读某个名词在国际上被普遍认可的含义。迪亚还详细地介绍了生活在不同国家、不同时间段的巴勒斯坦难民的生活经历，而我则深入地分析了难民们所在的劳工市场是如何分层的。于是很多时候，讲到一半之后，我都会觉得自己更像在做学术报告。没错，这些都太学术了，对于刚刚接触难民这个概念的人来说，无疑是晦涩而无趣的。这并不是有效传递想法的方式，这必定使得我们不得不眼看着台下的人一个个摇头离去；这也会让我们在中场休息时，在洗手间的纸篓里瞥见被撕掉的活动分享单页。

我最终下定决心花时间和精力来改进我们的分享内容，我和迪亚连夜讨论和调整。我们还联系了同学奕轩，请他帮忙剪辑了几个关于难民的视频。迪亚还前往难民营和难民生活区拍摄了一组描绘当前难民状况的照片。我们对分享内容进行了较大的改动，这无疑让我们的活动质量有了很大的进步。在这次"零观众"的分享会之后，我们开始以一种更容易被接受的方式向参与者们传递知识与我们的愿景。

自那以后，随着分享会越办越多，我逐步发现"零观众"分享会后的修改是多么重要。

我是幸运的，及早地经历了"零观众"分享会，及早地收获了思想上的进步，开始了内容上的改进。

第五节 唱出自己的旋律，舞出独特的节奏

柳州之行后，我才算意识到应该如何去做分享。也正是因为经历了"零观众"分享会，后来我走进30座城市继续我的项目时，一直充满自信。

最初设计活动所涉及的城市时，我选择了北京、长沙、杭州、南京等大城市，也选择了合肥、中山、无锡、南昌等二线城市，以及岳阳、绵阳等三线城市。当时的思路是，既然目标是在国内推广难民这个概念，那么就不仅在国际化的大都市做活动，也要走进二三线城市。在这个过程中，我尽最大的努力，将学术研究变成面向大众、以故事为主、以学术为辅的分享，从理性转向感性。

渐渐地，再办活动时，我有了自己的节奏。活动前，我找出书店里有关中东和难民的书籍，摆放在桌子上供大家翻阅。开场前，伴随着关于难民的背景视频，我笑着向来人问好，递上活动单页；开场时，我备好两大杯热水，然后提醒自己控制好时间，确保整场活动状态良好；参与者们来得差不多时，我向所有的观众致谢，感谢他们的到来，然后请视频那头的迪亚介绍自己，活动就正式

开始；结束前，我向所有的观众道谢，感谢他们的聆听，同时感谢这座城市中赶来为我捧场的老朋友们，以喜悦的笑容和亲切的话语结束我的分享。人多时，我就站着讲；人少时，我就和大家围坐一圈，讲解和讨论。

很多时候，因为场地和设备的限制，我需要一手拿手机连线迪亚，一手拿话筒。迪亚的每句话，都要尝试用最地道的汉语翻译出来。活动中，由于两手占用，想喝一口水都很困难。时间长了，为了方便喝水，只要场地不算太大，我就放弃使用话筒，因此也练出了洪亮的声音。开始的时候，每一次分享，我都想把自己所知尽可能多地表达出来，生怕遗漏了什么。于是一场活动常常要持续 150 分钟，结果就是我的语速一直奇快无比。到活动后期，我的嗓子干咳难耐。后来我渐渐意识到，分享会的核心是让观众更多地接受内容，而非尽可能地自我表达。于是在多次与店长、店员和观众探讨后，我和迪亚又做了改进，缩减冗余部分，将分享时间严格控制在 75~90 分钟之间。

我更加注重情感的作用。我开始在分享会中着重强调数字，比如"巴勒斯坦难民危机爆发七十余年之后""叙利亚难民危机十年以来""仅百分之一的难民能够获得合法的工作"等。同时也加入了类比，比如介绍早婚问题时，我会先向观众询问分享会所在城市女性的平均结婚年龄，而后再告诉大家难民女性的平均结婚年龄和现状；介绍难民的住所时，我会拿出迪亚拍摄的难民营的图片和中国的乡村、城中村对比；介绍巴勒斯坦隔离墙时，我会播放柏林墙和美墨边境墙的图片；说到难民的中学教育，我会提及中国的义务教育。总之，讲到某个区域，我就在屏幕上投一张巨大无比的地图；说到人，我就展示一张面孔。我的分享也因此更加生动和直观。

我还喜欢上了互动，常常问参与者们各种问题，引导大家积极思考。

"提到难民，大家能想到哪些相关的词呢？"

"战争""落后""饥饿""叙利亚""贫穷""居无定所""妇女"参与者们争着回答。

于是，我将这些关键词在分享活动中一一展开。

"大家猜猜现在全球有多少难民？"

"20万？""200万？"

"太少了吧，叙利亚半个国家的人都流离失所了。"

"2000万？"

我运用同理心，努力将观众们带入一个个难民故事中。有时，我会请观众从难民面临的问题中选出一个，鼓励他们设身处地地想一想，该如何应对这个问题。针对具体的难民问题，比如难民妇女、难民儿童、难民教育和难民医疗，我通过自己的讲解，努力让每一个在场的观众将所关注的社会问题和难民问题联系起来，与分享会的话题连接起来。当大家基本理解了难民问题，并且对难民的生活和情绪有所了解的时候，我再道出分享会的核心观点："难民本身并不象征着非法、暴力与危险。他们之所以选择非法的生活，只是因为在这样矛盾重重的体系中，他们无法以合法的方式生存。暴力和危险是难民最不可能的表现，因为他们和父母妻儿都寄人篱下，他们只有以最不起眼的方式去生活，才能最大限度地避免麻烦和灾祸。"最后，我总会邀请大家为难民写下祝福的话语。

通过一场场分享，我在观众与难民间建立了一种独特的连接。我逐渐体会到，做公益分享时，绝不能仅仅将大家设定为信息的被动接收者。每一位听众都有自己的主观能动性，他们有自己独特的分析和理解方式。这为分享活动带来了无数不可预知的可能，哪怕听众只是一位12岁的学生，他也有属于自己的连接方式。因此，把握好内容、情感的叙述，如何恰到好处地表达非常重要。最初，对我来说最折磨的环节就是问答。我比较擅长回答比较学术的问题，可分享会上常见的却是主观性问题，比如"你会支持难民来中国吗？""你认为这是谁对谁错？"等等。很长一段时间，对于这类问题我总感到手足无措，不知从何谈起，有时给出的答案连我自己都觉得有些偏颇、模棱两可。

然而，我必须承认，正是这些我先前没有遇到过并且没有预见的问题，持续地推动我继续思考、继续完善。我慢慢地意识到，也开始和大家分享难民问题及其衍生问题并不是简单的、二元性的问题，也不是非黑即白、非对即错的问题。相对于深究正误，看清问题的来源及其矛盾所在，辨出看似不合理的观点背后的合理性，消除固有的偏见，才是最重要的连接之道。而这些也正是分享会于我、于大家的重大意义之一。

随着活动的逐渐成熟，其成效也逐渐显现。后期的分享会，总能引起观众们热烈的讨论，活动气氛也变得越来越热烈。

在绵阳有时图书馆举办分享会

第六节 结识"先锋"：把难民公益带入乡村

同全国几十家书店合作的过程中，对我支持最多的无疑还是先锋书店。先锋书店，曾被国内外许多知名媒体评选为"最美""最酷""最好"的书店之一，它是我眼中最神奇、最有趣的国内书店。

先锋书店的总店和大部分分店都坐落于南京市里。书店还有一大"先锋"之处，那就是它也将分店开在乡村之中。2020年，先锋书店支持了我和迪亚的难民问题公益活动。当时它共有五家乡村分店，我有幸将活动带到了其中四家：大理沙溪镇、桐庐戴家山村、丽水陈家铺村、宁德厦地村。后来我又在无锡和南京的两家分店做了难民问题公益分享。同先锋书店合作的日子里，我不仅很好地发展了我的项目，也见识了书店的文化氛围，结识了许多好友，体验了乡村的文艺生活。

先锋沙溪白族书局

先锋沙溪白族书局是最早几家愿意给予我活动支持的书店之一。当时我还在以地级市为单位寻找有机会合作的书店，检索大理时发现沙溪白族书局的好评非常多。在数百个电话中，我对6月19日打给白族书局的那通电话印象格外深刻，当时接电话的店员听完我的活动介绍后，就把我介绍给了刘店长，告诉我刘店长对沙溪的气候环境比较熟悉。然后从 6 月 19 日取得联系到 7 月 19 日活动当天，整整一个月的时间里，从活动的时间、海报到文案等各个细节，都是刘店长与我对接。

当时我还不了解先锋书店，直到做海报查看书店的具体地址时，才发现先锋沙溪白族书局竟然坐落在一座村庄之中。而前往时才意识到它究竟有多远：从大理古城拼车过去竟然要两个多小时。在这样的乡村书店做分享会，最大的困难就是可能没有观众，因为这里远离城市，交通相对不便。虽然作为旅游景点，这里吸引了许多游客，但游客往往流动性很大，很少有人愿意坐下来听长达一两个小时的分享会，因此刘店长早早就开始做宣传工作。好在先锋沙溪白族书局的顾客并不少，而先锋的各个分店以往也邀请过国内外许多著名的诗人和演艺界的名人做过分享和活动，所以宣传工作还算比较顺利。

我的活动是先锋沙溪白族书局开业以来的第二次活动。分享会当天，刘店长早早就带着大家调试好投影仪，摆好几十张桌椅。为了让投影的画面更加清晰，还找来许多板子遮挡了窗户。店里的小哥哥、小姐姐们都在为这个活动忙碌，前前后后花费了不少的时间和力气。为了让活动更加流畅，刘店长还主动来做主持人。我很开心，有主持人在开场时做个铺垫，在活动期间遇到突发性技术问题时帮我一起处理，活动会顺利很多。因为准备充分，所以活动比较顺利。从下午 3 点到 5 点多，我们一边做活动，刘店长一边做微博直播，现场的观众和线上的观众都积极地参与了此次活动。

为了这次分享会，我在大理沙溪镇住了几天，这几天对我来说是非常快乐的。首先，我的活动受到了书店的哥哥、姐姐们和观众们的一致好评，更多人加入了关注难民的社群。其次，也是更重要的一点，就是这一次是我和迪亚都感到满意的活动。再次，我感受到先锋沙溪白族书局对我这个 17 岁"小朋友"的照顾。每到中午，我总会厚着脸皮跑进书店的厨房，看看自己能不能打个下手，顺便蹭个饭。书店的哥哥、姐姐们总是愉快地邀请我一起动手，一起吃饭。分享会那天下午，书店还特意给我准备了新鲜的花茶，以缓解我的感冒症状。活动结束后，傍晚，刘店长和当地的朋友带我到镇里的一家小店尝鲜；晚上我们到一家茶馆喝茶聊天。

在沙溪镇的几天是美好的。作为茶马古道上唯一幸存的古集市，沙溪自古便"商业"气氛浓厚。镇上卖的都是当地特色产品，物美价廉。古镇不大，满眼传统建筑，镇上小店众多，各具特色。这里比大理和丽江古城更生动、更真实。小镇没有酒店，我住的民宿是一对白族夫妇开的。我第一次踏进小院的时候，他们就拿出新鲜的李子、苹果和桃子请我吃。我住下后，老板夫妇几乎每天都招呼所有的房客一吃起烧烤。年轻点的坐一桌，年长点的在另一桌。我们几个"小朋友"没经验，不知道如何在菜上刷油，吃个烧烤忙得不亦乐乎。老板见了，就来帮我们烤，我们才算坐下好好吃了一顿。席间，年长那桌边吃边唱。虽然我们听不懂当地的民歌，但真的好应景，感觉岁月静好，烧烤香醇。

吃得差不多了，老板端上来煮好的米粥。烧烤之后来碗清粥，爽口爽胃。临睡前，每个人还有一杯晚安牛奶。第二天清晨，饭桌上是煮毛豆、蒸红薯，以及一碗肉沫粥。

这里风景如画，远处的山、近处的田，不管是晴天还是阴天，云、山、水、田总相互融合在一起，你中有我、我中有你。看得见山间和山脚，可山腰却是白茫茫一片。而被白云覆盖的天空下，则是整齐葱绿的田野。再远处，有零星的民居，当目光收回的时候，又看到了近处的一丛丛芳香的野花。

这里真美丽，有机会到这里做分享会真的很开心，是这个公益项目，带给我如此美好的经历。

先锋厦地水田书店

先锋厦地水田书店是我早期的合作伙伴之一。书店位于福建宁德市厦地村，这里风光无限，是一个没有商业化的小村落。村里居住的大部分是村民，外来人口不多，但每天都有来自福州、温州和杭州的观光客。村里有一个大学生创业义工组织，他们帮助修复房屋、发展绿色种植，还开了村里唯一的一家咖啡馆兼民宿。先锋厦地水田书店有三个管理人员，他们是双喜、虾虾和小屋，还有一只叫四喜的猫。

第一天到先锋厦地水田书店，我就喜欢上这里了，很亲切。我和大家很快熟络起来，书店的三个小哥哥、小姐姐也把我当成老朋友一样对待，而不是顾客与游客。准备活动的闲暇，我们一起焊接，做工艺品。到了傍晚，我们一起去村主任家吃饭。村主任的手艺很好，为人也和善，村里人都很喜欢他。村里人常常开玩笑，说村主任总是被使唤来使唤去。我大大方方地同大家聊天，笑着感谢村主任。

在厦地的几天里，有时我会骑着从村主任家借来的小电驴在附近的山上转悠；有时在夜幕降临后，我和双喜他们一起打开书店的门，爬上天台去看星星；有时我们干脆打开投影仪，看法语电影《大坏狐狸的故事》。

和我见过的大多数书店不同，在这里，我竟能感受到家的舒适、随意和温暖。事实上，双喜、虾虾、小屋的确把这里称作"家"。和他们在一起的日子里，我和他们一起做饭、聊天、讲故事、谈理想。大家一起画画，相互借用生活用品。他们也叫我"拆台王"，因为我常常搞笑，"拆"他们的台。在这里，我甚至丝毫感觉不到自己是一位客人。

在厦地，大家对我的活动都很重视。我担心遭遇冷场，志愿者和书店的伙伴们都笑着说："我们就是你的观众啊。"

为了适应乡村书店客流量大但流动性高的特点，活动前一天，我决定为活动加入展览形式。我搭车前往县城购置了布展用的签名版、海报纸和卡片。书店的朋友们帮我从相册中精选了十余张在难民营拍下的照片打印出来。我连夜做了画报，又请毛笔字甚好的虾虾帮我在上面写了标题。活动当天，我借用所有顾客进店的必经之地——书店最大的一块室内场地，大家一起将现有的物料布置好，简单布展后支起投影仪，开始播放电影《何以为家》。

显然，展览形式和播放电影起到了很好的效果，很多人驻足阅读、欣赏我们的展览。还有不少人坐在阶梯上看电影，有些还写下了对难民的祝福。这一次的小创新，为我后来的活动提供了新的思路。由此，我开始探索在公益活动中加入不同元素，以便更好地开展活动。

陈家铺与戴家山

从厦地离开之后，我先后来到浙江丽水市松阳县的先锋陈家铺平民书局和杭州市桐庐县戴家山的先锋云夕图书馆。彼时，我已经积累了一些经验，加上这两家书店的店长对我的公益活动都相当支持，所以一切都很顺利。在陈家铺和戴家山的几天里，我向书店分别借了一间书屋，全天布展，循环播放难民电影。我从早9点就拨通迪亚的电话，然后一整天都在书屋里，同参与者和参观者分享难民故事。

我很喜欢乡村文化，每到一家位于乡村的先锋书店分店，我都会花不少时间探索附近的村落。在陈家铺时，我喜欢在山谷里游荡，在梯田里行走，也喜欢和村子里的老人、小孩一起畅聊。有一天中午，我在村里游逛，来到一家农户门前，挥着手向屋内正围坐吃饭的一家人问路。其中一位大伯放下碗筷起身走出来，带着我绕房走了一圈，一边走一边向我介绍村庄的情况和我所在的方位。我随大伯走了一圈后，道了谢，准备离开，大伯却拉住我，邀请我同他们一家人一起吃午饭。

在戴家山，我还结识了一位90多岁的老爷爷。那天下午，我在村中游逛，闷热的天气让我满头大汗。老爷爷看到了，就邀我进屋，请我吃西瓜。老爷爷生活极其朴素，家具都是20世纪七八十年代的风格。爷爷向我介绍了村里的情况，笑着说村里大部分人都搬城里去了，可城里人却开着车来村里享受生活。临走时，我跟老爷爷说自己是山东人，他笑着说，下次带父母一起来。半年后，我无意间读到戴家山云夕图书馆发在先锋书店微信公众号上的文章，介绍一位经常去书店读书的老人，照片的老人正是半年前我在那里做活动时结识的那位老爷爷。

陈家铺村

值得一提的是，尽管陈家铺和戴家山都保留了浓郁的乡村文化，但都被发展为网红景点。每天村外的道路上停的是一排排的车，来往的是一个个拿着喇叭的导游和他们引领的从附近城市前来观光的老年旅游团。看到这些，我的心情非常矛盾。一方面，我为这里被破坏的环境与被打扰的宁静感到惋惜；另一方面，如此多的游客确实会让我的活动被更多的人了解。

先锋惠山书局

一种神奇的缘分，让我和先锋书局的乡村书店有了数次合作。每一站合作，我都是幸福的，是做公益的幸福，是背包旅行的幸福，也是感受质朴文化的幸福。

但我和先锋书店的缘分并不止于乡村。在无锡的先锋惠山书局，我办了第10场活动。

先锋惠山书局的张店长是一位有趣、认真并且非常善于观察的人。惠山书局是先锋书店在南京之外的第一家分店，从开业起，张店长就在这里担任店长，如今已经快10年了。10年来，每天傍晚，他都会发一份店长日记，总结当天的营业情况。

我向张店长诉说，一路活动做下来，真的感到了很多困惑，也遇到了很多困难。他一边带我品尝当地的细面，一边和我分享他做活动的经历。他说有一年，惠山书局请北岛先生来做分享。那场分享会的时间定在工作日，上班族都很忙，而无锡又不是一个很大的城市，书店的宣传工作压力很大。不过最后，还是有不少人来参加了活动。后来，张店长慢慢地意识到，活动效果从来都不只是他一个人所关注的事情，而活动的成功与否，也不取决于参与的人数多少。

不管怎样，我还是很看重先锋书局无锡惠山书局的这场分享会的。这场分享会已经向先锋总部报备了，这次的效果和反馈，也许会对我同南京先锋书店的后续合作产生一定的影响。那次我很认真，同时我也很幸运，分享会开到一半，天降大雨，所有逛书店的人没法离开，都纷纷加入我的活动。在张店长访谈形式的引导下，两个小时的分享会充满了互动，每位参与者都非常投入，效果极好。

南京是一座文化古城，同时也是一座大学城，我一直想在南京开展活动。

2020年8月，我给先锋书店总部企划部打电话，希望在南京办一场公益活动。我很开心，当他们听到我的介绍后，竟表示他们已经了解到我先前在各个乡村书店举办的活动，说店长们都给了总部积极的反馈。我表示自己很想在先锋书店总店办一场活动，但自知水平还差得比较远。企划部门的工作人员告诉我，可以在总店之外任选一家分店举办活动。这，正合我意。

8月5日，刚刚结束了在广东的两场活动，我赶在无锡和宁波的活动之前来到了南京。我花了一整天的时间跑遍了位于南京城东南西北的8家先锋分店，最终在企划部门的推荐下，选定了位于玄武湖畔的先锋诗歌书店——一个如诗如画的地方。活动安排在9月底10月初，后因为我生病，拖延至12月中旬的周四。

我至今还记得，那个早晨，我一醒来，就看到了邮箱里耶鲁大学的来信。我匆忙读完，然后就赶紧坐车赶往南京，去做分享会的筹备活动。

那时的我，无论从经验、技巧还是从对公益分享会的理解与感知上，都远胜从前，而先锋书店也很早就开始做宣传。

那次分享会上，我坐在中间的位置上，操控着笔记本电脑和投影仪。身边以及整个房间里都坐满了人，有高中生、大学生、研究生，还有军人、老师和公务员。考虑到即将出国留学，这大抵也是我在近年内与先锋书店的最后一次合作了，也是我2020年的最后一场分享会。此时的我，对先锋书店已经颇具感情，尤其欣赏它独特的情怀。

那场分享会令我特别感动。对于先锋，对于其他大大小小的独立书店，我心存感激。面对我这样一个素未谋面的高中生，面对陌生的公益项目，这些书店愿意花费时间、人力和财力来帮我完成，令我激动不已。我曾一次次问自己："这一次，我的公益活动为大家带来的益处,值得书店这样做吗?如果我是书店店长,能否像他们一样呢?"

疫情之下,独立书店的生存充满艰辛,我亲眼看到和我合作的书店在不久后因无法支撑而不得不停业。可即使如此艰难,这些书店依然全力投入地支持我。

我曾问一遍遍问自己:"为什么他们会支持我?"

答案只有一个,那就是——因为我也在帮助素不相识的人。

第七节 大爱无疆，传递无限

做公益分享活动时，最常存于心的就是感激。初出茅庐时什么都不会，什么都不懂。在我失误频出时，书店和观众给了我极大的帮助。

数不清多少次，我搭乘店长或观众的车赶往机场或火车站；数不清多少次，他们为我这个"小孩"接风，为我订下入住的酒店，关心我照顾我。书店的朋友们顶着夏日的酷暑，在日头底下为我的活动做宣传；观众们在分享会后留在书店里，和我畅聊到深夜，针对我的活动提出中肯的建议，并把我介绍给他们认识的其他公益组织。书店的朋友还会带我探索一座座新奇的城市，走进老街中的一栋栋房屋。看着屋檐上的百年木雕，听着书店的朋友仔细讲解这里的历史，摸着古老的墙、门和柱子上的雕刻，品尝着各式各样的地方传统美食，坐在古朴茶舍的窗旁欣赏着落日。我觉得这个世界如此安详，如此温暖，如此美好。

很多时候我感到愧疚。第一次见面，大家却像对待朋友一样无私地帮助我，为我的活动付出了大量的时间、精力和金钱，可我却不知道能为这些善良无私的人做些什么。即使说着以后我一定回来，与大家再次合作，可我们都知道，也许再也没有第二次合作的机会了；即使说着有了微信一切都很方便，可我们也都知道，也许除了过年过节的问候，鲜有微信聊天的时间了。对我来说，唯一的回馈，也许就是将这些情谊与温暖传递下去。

那两个月，我觉得自己"很酷"。我打开手机上的全国地图，选几十座有缘的城市与有缘的书店，将它们用线连在一起，然后做了几十次说走就走的背包旅行。2020年6月25日，我从上海出发，游历两个多月后，于8月31号从南昌回北京。两个多月的旅程，既是我连接世界的一次探索，也是我送给自己的成年礼物。在这份看似潇洒的旅程背后，却有万般艰辛。我带病走过10座城市，从140斤瘦到120斤，疲倦如影随形。这两个多月里，一只15斤的行李包就是我的"家"。65天，横跨30余城，每天的行程都极为紧凑。下面仅以8月14日至17日在乡村书店做活动的行程为例。

8月13日下午做完活动，我于晚上10点从先锋乡村书店搭车回到县城住下。8月14日早6点，我乘大巴前往福州，9点在高铁站吃了早饭，10点坐高铁前往莆田。下午2点抵达莆田，吃过中饭后和老板一起逛了逛老城区，回来后在书店的长木椅上睡了半晌。当晚7点，在莆田书店的活动正式开始，当晚9点30分结束，11点30分与大家一起吃完晚餐，12点30分搭车到酒店入住。

8月15日6点起床前往高铁站，7点30分出发经杭州转高铁到桐庐。下午1点在桐庐搭车到汽车站转乘乡村班车，下午3点多到达第二家乡村书店，确认了次日的活动事宜，晚7点搭民宿老板的车前往住处。

8月16日早7点起床，在民宿吃过早饭，搭车到乡村书店，开始布展，开始一天的活动。中午吃了董店长做的湖南面条，除了除湿气。下午4点活动结束，搭一位观众的车回到桐庐县城。5点30分乘出租车赶6点30分的高铁，经杭州站转，晚9点抵达丽水市。

8月17日早5点30分起床，赶6点30分前往松阳县城的大巴，8点在县城小店一边幸福地傻笑一边吃了一顿油条豆浆。抵达松阳县城后，打车走了十几公里的盘山路，在山上民宿放下行囊，然后徒步到先锋乡村书店，正好赶上上午书店开门，开始布展。

这65天的行程，从这四天的记录即可体会期间的忙碌。

诚然，这是一场充满幸福的追寻本心、摆脱束缚的行程。可高强度的工作对我的挑战也是极大的，不仅是体力，更是心境。每到一座城市，都是建立一次奇妙连接的过程，与人、与城，甚至与一座博物馆，或是一家咖啡馆，我似乎总能在很短的时间内感受到所有的温暖。然而，在快速的旅行之中，能在同一个地方连续待三天都非常奢侈。我来了，我马上又走了，还没来得及走遍大街小巷，还没来得及听完房东的故事，还没来得及和老同学相聚，还没来得及和新朋友交流。走得太快是一种潇洒，是一种痛惜。仿佛72小时倒计时，故事随着我的离别戛然而止。我口口声声喊着下次一定多待几天，但几十座城，又有几座有机会再来呢？一座城又一座城的故事在心头交替、延展，情感头一次遭受如此持续而猛烈的冲击。惋惜、伤心时常浮现于心间，无数美好的记忆深藏心底。

终于，在无数次内心的纠葛中，我找到了一个出口：如果我还没来得及在这里做些什么，那么就把爱传递下去。从此，心中充满感恩，对待世间的一切，都变得愈加真心与虔诚。而我的公益活动，似乎也有了新的意义。

第八节 根植于心，永不磨灭

    2020 年 12 月，在南京做完分享会，我休息了很长一段时间，没有再做相关活动，因为我的胃病越来越严重。过度的忙碌和巨大的压力压垮了我的身体，以至于从 2020 年 10 月到 2021 年 4 月间，我在数家医院间奔波四五十次。状态出奇的差，严重时每天都要呕吐数次，甚至不得不跟学校请假 2~3 周，休养生息。直到五六月份，快高三毕业时，我的身体才逐渐好转。当时距离出国读大学只有两三个月了，也许是为了给自己的这段经历画上一个完美的句号，我想再做一次活动。

    这年夏天，依旧是一场一个人的旅行，我选择杭州作为目的地。而这一次，与我合作的是樊登书店和杭州书房。

    活动前，我将材料发给书店对接的伙伴，活动当天，我一早就来到现场布置场地。让我非常开心的是，负责人为我们的活动带来了一袋袋小礼品、零食和水果，又拆开了明信片和签字笔。活动开始前的 4 个小时，我坐在场地的一角，回顾过去三年中的点点滴滴，平静的心海荡起点点涟漪，感动、不舍……种种复杂的情感又一次充斥其中。我知道，有些事情将会在今天结束，而有些将会永远伴随着我。

午饭后，观众逐渐进场。我一边组织小游戏一边和大家攀谈，逐渐了解了我面对的将是怎样的一群人。这一次，有中学生、大学生，还有互联网工作者以及事业单位的工作人员。

虽然距离之前的分享会已经时隔半年，但我并没有特意为这次活动做预演，也没有看幻灯片，甚至没有梳理要讲的内容。我清楚地知道，一切根植于心，站在观众面前，当我听到身后幻灯片中难民的声音，就会想到自己的责任，该说的话自然脱口而出。

还记得第一次做分享时，我"苦苦支撑"，如今时间却过得格外快。

分享结束后，我没有离去，而是静静地坐在会场一边，看着观众们一个个离席而去。再让我好好感受一下这个空间和这种氛围吧！

回想我为难民做公益的整个历程：2019年，我和迪亚决定为难民发声，先在北大附中和清华附中做公益活动，有声有色地做了几场线下和线上的校内分享。然后我们走出了学校，走向社会。项目初期极为不易，和图书馆、青年组织、青少年宫的合作连连受挫。我没有经验、没有资历、没有人脉、没有资金、没有过硬的口才，也没有深厚的学问。感谢一个灵感，让我们最后决定和独立书店合作。虽被拒绝了一两百次，但好在有几位同学一直在鼎力相助，最终很荣幸地得到了三四十位书店店长和书店老板的支持。那年夏天，活动最集中的时候，我曾在45天中安排了17场线下活动。一个人跑得相当辛苦，有一日辗转三城的疲倦，也有数次在凌晨的机舱中狂呕的苦楚。面对过零位观众的尴尬冷场，也曾被十几个刁钻的问题堵得下不来台。这是一场挑战身心的大冒险，我要面对的不仅仅是眼前的困难，还有可能要面对"落榜"的困境。很难想象，彼时心高气傲的我，下了多大的决心才决定孤身一人去"朝圣"。好在,我的父母全力支持我的决定。事实上,无论是约旦难民研究之行,还是全国分享会,所有的旅行,父母对我的支持都至关重要。我并非出身富裕家庭,这些项目的开销相当可观。可只要我想尝试,无论希望多么渺茫,无论要花费多少时间与金钱,他们都斩钉截铁地支持我。他们将我推向实践,让我毫无后顾之忧。从我记事起,父母就一直尽可能地给予我一切支持。他们要求我自己做决定,并自主承担后果,这是父母与孩子间绝对的默契与信任。

做公益活动,真的会越做越真心、越做越感动、越做越幸福。几十场活动中,我数次调整分享内容。最后还加入了"疫情中的难民"部分,让大家看到了当下难民面临的困境,与我们的生活相比,他们的日子何其不堪。三四十场演讲、分享、讲座和一二十次对谈、采访、介绍,带给我的是与数千人的连接与传递。有患有抑郁症的观众告诉我,我的难民公益活动给他带来了新的启发;有读研的学长询问我下次活动的地点,他要叫上同学一起去参加。在唐山,残疾儿童们制作了工艺品和绘画,来鼓励难民朋友;在南方,有大学生们为难民录制了视频,鼓励他们在疫情中坚持下去。我向所有人承诺,要将他们的书信和话语带给难民们,帮助难民将会是我不变的使命。

在这最后一场分享会上,我依旧充满热情,言语间依旧是感动与欣慰。我知道,有些东西,一旦根植于心,将永不磨灭。

踏出书店的大门时,我环顾四周,然后迈步向远处走去。走了两步,我停了下来,回头看了看书店。我依稀看见书店内在书籍环绕下,那些读书的人,以及书房里的"我"。

这一眼,便是一段人生的结束。

第三章

寻找真正的自我

第一节 初到异乡的见闻

我的难民公益分享之所以最终得以实现，最大的动力是在开始，甚至是构想阶段，我就怀着一种坚定无比的信念，那就是做一件值得自己为之骄傲的有价值的事。正是这种信念，支持我在高中的最后一年，与身边的所有人背道而驰，放弃备考，全力投身公益。而这种信念，源于旅行，成长于旅行，成熟于旅行。

那么，在冒险的旅程中，我究竟怎样从"升学主义"中抽身，又怎样汲取了果断向前的勇气与胆识呢？旅行的磨砺与培养，让我发掘、归纳出本心的向往，并铸就了破釜沉舟的决心。

同时，全国分享会也带给我一段终生难忘的旅行经历。在沙溪村、厦地村和陈家铺村的生活感受与所见所闻，净化了我的心灵。这些旅行使我的内心充满了感恩，并让我决心将爱与美好带向四方，如别人帮助我一样，愈加虔诚地"帮助素不相识的陌生人"。

在旅途中，我持续地反思、完善自己的连接之道，总结出旅行的意义终究在于连接，在于对世界无限的奉献和对他人坚持的关爱。

说到旅行，就要从 2017 年说起。那时我读初二，因为户籍无法在北京高考，因而一家人决定 4 年后将我送到国外读大学。我计划到美国留学，初三毕业后，我参加了中考，来到北大附中国际部，学习偏欧美系的国际课程。

2019年夏天，16岁的我刚刚读完高一，第一次来到美国，参加全美最大的高中商科竞赛的总决赛。我的参赛项目叫"组织领导力"，考察的是各种有关领导力的理论。我的竞争对手是从美国各州与世界各国经过层层选拔到这里来的学生，而我则是被教育机构和赛方合作直推上来的。当时我都没有时间深入学习比赛有关的内容。

虽然我在校园里表现较好，但出了校园我一无所知——没见过美国的边检系统，对美国的文化一无所知；没听说过梅西百货和优步叫车软件，甚至没吃过松饼。我有100分的托福成绩单，但这种靠刷题得来的英文水平并没能带给我任何自信。好在我认识比我大一届的在美国高中读书的好大哥杰克。杰克为人诚恳，6月28日我们从北京机场出发，一路上他告诉了我很多在美国生活的有用的经验，包括过海关、办入住、进超市、下餐馆、付小费等等。在他的带领下，我一路顺风顺水，没有遇到任何困难。

我们在达拉斯降落，转机来到圣安东尼奥。对我来说，这次最重要的是熟悉美国的生活环境，至于比赛，我也没想过能拿什么奖。赛场上，大家都在电脑前紧张地答题，我看着一个个貌似熟识却又陌生的题目不禁皱起了眉头，连蒙带猜随便填上。结果我当然没奖可拿，不过至少还可以将此次总决赛的经历写进我的简历。一周的生活中，我都在专注地做两件事。第一件事是观察参赛的高中生。这次比赛的一些项目是需要选手做现场展示的，这些展示只对少量学生开放。我总会抢先跑到这些会场去看现场展示，看看这些项目中最厉害的高中生都是什么样的。第二件事是熟悉美国生活。我花了大量的时间在这座城市里游逛，登上美洲之塔，捧一杯莫吉托鸡尾酒看日落；跑进墨西哥餐厅，津津有味地吃卷饼；沿圣安东尼奥河从市区向北步行十余公里，欣赏河景；走过酒店和咖啡馆，穿过高尔夫球场和公园，看河边的老人静静地钓鱼，观察废弃游乐场中玩得不亦乐乎的一家三口。

在异国他乡，我突然平静了下来，回看自己过去的三年，竟忙到没有一点闲暇。从初中开始，我的人生似乎就只有一个方向，就是考一所顶尖高中，再考上一所顶尖大学。我整日忙碌，将假期和周末都花在课外班上，却从没做出什么令自己喜悦与骄傲的事情。我坐在河畔，内心宁静平和，我第一次问自己：难道我的故事只是如此吗？

从圣安东尼奥回北京还不到 10 天，7 月 13 日，我就再次出发来到美国。这次去的是哥伦比亚大学给高中生提供的暑期学习班，也叫夏校。我选的课程是"经济学、金融学与商业导论"。为什么要来美国名校上夏校？因为我听说这对两年后申请美国大学很重要。那么为什么选择经济金融呢？因为我和无数中国学生一样想学商科。除此之外，我平时还参加了各种商业模拟赛，选了经济学的相关课程。那么当时我为什么想学商呢？说不清楚。自己真的喜欢这门学科吗？当然不是，只是觉得学商科将来挣钱多罢了。

我没有直接去夏校所在地纽约，而是先飞到了洛杉矶。记得当时的规定是不满 18 周岁不得独自赴美，而我是一个人去的。家里没有谁去过美国，我也是多方求证才知道海关对于这方面的管控不严格。为了保险起见，我选择洛杉矶作为第一站，因为我舅妈的一位亲戚住在这里，可以照应一下。

时至黄昏，我降落在洛杉矶机场，顺利过了海关，就在停车区见到了来接我的约翰叔叔。约翰叔叔是我远亲在洛杉矶的朋友，虽然是第一次见，但他很轻松地认出了我。约翰开车带我从洛杉矶机场到城市东北部的一个居住区。这个居住区的住户以亚裔居民为主，相互之间常用汉语交流，我亲戚家的房子就在这里。抵达后约翰先带我到附近的一家东亚餐馆吃了晚餐，席间还笑着用中文向我介绍他的家乡美食——越南河粉。也正是这时，我才发现约翰竟然是越南人。我对他标准而流利的中文感到惊讶，问及他有没有在中国生活过，他摇头，我一脸诧异，他笑着说："有志者，事竟成。"

　　一碗河粉下肚，旅行的疲劳缓解了许多。约翰简单地向我介绍了洛杉矶，问我接下来需不需要他开车带我四处转转。我婉拒了，说自己一个人就可以。这是我们唯一一次见面。购置了一些必需品后，约翰送我回到住处。我的亲戚并不住这里，走进去，偌大的房子里只有我一个人。我懒散地躺在沙发上，回想起上上周来美国时，还有朋友陪同，可这次，我将孤身一人应对异乡的一切。对未知的旅行，我既激动又好奇，期盼着精彩的未来。打开手机向约翰致谢后，我进入了梦乡。

　　我在洛杉矶停留了两个晚上加一个白天，由于对好莱坞和沙滩的兴趣远不及我对加州大学洛杉矶分校和南加州大学的好奇，所以第二天一早，不到7点，我就搭了一辆车，来到离住处不远的加州理工大学。参观各所美国名校，也是这个夏天我来美国的另一个目的。

　　这天是周日，早晨，借着明媚的阳光，我放慢脚步，仔细观察加州理工大学的每一座建筑。校园不大，极为安静。由于是周末，几乎没人，只有两位安保照例升起国旗。

　　清晨的漫步没有惊喜，却让我的心情大好。出了校园，在附近一家名为唐恩都乐的连锁快餐店吃了早餐，就前往附近的轻轨站。乘坐轻轨前往市区，路上车速较慢，我坐在空荡荡的车厢里，望向窗外。和每个刚到这座城市的游客一样，我对一切都感到好奇、感到新鲜。随后，我走进寂静的南加州大学，走进热闹的加州大学洛杉矶分校，还在校园里驻足观看了几场游泳比赛和排球比赛。

最后穿过图书馆和社会学教学楼，在校园里逛了一圈，才心满意足地返程。

慢慢悠悠地坐了两个小时公交车，我终于回到住处，见到了亲戚房子里的另一位住客。她也是中国人，在洛杉矶打工。后来我在纽约、纽黑文等地的餐厅与洗衣店里，见过很多五六十岁，甚至 70 岁的老一辈中国移民。他们在半个世纪前就从福建等地远渡重洋来到美国，一代一代生活在这里，如今已经遍布美国几十个州的各个城市。这些移民大部分没有太多文化，几十年如一日地在较差的环境中做着基础性的工作，鲜少能够跨越社会阶层。他们的孩子往往拥有美国绿卡，很多成为大学生，步入中产阶级。不过那天我见到的那位房客，则是另一类务工者。她看起来有 30 多岁，父母、丈夫和孩子都在中国的东北老家。她来到美国工作有 10 年了，但没有进入美国社会，每一两年，她都会回一次东北老家。她只有中学学历，读说英文都很困难，她很羡慕我能和美国人顺畅地交流。她为人相当热情，拿出各种食物与我分享。虽然我没有询问她的具体职业，但从她的言谈和装束可以猜测她的收入并不高，因此她选择租住房租低一些的亚裔社区华裔的房子。她买的小汽车也比较便宜，只做上下班代步用。她是一位普通的在异乡谋生的中国人。

第二节 一个人的旅行

　　第二天一早，我提着行李前往机场，隔壁女房客提出开车送我。我笑着婉拒了，独自踏上去往纽约的旅程。

　　在纽约生活的三周，我没有选择花 5500 美金住 20 天的大学宿舍。我不愿意刚到一座城市，就把自己扔进校园。自己在外面住不仅花费少一些，而且可以自由地探索城市，周末去哪儿也不需要报备。然而现实的问题是，几乎所有的酒店都不允许 21 周岁以下的旅客单独入住，何况我当时只有 16 岁，而且在纽约我没有一个认识的人，所以只能在全球民宿短租公寓预订平台爱彼迎找房子住。第一次接触民宿，我一下子就喜欢上了它——像朋友一样住在当地人家中。此后的两年，民宿成为我旅行住宿的主选。不过在很多地方，包括纽约，爱彼迎都处于半合法状态。好在房东们一般不会过于在意房客的年龄，这才让我这个 16 岁的少年有了落脚之所。

　　我的第一位房东是乔，我计划租住他的一间房子三周时间。他的房屋距离哥伦比亚大学只有几个街区，位于曼哈顿上西城的边缘，出门也可一窥经典的曼哈顿生活。这套房屋的几个房间分别被乔租给了来自世界各地的人。我订的那间是隔间，没有窗户，不过我不介意，毕竟我总是清早出发，晚上才回来。

在其后的一周里，我每天早上 7 点起床，步行经过两三个街区到咖啡店喝一杯咖啡，吃个面包。轻松地吃完早餐后，散步到学校上 9 点的课程。我学习基础经济知识和公司财务分析等内容，早上上两小时的课，下午上两小时。上完早上的课，我一般会在学校旁边的昔客堡汉堡店花一二十个美金吃顿午饭。后来我吃腻了，就开始品尝各种街边小吃。纽约的街边小吃极其美味，它们早已发展成一个行业，甚至堪称一种文化。在纽约的日子，我对当地的饮食文化有了不少了解，品尝当地的各种小吃对我而言乐趣十足。以至于后来，在高三的时候，我还修了一门有关食物写作的课程。

哥大夏校上午的讲师是一位在投资银行从业多年的专业人士，他每年夏天都来哥大讲课。下午则由哥大的博士生、研究生带我们练习和讨论。那时的我就是一名刻板的中国留学生，课上几乎从不发言，课下也从不联系讲师。当然，一开始我也曾尝试突破，但最终还是放弃了。我对自己的英语太没自信，生怕答错了。现在想来，多亏了后来北大附中的三年学习，才让我们到国外读大学时，个个都是班里最积极的学生。再说回哥大夏校。当时每天下午 3 点 30 分就下课了，然后我就跑进哥大的图书馆上自习，背单词、写作业，日复一日。只是我来上课的时间一天比一天晚，渐渐地也不再想抢占前排的座位，只想混出个夏校的毕业证书也就罢了。

生活不止读书，还有一些下午，我在探索中度过。住处来了新房客，如果是中国人，我们就一起去吃火锅、吃干锅。我到曼哈顿中城去了几次，在那些著名的街区间游走，然后吃一碗没有臊子的岐山臊子面。我还到了曼哈顿的下城，那里街道很窄，但高楼、商厦、餐厅、小店很多，让我心生好奇，恨不得走遍所有的小街，逛遍所有的小店。我查询了谷歌地图，然后坐公交车去郊区游玩。一路上窗外不时闪过快车，身边坐了几位衣衫褴褛的乘客，我一边观察窗外荒凉的景象，一边打起十二分的精神，紧张地坐在座位上。一个人的旅行给了我诸多自由，这是我第一次完全沉浸在另一个国度另一种文化之中，这也是我第一次独自旅行数十日。

第三节 来自"新朋友"的教训

　　一个硬币有正反两面，自由也一样，太多未必是好事。哥大夏校还没读完，我的日子就过得漫无目的起来。我开始在网上结识新朋友，寻找有趣的玩伴。过去 16 年，我一直在"温室"里生活，没有经历过风浪，没想过对人对事要谨慎小心。我结识的新朋友中有一些是黄皮肤、说中文的华裔，我常常和他们相聊甚欢，一起逛街，分享照片，还互加了微信。有天下午，华裔"新朋友"微信约我到华盛顿广场附近见面，说要带我去参观纽约的一所大学。当时已经下午 5 点了，但对方坚持说时间足够。我虽心生疑窦，但也没太在意，也许他们的作息都比较晚吧。下了课，我就坐地铁前往华盛顿广场。路上，其中一人发来微信，跟我要电话号码，说是方便联系。虽然我认为微信已经很方便联系了，但也没有提出异议，把电话号码发了过去。

　　出了地铁，我又被告知到旁边一所公寓的一层等他们。我疑心更重了，眉头紧皱，然而看着熙熙攘攘的人群，我心想："都到这里了，就过去吧。"来到公寓大堂，我坐在沙发上等待，旁边健壮的保安走过来，问我来这里做什么。

　　"等朋友。"我告诉他。

"那你的朋友叫什么？"

我支支吾吾，说不清楚。

"你的朋友住几层？"

我也不知道，只得一边暗自腹诽这个保安真是多管闲事，一边敷衍地说："马上，还有两分钟他们就到了。"

就在这时，我收到其中一位"新朋友"的语音。对方是个女生，这是她第一次给我发语音。"看到你了，上来吧，我……"直到此时我才明白，原来我这群"新朋友"竟然是一个色情组织。我心中大骇，慌忙删了对方的微信，在心里大骂自己愚蠢，感激地看了一眼还在问询另一位访客的保安，飞快地跑出了公寓，淹没在人群中。我战战兢兢边跑边回头，总感觉被一双眼睛盯着，惶恐不安。跑出两个街区后我四下查看，见没有可疑的人，才停下了脚步。

我终于松了口气，抬头发现已经走到纽约大学的门前，于是当即在心里将它从我的大学申请名单里剔除了。不过后来，阴差阳错，我最终还是就读了纽约大学的另一个校区。当时，我看到纽大的校门后，调整了一下心态，继续沿着下城区走。穿过华尔街和布鲁克林桥，走过世贸大厦，来到唐人街。一个下午我都心不在焉，总觉得事情不会就这样结束了。逛到晚上，我终于在唐人街找了家面馆，坐下来，点了碗细面。想着天色已晚，应该不会再有什么变故了，我叹了口气，开始吃面。

可面吃到一半，电话突然响了。我下意识地接起，脱口而出："喂，您好。"突然间意识到，来电拨打的是我来美国之后新办的手机号，顿感不妙。一个凶狠的男声传来："下午的事情还没结束，就想走了？我告诉你，赶紧把我小妹加回来，问她怎么解决。我现在就能定位你，也有你的照片和住址。要是今天的事让我小妹不满意，就搞死你！""别说什么不是你，我知道就是你。

给你 5 分钟，赶紧把我小妹加回来，该赔偿的赔偿，不然我马上就来找你。还有，你最好祈祷电话卡不是你本人办的！"

是的，他们有我的住址和照片，我自己泄露的。我毫无社会经验，第一次独自在国外生活，我一下子失了方寸，肚子也不饿了，碗里的面也吃不下了，抓起随身物品两步跑到前台结了账夺门而出。天已黑，人不多，我一路小跑。我是个技术盲，不懂手机定位的原理，只想着赶紧把手机卡拿出来扔掉。一边寻找附近有没有卖手机的店铺，一边通过了对方发来的微信好友的申请。加上的那个"新朋友"在微信里假装很无辜，问："怎么把我删掉了？"我慌慌张张四处寻找，也没找到手机店，咬咬牙挂掉了拨过来的电话，删掉了微信好友，关了手机。然后我迅速跑到最近的地铁站，蹿上了开往曼哈顿上城的地铁。

彼时我真的慌了。活了 16 年，从小到大我一直都是老师、亲戚、长辈眼里的乖孩子，认真学习不惹事，甚至没打过一次架，完全是温室中的小草。干过最出格的事也不过是背着老师和家长打打游戏、买点零食，哪儿遇到过今天这种事？我焦急地向车厢里的人求助，问他们有没有针，糟糕的是我不知道针的英文是什么，又不敢开机查，只能指着手机上插卡的位置向身边人描述。看着一个个乘客冲我摇头，我感到格外无助。我瘫坐在地铁座椅上，彻底乱了方寸。一会儿想着赶紧把手机卡取出来扔掉，一会儿又想着给自己换个造型或是买个新手机。我数次想让自己冷静下来，却都失败了。

一出地铁，我就飞速跑进哥大校园，也顾不上丢人了，惊魂未定的我结结巴巴地向安保叙述事情经过，又找来一根针，取出手机卡掰得粉碎，扔进了垃圾桶，这才算踏实了一点。高中生项目的安全负责人来了，他的安慰让我平静了许多。他在学生宿舍里给我安排了一个房间，又找来两位安保。尽管已经半夜 12 点了，他们还是开车陪我回了民宿。我悄悄地把所有随身物品搬到车上，赶紧返回了学校。住进学生宿舍后，我终于长出了一口气，抱歉地给房东乔发了消息，说我不再租住他的房子了。乔虽然不知道发生了什么，但他还是一再问我需不需要帮忙，说有朋友在纽约警局。我觉得我所经历的事情有失体面，婉拒了他的帮助。

当然，还有一些细节我没有讲述。总之，现在想起来，这不是什么大不了的事情。我没有经历什么危险，但彼时，对只知道学习、玩游戏和看小说的我来说，即使并未做任何有违道德与法律的事情，也并未直面任何血腥和恐怖的画面，单单是恐吓和潜在的危险也足以搞乱我的头脑。也正是那件事让我意识到，自己不过是长在温室中的花朵，一切都太顺了，从未遇到过任何挫折。我，从来都不像想象的那样无所畏惧，也从来不似自己认为的那样强大与智慧。

我安顿好后，打电话给爸爸，告诉他这一切。爸爸和我讲了一个简单的道理："害怕的应该是他们。"事实上，那些讲中文的恐吓我的华人，十之八九是第一代移民，大多是以逾期滞留等方式长期生存在美国的非法移民。或许他们是为生存所迫，不得不选择如此危险的非法的工作方式吧！想必他们找不到其他挣钱的途径，只能用如此卑劣的方法敲诈、恐吓如我一样初来乍到的中国人吧！在美国，这些非法移民面对公众、面对警察的时候，一定比我面对他们的时候更紧张。

那夜，凌晨2点，我在笔记本电脑里写下如下文字：即使我现在还很害怕，但我相信，几个月、几年之后再回想，这一定是一段值得回顾的经历。

事实确实如此，自那之后，我遇事冷静多了，也从容多了，对事对人也更宽容了。那些曾经令我害怕、厌恶、尴尬的经历，最终都成了我的成长中不可或缺的一部分。我感谢所有的经历，也怀念那段懵懂的时光。

第四节 惊喜不断的访校

在美国读夏校的这一个月，是我第一次一个人无忧无虑的自由旅行。我选了一些美国东海岸的城市，找到感兴趣的大学，然后坐在电脑前，打开美国国家铁路网或者新泽西交通网，买好火车票，然后周六一早，我就背包出发。

7月中下旬的周末，我拜访了布朗大学和耶鲁大学。

那个清晨，我从有着120余年历史的纽约中央火车站出发，乘车200多公里抵达美国东北部罗得岛州的首府普罗维登斯。布朗大学就在火车站附近，步行即可抵达。布朗大学也是一所常春藤学校，每年北大附中都会有四五位学长来此就读，他们对布朗大学评价甚佳。天气热得像烤炉，好在校园里绿树成荫。在布朗大学的食堂吃完午饭后，我就开始了布朗大学之旅。

这个午后，我在布朗大学的实验室里看动物。生物是我最喜欢的理科，我在教学区四下寻找，找到了布朗大学的生物实验室。这栋大楼相对较新，和校园中心的复古建筑风格迥然不同。一进门，我就撞上一位刚刚走出实验室的学生，我好奇地走上前去攀谈。他很开心地把我拉进他的实验室，向我介绍布朗大学的生物学课程。这间小屋里有许多水箱，里面养着各种各样的水生动植物。打开一只箱子，他抱出一只海胆一样的动物，给它翻了个个儿，指着这个动物肚皮中间一块很小的部位，向我介绍他的研究课题。我伸手摸了摸这只有趣的动物，然后这位学生便把它放回了试验箱。

这位学生一边向我讲解他在布朗大学的生活体验，一边领我走进检测实验室。每走过一台仪器，他都认真向我讲解仪器的用途。有几台仪器空着，他就带着我上手操作，于是我就在仪器的屏幕上看到了具体的成像。最后，他兴奋地打开一扇门，激动地向我介绍实验室新到的一台价值千万的电子成像设备。我兴致勃勃，在一小时里，见到了许多新奇的技术，这令我不由得对大学生活充满了向往。

走出布朗大学后，我还去了在世界建筑学科排名第三、全美建筑学科排名第一的罗德岛设计学院。学院的博物馆令我流连忘返。后来走累了，我就在安静的小路旁找了片树荫下的草坪坐下休息，抬眼看见山坡上一栋栋雅致的小屋，我觉得真应该在此住上一晚。

按照计划，这天晚上我将抵达美国康涅狄格州的第二大城市纽黑文市，并住在那里。算好了时间，我就从罗德岛设计学院的书店走出来，向普罗维登斯火车站走去。路过已经打烊的食品店，我要了一杯水喝。走到火车站后，我在火车站中央的一张长椅上坐了下来。这是一个很小的火车站，候车室只有一个不大的厅。此刻的车站，算上工作人员，寥寥不过二三十人。过了一会儿，来了一位老奶奶和一位小朋友，在我旁边坐了下来。听到他们用中文对话，我不禁扭头看向他们。真没想到，在这样一个小小的火车站，还能遇到讲汉语的人。老奶奶也转头看我，用汉语问我是不是中国人，我点了点头。她又问我是不是大学生，这也是我到美国之后，绝大部分人对我的第一印象，我笑着说自己还在读高中。几分钟后，小朋友的父母走了过来，我微笑着向他们致意。

得知我在国内读高中，他们好奇地问我在哪座城市上学。

"北京。"

"哦？在北京哪个学校？"

"北大附中。"

"哇！校友！"小朋友的爸爸说着笑了起来。

我这才知道，小朋友的爸爸是我的学长，2001 届北大附中的毕业生，比我早了整整 20 届。他和妻子是同一所美国大学的研究生，这次因为工作变动来到这里。

他乡遇学长，无疑是一件很有趣的事。我们一边感叹机缘巧合，一边讨论着我们的高中。学长给我讲述了 20 年前的校园、老师和同学，我也和他分享了学校现在的课程和趣事。旅行总是带给我们无限的奇妙和惊喜，也正因这样，它才如此迷人。

不过有时候，旅行中也有莫测的紧张与恐惧。

到了发车时间，我告别了学长、学姐，上了火车，前往纽黑文市。纽黑文市在普罗维登斯和纽约中间，我抵达时天空已如墨染。之前听说纽黑文市不安全，也没在意，然而还没出站，我就发觉一切都似诡秘莫测。放眼望去，荒凉的郊外，一排开黑车的壮汉戳在站口，个个凶神恶煞。那时的我身高已经一米八了，然而体重只有 120 斤，穿着短袖短裤，背着白色的小书包，一看就是个外国学生。

车站人流不多，我一走出车站，就有人走过来，要拉我上车。我顿时毛骨悚然，拼命压低嗓音，用能发出的最低沉的声音大声说："不需要，谢谢！"脚下加快步伐，向远处走去。我哪敢搭乘这些壮汉的车？默默地掏出手机，打开谷歌地图，准备规划公交路线。我一边祈祷着网速快点，赶紧把路线刷出来；一边悄悄向后看，真的有人跟着我啊！

地图终于刷出来了，公交站距离这里还有两公里。我暗骂自己愚蠢，在车上光顾着玩手机，也不知道早些搞清楚路线。狠狠地咬了咬嘴唇，脚下的步子更快了。我暗想：他要再靠近我，我就跑！我跑得很快，初中时长跑比赛，我不是本年级的第一名，就是第二名。夜晚的纽黑文郊区寂静得可怕，半天都没有一辆车经过。看来就算有人在此消失，也不会被发现。

　　此刻，徒步前往公交车站的每一分钟，都变得很长。不知过了多久，我终于按捺不住，恰好走到拐弯处，我干脆拔腿就跑，一口气跑到了公交车站。这里有一个老旧得快要倒掉的站牌，我回头张望，幸好没人跟上来。焦急地等啊等，终于等到了公交车。来到我预定的民宿后，赶紧从犄角旮旯里找到房东藏好的钥匙，进屋后蹑手蹑脚地锁好房门，心中仍有余悸。

　　旅行中的每一天，都可以很长，也都可以很短，但不管好坏，我都学到了很多。

　　次日，我照例一早就出发了。昨日事，昨日了，今日绝不能活在昨日的影子里，更何况周末只剩一天了。

　　在这场旅行中，我往往还没来得及回味上一个故事，就被时光推进了下一个故事。

　　照例还是清晨出发，背上所有的随身物品离开民宿，周围依然一片寂静，但和昨晚的感觉却不尽相同。在麦当劳吃了早餐，径直走进了耶鲁大学。耶鲁大学没有围墙，我沿着几条主路游逛，整个人放松了下来，沉浸在浓厚的人文气息中。走着走着，竟然又来到了生物教学区。我在门口停下，打量着眼前的建筑，忽然看见有人要刷卡进去。我忙叫住了他，简单地说明自己是来访校的。这位男士一脸惊喜地看着我，邀请我参观他们的生物教学区。这是一位在耶鲁大学读完博士后留校做研究的科学家，他对这里的每个角落都非常熟悉。生物教学区一共有三座楼，分别是生物楼、化学楼和生化楼，在地下连接在一起。这位男士一边领我参观教室和实验室，一边向我介绍耶鲁大学本科的教学体系。我真是幸运，碰到这样一位天天在这里工作学习的科学家为我介绍校园。

他一边走，一边尝试用中文和我交流。他说自己虽然没有到过中国，但在学校上过汉语课，对中国也有一些了解。走着走着，他在一间普通的办公室前停住了脚步。透过玻璃门，我看到室内的陈设。房间不大，布局也中规中矩。他指了指办公室门口墙壁上张贴的报纸，对我说，这位教授发现了细胞中的一种结构，因此获得了诺贝尔奖。我兴奋不已，隐约记得在生物课上曾听到过那种细胞结构，便请他给我讲一讲。就这样，原本只打算随便转转的我，跟着原本只是来取东西的他，花了一小时走完了整个教学区。他细致地给我讲解了有关知识和课程设置。他的热情以及他对耶鲁的热爱，让我深受触动。我更惊讶的是他和前一天我在布朗见到的那位学生，竟然都毫不吝惜自己的时间和精力，热情地帮助我这个陌生人去了解他们所在的大学，以及他们所学的专业。

第五节 不是所有旅程都有美好回忆

不是所有旅程都有美好回忆。在华盛顿广场的经历和在纽黑文火车站的经历没能阻止我继续旅行，继续选择民宿，也没能阻止我后来就读纽约大学。不美好的经历也是成长的历练。

2019年8月2日，我上完了在哥伦比亚大学的最后一节课，就拖着箱子住进了纽约曼哈顿北部哈莱姆区的民宿；哈莱姆区是拉丁裔和非裔移民的居住区。按照房东的指示，我来到民宿旁的一条小街上，找到一家破破烂烂的小卖部。店主是房东的朋友，给了我房间的钥匙。我感觉不太好，但还是伸手接了过来。在国外，很多民宿都没有安装电子锁，房东就把钥匙藏在犄角旮旯里，等待房客去"解谜"。比如，在纽黑文那晚，我打着手机的电筒，绕着房子转了两圈，才找到了藏钥匙的花盆，拿到了房间钥匙。

我在嘈杂的市场旁找到一栋老楼，进了单元门，拿出第一把钥匙开锁，却发现锁早已坏掉。走过黑洞洞的楼道，心生畏惧，在一层找到了预定好的民宿，掏出第二把钥匙打开了房门。房间里光线极差，陈设破旧，宛如鬼屋。看来这回我又踩坑了。这套房子两室一厅，我订的是厅里的隔间。用第三把钥匙打开隔间门上那把破破烂烂的旧锁，开门一看，我傻眼了：一张小床占据了整个房间的五分之四，剩下的地方也只够摆下一个行李箱和一双鞋了。我叹了口气，走了进去，反正就住一晚，忍忍吧！

放好行李，就到了吃午饭的时间。当时房子里除了我，还有一位中年的拉美裔家政女工。家政工人大都是女性，很多来自拉丁美洲和东南亚，其中一部分是难民。她们的主要工作是打扫卫生、做饭和照顾小孩。因为没有一个公开透明的务工环境，所以这类务工者很容易被压榨，常常是签订一份非正式的合同，就持续地做上好几年的苦工。她们中的许多人为了出国工作还从银行贷了款，背负着沉重的负担。更糟糕的是带她们出国务工的中介公司或者她们的家庭雇主，有时候还会没收她们的手机，防止她们中途逃跑或是联系他人。而这些务工者的护照，很多时候不在自己手里。这些家政女工还面临着被威胁、被强奸的风险，很多签证都早已过期，想回国却连机票都买不起。

我同这名女工聊了会儿，就独自出门，坐地铁吃饭逛街去了。吃吃喝喝玩玩逛逛，一个下午过去，我的心情好了很多。下午6点多，起身走出餐厅，坐车往回走，不像之前那样心惊胆战，我一路上哼唱着歌曲。

打开房门的时候，我并没有察觉到任何异常。然而关上门之后，一转身，我忍不住打了一个哆嗦，歌也哼不出来了：眼前突然出现三个白人青年，他们拿着奇怪的饮品，围成三角形，向我走过来。时间好像被按了暂停键，我瞬间呆住，半晌才反应过来，感觉心跳得厉害。我拼命挤出一抹笑容，壮着胆子大声对他们说："嘿，哥们。"

我强作镇定，向前踏出一步，刚刚的三角形顿时变成了凹四边形。我和那三个白人青年就那样站在门口，聊了足有5分钟。他们不停地问我问题，我的大脑飞速地运转，想尽办法应对。

"你住哪里？"

"加州那边的郊区。"

"你多大？"

"19。"幸好那些天我没刮胡子。

"你们呢？"

"你猜？""我们都二十一二了。"

仿佛是认定了我并非异类，那三人坐到沙发上，没再盘问我。

我想多聊一点儿，和他们处好关系，就问："你们喝的是什么？"可话一出口，我就后悔了，房间里一下子安静了下来。他们仨人看了看彼此，又看向我。

我心里一惊，赶紧挤出笑容，一屁股坐在沙发上，把包放在一旁，装出一副满不在乎的样子。

"哈哈，饮料，好喝的饮料，你也来点？"

"哈哈哈。"三个白人青年笑了起来，我心里直打鼓，跟着笑。

很快，我找个借口回了房间，进屋就悄悄拿箱子堵住了门，这才开始大口喘气，看来今晚只能在狼窝里住一晚了。看看表，不到8点，睡觉还太早，可我又不敢去客厅，只好打开手机刷视频，希望时间赶快过去。突然，门外传来一句脏话，我听到有人叫嚷我当时所用的英文名——埃里克。我吓得一骨碌从床上爬起来，故作一脸淡定，开门问他们发生了什么事儿。原来他们中也有一个叫埃里克的，我这才松了一口气，关上门继续刷视频。8点多，我鼓起勇气走出小黑屋，去卫生间刷牙，撞见他们三人挤在不到两平方米的卫生间里嗑药。第一次亲眼见人嗑药，我呆立在卫生间门口，手足无措。他们三人走了出来，拍了拍我的肩膀，扬扬头示意我可以进去了。我敷衍地假笑，走进卫生间，在一股子怪味中马马虎虎地刷牙洗脸，然后匆忙回到小黑屋。

再次躺在床上，我焦急地想要睡着，好忘记恐惧。可越急越睡不着，脑子里也胡思乱想起来。可没想到，还没睡着，就传来了震耳欲聋的音乐。我这才意识到，这套房子下面，也就是地下一层，竟然是一个酒吧。那音乐像接连不断的爆炸声一样，让我本就不牢固的小隔间像遭遇地震一样晃动。我戴上耳机也无济于事。过了12点，我好不容易快要睡着了，一阵急促的敲门声又让我紧张起来。我装出一副睡眼蒙眬的样子，打开门一看，还是那三个白人青年，问他们有什么事情。那仨人眼神比我还迷离，显然嗑了不少药，喝了不少酒。他们问我要不要一起去附近的酒吧，我敷衍了几句，打发了这仨醉汉。

次日清晨6点整，闹铃一响我迅速起身，装好充电器和手机，穿上鞋子。昨晚因为紧张，睡觉时只脱了运动鞋。我本应把钥匙送回小商店，考虑到此刻商店还没开门，就把钥匙放在床上，拍了一张照片发给了房东。然后我抱起行李箱，蹑手蹑脚出了门。经过客厅的时候，我不小心被沉重的行李箱绊了一跤，发出了声响，冷汗瞬间冒出了我的脊背。也正是因为这个细节，后来每年夏天出门旅行，我都不拉箱子。走出这栋楼后，我终于长出一口气，仿佛被困已久，又仿佛摆脱了可怕的境地。低头看表，6点1分。

后来总结经验，我意识到，选民宿一定要认真地看评价，有疑问一定要事先咨询房东；要仔细研究民宿的具体位置，才可能避免踩坑。别再像这一次，我竟然是在离开几周后才知道这个鬼地方隶属安全口碑一向较差的哈莱姆区。也是从这次以后，我每次住民宿，都会认真挑选。我会选择平均分在4.9以上、有数十条评价的房间。因为我入睡非常困难，所以每次我都会要求独立的房间。我会将所有房源按评价排序，认真阅读住客的每一条记录，之后再私信房东，确认是否足够安静，是否有足够的私人空间，最后选出心仪的房子。这样才能保证每一次住民宿，都有轻松愉快的体验。

出门在外，生活经验是极其重要的。学校不会教你这些，我也是吃了许多亏，受了许多惊吓，才终于明白了一些在异乡生活的门道。

第六节 少年心中的睡狮已觉醒

2019 年 8 月 4 日清晨，我逃离了三个吸毒青年的居所，来到纽约中央火车站，寄存好行李，背着包，前往普林斯顿小镇。距离 8 月 6 日回北京还有两天时间，我计划再走访几所大学。

美国新泽西州的普林斯顿小镇位于费城和纽约之间，环境幽雅。这里的平静与安宁抚平了我的不安与紧张，正因如此，在接下来的一年中，普林斯顿大学都是我的梦校。火车站到普林斯顿大学之间，有专门的小火车接驳。后来我发现，无论是普林斯顿大学还是第二天我去访向的宾夕法尼亚州斯沃斯莫尔镇斯沃斯莫尔学院，都建在小镇旁，是读书的好地方。记得从普林斯顿大学搭接驳车去火车站的时候，我身上没有零钱买 3 美元的车票，司机又找不开整钱，就在我无奈地站起身准备下车时，身旁的一位同学站起来替我买了车票。我十分感激，再三道谢后，询问如何把钱还给她，她摆了摆手，说："上次我没零钱时，别的同学也帮我买了车票。"到站时，我发现车站旁边有个小超市，就赶紧冲进去买了个面包，把钱找开。当我叫住她，把 3 美元递过去的时候，我俩都笑了。

第二天，我来到斯沃斯莫尔学院，遇到了和我一样来这里访校的爷孙俩。爷爷会讲中文，孙女不会，但能听懂一些。我告诉老人我从中国来，他好奇地问我在哪座城市上学。

"我在北京上学。"

"哦，哪所学校啊？"老人继续问。

"北大附中。"

"嘿，我们去过那里！"他的孙女在一旁插话。

"哦，你在北大附中读书，为什么不考北大呢？"

"我的户口在西安，没办法在北京高考。"

"西安很棒啊，西安交大很厉害！"

"没错！"

事实上，中国的户籍制度、国内移民与城市化发展，已经成为世界移民研究的一大特殊案例。我就是第二代，或者是第1.5代国内移民，不到半岁就跟父母来到北京，从幼儿园到高中都在北京度过。小时候在北京上学要交赞助费，长大了想在国内读大学，就必须回原籍参加高考。我对移民问题感兴趣，不仅仅源于难民研究，更源于我的亲身经历。我首先是国内的移民，其次从在国内读书到出国读书，我就是迁移人群中的一员。

后来，在纽约大学阿布扎比分校读大一时，我曾在国际移民课上和来自十几个国家的几十位同学分享过自己的移民理论，并讲解了如何将我的移民理论应用在数亿中国国内移民身上。

斯沃斯莫尔学院

在斯沃斯莫尔学院，逛完了麦凯布图书馆，我赶紧往费城赶。这是我旅行的最后一天，费城也是我回国前要去的最后一座城市。

为了赶上费城两所大学的分

享会，我走得很匆忙。

那天中午，我一个人孤零零地站在斯沃斯莫尔镇小小的火车站站台上，一边等火车，一边抱着刚从旁边的商店里买来的两包薯片，就着凉水大口大口地吃，这就是我的午饭。彼时的我似乎有点孤独。

然而吃着吃着，我就哭了。

回想过去 10 年，我一直努力不懈地把自己变成一个升学主义的优秀产物，我一心追逐数字，追逐排名。为了耀眼的分数，我愿意付出一切。可我从未想过，也从未意识到，我的世界不止如此。16 年来，作为所有人眼里的乖孩子、好学生，我从未像这一个月一样自由地探索，也从未获得过如此丰富的内心体验。在此之前，我没见过外面的世界，也没体验过自主生活的乐趣，更不知道自由旅行的感受，我甚至不明白自己的努力究竟是为了什么。

而在这一个多月里，我什么都看到了，什么都见识了。哪怕是因为一点小困难就将自己撞得遍体鳞伤，哪怕是因为别人眼中稀松平常的小事吓破了胆，那也是独特的、属于我自己的，并且令我为之感动，甚至是为之落泪的成长经历。

回顾这一个月的点点滴滴，泪水顺着面颊淌下。我擦干泪水，登上火车。这个夏天，与其说是来美国上学，不如说是来经历一场实实在在的人生体验。在这场体验结束的三年后，也就是写下这段文字时，当时在夏校学到的知识早已忘光，但旅行中的每一个细节依旧无比清晰。当它们逐一在我的脑海中回放时，此刻的我，眼中依旧泪光盈盈。

这年夏天对我的人生来说，是一次重大的改变。我的视野、思想乃至行为方式，都有了前所未有的改变。从此，我开始尝试探索和感知自己的内心世界。

少年心中沉睡的雄狮已觉醒。

后来，我并没收到自己曾经渴求的夏校的毕业证书，但我早已不再需要那一纸证明了。对我来说，是时候从过往的排名中抽身而出了。是否别人眼中的好学生，是否能够收获别人羡慕的目光，对我来说已经不重要了，是时候走出一条属于自己的人生之路了。

16 岁，正是好时光。

第七节 尽己所能感知这个世界

2020 年夏，我开始了第二次极为重要的旅行：在全国各地举办难民问题分享会。彼时我 17 岁，和一年前初出茅庐的我相比，算得上经验丰富了。

对我来说，所谓旅行，并不是无忧无虑地玩耍，而是真情实感地投入，在一个个瞬间，抓住一个个灵感、想法，建立一段段连接。所谓增长见识，不仅是走过多少城市和国家，更在于感悟人间万千景象、聆听底层困境、体会善恶丑美，更在于惊心动魄、命悬一线的历练。于是心性得以磨砺，灵魂得以洗涤，不再困于别人的眼光，能够辨识自己的内心，走出一条属于自己的道路。

我清晰地记得，从大理到丽江，乘车行驶在高速路上，突遇暴雨，汽车雨刷器完全跟不上玻璃被雨水覆盖的速度。玻璃外侧的雨水和内侧的雾气如同两层屏障同时出现，以至于完全看不见窗外的道路。高速路上车速极快，路也极滑，又处在拐弯路段，看不见道路，相当危险。司机不敢减速，更不敢停车。我们几人全都安静下来，抓紧前方座位的两侧，俯身低头，全身绷紧，个个做好了车祸的准备。这时，度秒如年。除了窗外的雨声，能听见坐在驾驶座上的书店老板紧张地咽口水的声音。书店老板紧握方向盘，死死盯着前方。副驾驶座上的老板娘焦急地抽出纸巾，拼命擦去玻璃内侧的雾气。好在我们以120迈的车速盲开四五秒后，就隐约看见了窗外的景象。直到此时，每个人才长出了一口气。

旅途中有惊险刺激，也有宁静祥和。在福建莆田，我跟随书店老板的脚步"慢步"人生，走进老街，踏进古屋。身旁是不知什么朝代的老物件，脚下是见证王朝更替的青砖。坐在古屋中，抬头望见屋檐上的百年木雕，低头想象曾经的辉煌。走在老街上，新旧建筑轮番登场，恍然穿梭在历史之中。走累了，在街边几代人传承下来的小店里坐下，喝茶吃点心，品尝当地最具特色的食物，听书店老板讲涵江的历史和当年那些大户人家的命运。岁月逝去，物是人非，然而百年前的建筑和文化深深扎根在这座小城。身旁的书店老板对这里的爱极其深厚，眼中流露着自豪和幸福。这里的美深深地感染着我，让我恨不得就此隐居此地，闲云野鹤般逍遥一生。

在福建宁德，一天的工作结束后，我留宿乡村。傍晚时分，搬个小凳，和大我10多岁的朋友们围坐谈天。一个朋友叼上一根烟，讲起自己的梦想：在远方的某个角落，建一座属于自己的小屋。另一位和我一样暂住的伙伴，带着材料教我们做玻璃，风大，我们轮流站在一边打伞，为他挡风。在这些旅居乡村的夜晚，我常常拿着水果，边啃边笑呵呵地看着大家闲聊，心中无限惬意。乡村生活有它独特的魅力，吃晚饭的时候，大家坐在一起，就能听到来自五湖四海的声音。大家讲着过去人生中面临的抉择，讲着全国各地缤纷多彩的故事。一个个自由的灵魂在这里相聚，除却名利，平静而真实，快乐而洒脱。于是每每离别，我都在心中祝愿这些朋友能够在未来实现自己的梦想，而此一别，也许再难相见。

在大理古城，我尝试用多种途径与这个世界"连接"。随着世界各国的人来古城定居，大理古城逐渐成为文化交流中心。我留宿大理古城，跟着房东参加了一场当地的音乐会。乐队中有来自英格兰的吉他手、萨克斯手和钢琴演奏者，有来自南美各国的民乐演奏者，还有来自澳门的夫妻歌手。他们大部分都不是专业演员，有的是大学里的外教，有的是针灸医师，有的是作家。我练过很长一段时间的萨克斯，也曾是北京优秀的中学生乐团的团员，和小伙伴们一起登台演出。我理解音乐的力量，音乐使大家相聚。音乐会开始时，我轻轻地走到乐手身旁，说一句"加油"，就是一种连接；一位父亲为女儿献上一首美妙的歌曲，我送上发自内心的赞美，就是一种连接；我举起手中的玻璃杯，和桌子对面的陌生人"碰杯"，也是一种连接。敞开心扉，祝福美好，这本就是一种幸福。

在浙江，偶然间搭乘两位新朋友的顺风车。一路上，我们从教育聊到职业，从友谊聊到生活，凡所能聊无所不聊。几小时转瞬即逝，大家在县城的古街共进一餐后各奔东西。一年后再次相见，一边回忆往事，一边分享当下。感叹一年前我们在旅行的途中畅聊天地，一年后我们在这两位朋友工作的律所大谈命案。

在山东、在福建、在广东，我以房客的身份走进许多家庭，同一对对父母聊我所不知道的、北京之外的应试教育。我第一次听到家长讲述他们所面临的教育困境，第一次看到小学生直到深夜还在上一对一的辅导课，第一次知道原来想在学校里获得较好成绩就必须参加课外的补习班。很多人得知我在北大附中读书，都会赞叹地说我是"学霸"，把我当成"别人家的孩子"。可在我看来，我所接受的教育并不以将学生培养成传统意义上的听话的、认真的、考高分的孩子为目的。在一次次交流中，我看到了自己从没见过的现实。

莆田涵江老城

空间和时间的意义在于交流，有交流才有故事的传递。我结识的人，年龄、性格、身份差异都极大，因而经历也是多种多样的，有研究禅修的老师，有被异性欺凌的受害者，有无比悲观远走他乡的音乐人，有贫困潦倒

涵江老城

但依旧苦苦支撑的中年人，也有索要表扬信的乘务员和对世界心怀诅咒的老板。有的居住在一座小城，追求着"小生活"和"小幸福"，盼着一年中去一次自己心心念念的在另一座城市的某个小酒馆；有的在大城市里频繁地更换工作，在重重压力下寻求更好的生活，最终只有在日落时回到家中，抱着三只小猫，才得到慰藉。

大山里，老奶奶用镰刀敲了敲地面，那只冲着我凶巴巴吼叫的大狗就跑开了；乡村中，小朋友拉了拉我的手，指了指天空中无数的繁星。在上海，我曾见过因长期的身心煎熬和无所依靠，最终成为窃贼的少男少女，这些落魄之人也许也在等待一份连接；在甘孜，我看着康巴汉子开着出租车免费拉当地的老人回家，也感受到康巴汉子凌晨5点开200多公里送我一人去机场的热忱，只因前一天的承诺，即使没人与我拼车，他也只肯收下之前说好的50元钱。我曾走进乡镇高中，感受平凡而又幸福的高中生活，望向那些在操场上跑圈的、一排排坐在教室里写题的、在校门口和家长吵架的同龄人，我竟然感觉自己比他们老了很多、很多。走进乡镇高中的教师办公室，有位憨厚的男老师递过来一支烟，殊不知，我只有17岁。

数月的旅行生活，让我见到了那些在世俗中依旧保持赤子之

心、无时无刻不以善良面对自然和世界的良善之人。他们放弃名利，追寻自己的热爱。和他们交流不用讲人情，不用讲套路，彼此间有一种天然的独特的默契，时而平和如饮清茶，时而浅笑如沐春风。衡量人有无数标准，越是量化就越基础。我也见到了和我一样多愁善感的双鱼座，让我倍感亲切。他们善于探索自己的情感、心灵以及内心与这个世界的交集。每个人的思想都丰富而独立，每个人都愿意将自己的人生展开，一次次突破自我，突破认知。那些传统的标签，那些人为的体系，从未将他们禁锢。他们深知心之所向，长存破釜沉舟之决心。以至于我似乎能跨越时空，在他们的人生曲线中看到自己的某种可能。

旅行的时日里，持续的探索让我迅速成长，形形色色的人和事沉淀下来，打开了我的心灵。那些曾经令我害怕的、丢人的细节，都会被我拿出来"拷打"。我学会了从自身之外获取能量，也学会了赋予外界能量。曾为语言不通的外国房客录下音频，以防他们被安保拦下，也曾帮身在囧途的路人走出困境。从前旅行时会害怕，怕此时的美好翌日便物是人非烟消云散。如今，我知道心诚则灵，只需珍惜当下、反省自身、涤荡心灵。

旅行会结束，可所有美好与幸福，所有感悟与改变，将长存于心，常伴于人。它们会成为我的一部分，在今后的时日里将永远跟随着我、影响着我，从生活的方式与处事的态度，从交流的广度和感知的宽度，永远启迪着我。如果双鱼座注定多愁善感，那我便尽己所能去感知这个世界。

第八节 旅行中的实用技巧

我的旅行有时很辛苦，有时很疯狂，有时很潇洒。但前提是，一切都要在计划之中。

在全国做难民公益活动时，我总是提前10天算好行程，时间计划精准到小时。我会计算车站、机场、酒店和活动地点之间的往返时间与交通费用，会预估意外应急的时间和支出，并细数每个细节，力求不出纰漏。有时为了赶时间，在一天中，我辗转飞机、高铁、火车、巴士、出租车近十次，不敢有一丝拖延。因此在计划中精确地筹划每一个环节的时间和费用尤其重要，并且要给实际的旅行留有空余和自由度。

天气也不容小觑。有次我从海边飞往高原，抵达高原的第一天我就被冻得发烧。在根本不知道什么是高原反应的情况下，自作主张洗了一个多小时的热水澡，然后昏昏睡去。第二天，我又冒着大雨和低烧，穿着租来的冲锋衣和买来的保暖裤，凭借在练习长跑时习得的对付缺氧的方法，没带氧气瓶就在四五千米的高原走了十余公里的山路。晚上回到民宿吃饭，看着一台台制氧机和一个个氧气罐被送进楼上的房间，我心里禁不住一阵后怕。

旅行时，随身带多少行李也是一个值得考究的问题。外出旅行，我习惯背上学时的运动背包，除非冬天出门。大半个背包就足够装下所有的旅行必需品：三套衣服和洗衣用的肥皂，如果是夏天，短衣短裤更省空间；一双拖鞋和一两件外套；一只洗漱包，一些常用药；充电器和其他电子产品；一个文件夹和一台笔记本电脑。我认识一些负重旅行的背包客，他们甚至会背上一个比自己的脑袋还高的三四十公斤重的背包。但我坚持将自己的背包精简到七八公斤重，有时候买了很多东西，背包鼓鼓的，也不过十几公斤。匹配我一米八五的身高，再怎样也不显得累赘。旅途中既不会影响行走的速度，也不会消耗很多的体力，更不会一下子被当地人看出是外地来的游客。

最后还是要强调一下住宿问题。从 2019 年到 2021 年，我尝试过各式各样的民宿，我的爱彼迎主页上也写满了各个房东的好评。在这三年里，很多房东都说我是他们接待过的最年轻的房客。因为好评多，我在订房时也大受欢迎。一路走来，我积累了不少经验，也学到了许多与陌生人相处的办法。除了最开始在哈莱姆区的那次不愉快的住宿经历外，我还遇到过一些麻烦。有的房客和我同住一套房子，只要房东不在，就整夜地吵闹；有时房东为了方便，24 小时敞着大门，于是客厅就暴露于大庭广众之下。因此有好几次，我住了一晚就退订了。因此，预订房间时，我总会提前询问房东有关私密性的问题，了解其他房客的情况，也会问清楚家电家具等使用的规矩。比如，洗衣机、冰箱以及厨房设施，哪些是共享的？哪些是不能用的？而在我使用公共物品，比如，使用公共洗衣机时，如果发现里面有其他房客或者房东的衣物，总要先发消息问一下，确认对方不介意我触碰他们的东西，才会腾空后使用。

此外，以爱彼迎民宿为例，许多民宿的初衷都是为旅行者带来"家"的感觉。它们强调的是一张床与一份早餐的归属感，是外来游客同本地房东的接触，是当地人文的熏陶和浸润。可现在的民宿大都像酒店，一套独立的公寓，与邻居隔绝，也见不到房东。这既和民宿文化不符，也不是我向往的旅行生活。因而，我喜欢那些细心地标注"不把民宿当酒店"的房东。这个标注说的不仅仅是民宿的卫生问题，更是经营民宿的方式和态度。在一家真正的民宿，每晚的住宿并不是一件商品，而是一份分享和交流的机会。在民宿，我得到过很多帮助，曾在忘记预定住宿时，被爱彼迎五星的咖啡师房东收留；也曾在改变行程时被医生房东照顾，至今还记得那位医生房东温暖的话语："明天要赶飞机，今天就住在家里吧，正好第一天你没住。"也正因为有了这些帮助，我才意识到，在民宿这个奇妙的空间中，房客和房东应该彼此支持；作为房客，绝不应该只是索取。

第九节 三年，一个人的 50 城

　　三年，独自跨过 50 城，满心欢喜地感受每一座城的 24 小时。也许短短一两天，不足以让我领悟到这座城的气质，但旅途改变了我自己。

　　第一次了解一座城，往往从出租车开始。走出高铁站，走出机场，走进停车场，就能对这座城的规模略窥一斑。打开车门，一句"你好"，迎接我的不仅仅是一位司机，更是一座城市。出门在外，我不是行走在北京的那个我，陌生人眼里的我，不是 17 岁，而是 20 多岁。我习惯给自己套上各式各样的身份，佯装来自不同的地方：有时会装作心不在焉地与人搭茬，有时也会大着嗓门懒洋洋地说话，有时年轻豪迈，有时老气横秋。我习惯和司机们聊天，听他们讲当地的风土人情，讲这座城市的房价和教育，从中洞悉这座城市的细节，体会这座城市的风格。

　　虽然在每座城停留的时间不同，但总有意想不到的收获。有时因为等车，偷闲几小时，离开车站，走上街道，吃个午饭，逛逛这座城。有时是周六一早便倒计时 36 小时，出发去探索另一座城市，赶在周日晚上回来。有的地方车辆飞驰，行人脚下生风；有的地方缓慢平和，人们站在距离红绿灯几十米外的树荫下静等绿灯。我喜欢骑着车寻觅宋元文化的遗迹，喜欢乘着竹筏漂至少有人烟的古寨，喜欢穿得花花绿绿跨进侨港老街，也喜欢踏着人字拖走过傍晚的银滩。我会在小巷的校园门口驻足，悠然地看着下学路上玩耍嬉戏的孩童、骑着电动车的家长与小卖铺里的中年人，品味慢时光；也会踏进咖啡博物馆，盯着不同时代的物件，抿一口咖啡，思绪穿越到古代。我在古街、古镇发呆，在古城的茶楼里小歇；我撑着雨伞走在河边，看对岸薄雾中的高塔，听耳边闲人的谈笑。

在我的旅途中，总也绕不开书店和民宿，它们就像两面神奇的镜子，折射出一座城的千般景象万般变化。在书店，店员和老板总是邀请我一起吃饭，有时在店里一起做，有时在外面吃。大家总是对我的家庭教育、学校教育和生活经历颇为好奇，我也一样对这座城、对这里的书店文化好奇不已。我总能听到一些发人深省的故事：不慕名利追求平静的老板夫妇，破釜沉舟独自支撑的书店老板，热爱生活追求兴趣的书店店员……每家店都是城市的一个元素，每一个人都代表着一种生活。民宿亦如此，许多民宿都有自己的主题，每位房东都有一个故事。同房东畅聊，我可以更快地融入这座城，也能学着如本地人一样感悟这里的一切。

出租车、书店、咖啡厅、民宿，这些都是陌生人之间能够产生瞬时与延时交流的空间。一个微笑，一个点头，都代表着一种共同的意识和感情，都是一种连接。

桂林古寨

第十节 终于找到真正的自我

　　我很欣赏这样一句话："我们终此一生，就是要摆脱他人的期待，找到真正的自己。"摆脱他人的期待容易，困难的是找到真正的自己。

　　16 岁时，经历了一个人的旅行之后，我开始尝试探索别样的生活。无意间我读到一本书——《不租房的 606 天》，看着作者苹果姐姐放弃了一条无数人梦寐以求的成功之路，选择了"在路上"的 606 天。她住民宿，在全球各地体验不同的人生。这本书让我深受触动，回顾自己埋头读死书的过往，我忽然意识到读书、考试、升学，绝不应该是生活的全部，还有无数可能的生活方式等待我去探索。大千世界的无限精彩，我还没有领略，怎么能够就这样安于现状？

　　于是我尝试改变，从探索北京城的一个个下午，到背包旅行的一个又一个夏天。在很长一段时间里，我心里都有这样一个目标：结识不同身份的人，看不同的人生，体验不同的事物，打开自己的世界。我跑遍北京的大街小巷，发现这座生活了 17 年的城市，竟是如此的陌生。我行走南北 50 城，体会各式各样的旅行生活。我开心地啃着各式各样的果子在果园中的民宿暂住。我在小县城里骑着电动车飞驰，我在海边冲浪在草原骑马。我去了雪山，去了沙漠。我在山间看黎明看日出，我抄起一根竹棍当拐杖沿着窄窄的山道步步为营。我在各种灌木的包围中徒手向上攀爬。我在田间看黄昏日落，跟着健步如飞的老奶奶爬上梯田。我追着小孩子，蹦蹦跳跳地跑过村村落落，蹲下来用水和树叶擦净鞋子上的泥土。抬起头，感受清风吹拂，看绿树叠映伸展到天边。旅行让我的性格、心境和追求，都发生了巨大的变化。

我也结识了许多热爱旅行的人。有的相携互助完成了一次又一次的旅程，有的背着几十公斤的背包行走于荒野之上，有的是国际青年旅舍联盟的成员，有的用旅行的点滴收获装饰着家中的一面面墙壁，有的和我分享一次次精彩的冒险。

在四川绵阳，我曾经走进两位旅行作家设计的民宿，畅读他们的作品《两个人和全世界》。直到深夜，我一边读，一边思考。这两位作家在异国他乡，深入雨林，同土著人一同生活，勇敢地拥抱陌生人，将爱和美好带给这个世界。面对危险，他们勇往直前，哪怕面对的美好那样短暂、稍纵即逝，他们也始终保持着豁达。

对我来说，这些是新奇的，令人向往，也触动了我的内心。我恍然发现，那些我一直以来看重的东西，已经不再那么重要，而曾经刻苦追求的，也并非我的内心所往。于是我有了新的决断，作为一名学生，我下定决心，放弃世界名校的机会，放弃成为众人眼里的"成功学子"，放弃功利之心，打碎自己塑造多年的"外我"，鼓足勇气，静下心来，随心而走，追寻更宝贵的人生。

听了那么多背包客和旅行者的故事之后，我问自己，我可以选择这样的生活吗？做一个旅行家、一个背包客，是我心之所向吗？在我的人生道路上，有什么是与众不同的呢？思来想去，我总觉得，在我的心中，在自己的故事中，缺了那最重要的一部分，也许，契机尚未出现。

直到我回到学校，读了我的心理课老师尹璞的自传 *Explosions of Joy: A Memoir of the Grief Counselor for the Missing Malaysia Airlines Flight MH370*，才有所感悟。20世纪70年代末，尹璞老师15岁，考上北京大学，走上了一条人人羡慕的康庄大道。可以说，道路顺畅，未来可期。但他深知这条一眼就能望见尽头的道路，绝不是自己想要的人生。一年后，他从北大退学，漂洋过海出国求学。没有背景，没有人脉，没有金钱，他过着艰苦的日子，却因此而开心。因为自此之后，未来有了无限可能。"不给自己的人生设限"，这是我正在尝试和实践的。尹璞老师当时数次险些丢了性命，每一步都充满困难，但他也就此破冰，拼出了一条属于自己的人生之路。

追寻自由、绝不设限，并不是指付出一切只为寻找小我的快乐与幸福。尹璞老师是心理学家，他致力于用心理学知识服务于他人。2003年"非典"，所有人都在逃离北京，他却退掉返回美国的机票，放弃绿卡，留在北京。因为他看到，当时的中国，太缺少心理健康援助者了。随后几个月，他一直奔走在北京"非典"一线的各个医院里，在极度恐慌的大环境下，为医生、护士、病人、家属做心理辅导。11年后马航MH370失事，19年后东航MU5735失事，他都是第一时间带领团队，在机场没日没夜地为失去亲人的家庭做心理咨询。几十年前，他出国办签证被拒签，理由是"心理学在中国没有一席之地"；几十年后，他留守北京，带着团队，引入新的心理咨询的概念和方法，举行无数场公益讲座；如今，国内数次飞机失事，尹璞老师第一时间奔赴现场进行心理咨询，并将公益心理咨询项目带到了非洲……我的老师尹璞一直将帮助他人作为人生的使命与意义，这样的大爱，很大程度上源于他年轻时"不设限"的人生探索。

我逐渐明白，心中的空缺所为何故，我终于知道自己的故事中到底缺少了什么——那是对这个世界无限的奉献，是对他人坚持不懈的关爱。通过尹璞老师几十年的经历，我看到了一种全新的可能，一种我在旅行中从未见过的"道"。自那之后，无论是做难民项目或是其他服务项目，我都奉献一颗真诚的心：不再求功求利，只因已开始感受这种无比真实的，因改变和帮助他人而产生的幸福与美好。这种幸福无比纯粹、无比安心，远胜其他。如果说，在此之前，我只是打破了他人的期待，那从此之后，我便寻到了真正的自我。

第四章

我们能否改变难民的教育状况

第一节 一个好汉三个帮

正因为找到了真正的自我，所以在2019年，我积极参与了难民研究。后来在约旦，我在安曼市的耶稣会难民服务中心累计采访几十小时，与服务中心的负责人以及当地难民建立了良好的关系。当时我发现，大多数难民儿童都没有机会上学，即便有些有幸进入学校，学校的教育质量也极差。那些年龄在15~25岁之间的难民青少年，能够获得的教育资源少之又少。同他们相处的那段时间，我对难民的教育情况有了一些了解，感触颇深。于是结束项目后，在乘飞机回国的路上，我起草了一份难民教育辅导计划，取名为"项目制难民教育辅导项目"。

我的整个项目旨在面对不同水平的难民学生，以个人目标为中心，在北大附中学生的帮助下，提高其英文和数学水平。计划中，我详细说明了执行的步骤，比如，如何让每位参加辅导的难民学生与辅导员建立联系，每一对辅导伙伴如何制订与执行计划，以及所使用的交流平台等。后来，我请导师帮忙修改了计划，然后发给了难民中心的负责人莎杰达。莎杰达非常支持这个项目，积极帮助我们做宣传。那时，我胸中豪情壮志，意欲大显身手。

一切从零开始。项目最初很小，也很简单。从2019年11月到 2020 年 4 月，整整半年时间，项目参与者只有迪亚、我、张梓杰和江文涛 4 个人。迪亚从小就和许多难民有所接触，我们三人是连续三年一直在做难民项目的学生。最初，我们每人设定了一个项目：江文涛的是艺术交流项目，张梓杰的是笔友活动。不过他们的项目很快就告一段落，最终都并入我的教育辅导项目中。那段时间里，我们一共帮助了 5 名难民学生。有的是我们在难民中心见过的学生，有些是莎杰达推荐的学生。其中我帮助了两位，分别是阿卜杜拉赫曼和扎卡里亚。虽然辅导教育的人数很少，但通过几个月的辅导，我积累了大量的经验，为之后项目的扩展奠定了坚实的基础。

在辅导阿卜杜拉赫曼的过程中，我每个周末和他视频交流两小时。为了帮助他练习英文，我按照话题，每周给他讲解不同的单词和句子，辅以基础写作。周中，我们通过 Skype 联系，我鼓励他拼写单词、复习其他所学内容、造句、写短文发给我。阿卜杜拉赫曼的目标是参加那一年的约旦高考，拿到奖学金，读约旦的大学，以过上更好的生活。

然而好景不长，随着辅导项目的开展，阿卜杜拉赫曼竟然一天天退步了，写的作业越来越少，新学的单词和表达方式也总是

作者一行拜访巴勒斯坦学院

辅导项目海报

记不牢。我鼓励他认真坚持、努力学习，但始终没有什么起色。两个月后，他告诉我，不能继续跟我学习了，因为他要工作了，而且是全职。他怕我失望，着急地说自己还会按照我给他的材料坚持自学。我叹了口气，问他："你还参加今年的约旦高考吗？"他支吾了半天，含混地答："也许吧！"我点点头，心里却在哀叹，看样子他不会再读书了。

辅导扎卡里亚的过程更加困难，虽然原因不一样。我大致采用了与辅导阿卜杜拉赫曼相似的方法，但扎卡里亚的英文基础太差，交流难度很大，我只能尝试用最简单最基础的英文词汇，慢速和他沟通。可即使如此，他还是很难听懂，而我也很难听懂他的口音。更令我疲惫的是他的网络非常不稳定，卡得根本无法听清他的发音。偶尔网络好一些，却看到他在接受辅导的同时，与旁边的朋友说说笑笑，既不专注也不认真。

扎卡里亚只写过一次作业，之后每次我给他布置作业，他都不写，总说自己很忙。他从未向我解释究竟在忙什么。那时的我，只能努力让自己保持积极的状态，认真倾听他说的每一句话。正是如此，我才意识到，做公益服务，获得的不仅仅是成就，还可能是疲惫、无奈和叹息。即使如此，我能责怪他吗？我能就此放弃吗？不，他们的表现源于语言、沟通、技术等各方面的无助，这种无助也让我意识到要想真正帮助他们、支持他们，不能仅仅传播知识，还要和他们建立一种独特的连接，一种跨过诸多苦难形成的连接。

做项目这几年，我辅导过很多学生，遇到过很多困难。项目导师加雷时刻提醒我：做项目时一定要记住难民的生活极不稳定。这种不稳定性使我们的服务项目充满了各式各样的挑战，这是我必须面对的，也是迪亚、张梓杰和江文涛必须面对的；这是我们这些高中生做线上项目会遇到的问题，也是专业人士做实地项目会遇到的问题。并不是所有的难民学生都能坚持下去，比如，我的两个伙伴阿卜杜拉赫曼和扎卡里亚。他们在两个月后都放弃了这个项目。也并不是说所有的难民都很刻苦，他们也有人会偷懒、会怠惰，会花一整天的时间打游戏，和朋友们玩耍。对此，我们又做何评判呢？这两次辅导是成功的吗？是失败的吗？其实这些都是很正常的现象，也是最常见的困难，后来，在教育辅导项目扩大后，这些困难依然不断地遇到。但不管怎样，对我来说，对阿卜杜拉赫曼和扎卡里亚的辅导过程，是我极为重要的一段经历。

第二节 从四个人到一个团队

随着公益演讲和校内校外活动的展开，越来越多的人加入我们的行列。在清华附中，一些学生留下了联系方式，期待和难民学生进行交流。在 6 月的难民日，约旦的难民中心组织线下活动。活动前夕，我和迪亚在学校里收集了大家写给难民的祝福。这些祝福真挚而温暖，有的分享自己的座右铭，有的鼓励难民们在疫情中顽强地坚持下去，积极寻找生活的出路。我汇总了所有的祝愿，全都发给了莎杰达。在难民日当天的活动中，莎杰达展示了这些感人至深的祝福。

后来，越来越多的人关注了我的教育项目，我就有了建立团队大张旗鼓做项目的底气。我做了海报，在难民中心的帮助下，在安曼的难民社区中发布了消息。在海报上，我们列出了辅导的学科名称，也留下了约旦联系人和我们的联系方式。接下来，疫情加重，难民们在宵禁和封锁的措施下，面临着前所未有的困难，收入没有了着落，连食物供给都得不到保证。在这样的条件下，我们的难民教育辅导项目便兼具了心理援助的使命。彼时，对难民学生来说，我们这些辅导员，不仅仅是传递知识的朋友，更是他们在困境中与外界连接的契机。

于是，我首次同位于难民最集中的约旦首都安曼市和约旦西北部城市马弗拉克市的两家非政府组织合作，搭建了正式的教育项目。一家是安曼市的耶稣会难民中心，一家是我曾拜访过两次的妇女儿童组织。作为我们的合作方，这两家非政府组织负责在各自的城市为我们进行宣传，对接难民学生。我还分别联系了生活在这两座城市的迪亚和阿纳斯，他俩各自负责一家组织的联络和协同工作。迪亚作为难民教育项目的建立者之一，义不容辞担此重任。阿纳斯曾经是我的翻译，考虑到他的实际情况，我向学校申请了一笔专项资金，作为他协助我们开展此次项目的佣金，同时邀请他为我们的远程调查研究提供帮助。

在得知很多难民学生像阿卜杜拉赫曼一样，因为要参加约旦高考所以来参与我们的项目，我将辅导项目正式更名为"难民高考辅导项目"。迪亚和我的另一位约旦朋友凯斯为我们找来了约旦本地学生的高考书籍。我的导师加雷曾经做过各种相关的项目，他以经历为依据，为我们的教育辅导项目提供了有效的明确的指导。作为总体的统筹者、决策者和执行者，我采用了宽松的管理方法，针对每位难民学生，配备 1~2 位中国学生，以小组式教学模式，辅导难民学生学习英语和数学。每一个学习小组，都根据学生的学习能力与时间安排，制订独立的学习计划，定期进行线上辅导。后来凯斯等约旦本地的志愿者也加入了我们。他们也是学生，但不是辅导对象，他们帮助我们同难民交流，共同辅导难民学生。

2020 年 11 月，第一批正式申请该项目的难民学生通过审核，共 28 人，他们与中国学生辅导员组成学习小组。辅导员共 17 人，11 位高三学生，6 位高二学生。28 位难民申请者中，18 位是女性，10 位是男性，其中有 5 位苏丹难民，7 位叙利亚难民，4 位伊拉克难民，4 位也门难民，3 位索马里难民，5 位巴勒斯坦难民。他们中一半是高中学历，四分之一在读本科，或已本科毕业。当时，确定了这些人选之后，莎杰达问我："这些难民学生有不少年龄都在 20 岁以上，你们的项目可以接纳这些人吗？"我毫不犹豫点头同意，请莎杰达汇总这些学生的信息。这些学生中年龄最小的只有 15 岁，最大的 45 岁，30 岁以上的有 4 人。我很清楚，那些在读或者已经本科毕业的难民学生不会再去参加约旦高考。他们报名我们的教育项目，最大的愿望可能就是寻找一个同外界连接的机会，努力让自己不被这个世界遗忘。

我读了每个人的申请书，许多人的英文水平不佳，错误频出。

"I am want learnable English."

"我是想要'可以学'英文。"

"I dont have any money to have any additional help courses for our tawjehi books, and i want be sucssetul in my life,so when i heared about this program, l decided to follow it. For notic l cant talk english and i face difficulty to learn math."

"我没有钱来获得任何额外的帮助，拿不到我们的高考书籍，我想在我的人生中取得成功，因此当我听说这个项目时，我决定关注和参加。值得注意的是我不会讲英文，我在学习数学上也遇到了困难。"

我不再列举他们的英文申请书，总之他们没有钱读书，他们太需要这个机会。

比如，有的申请者这样写："我是被疫情影响的学生之一，我不能继续在学校上课、学习了。约旦有一些学习平台，但坦诚地讲，它们对我的帮助很有限。在这些平台的网课中，我只是知识的被动接受者而不能主动参与课程，有效信息也是一闪而过，我不能很好地汲取知识。我来自阿兹拉克难民营，这里只有一家免费的补习班，但它也因为疫情关闭了，因此我失去了所有可能的学习的机会。当然线上也有一些私人教授的课程，但买这些课需要花很多钱，我无力承担。因此，当我在 Facebook 上看到你们的宣传时，我很激动，我非常愿意参与，希望能够获得这次学习的机会。"

还有一些申请者如下表述：

"我是苏丹难民，我在约旦生活了两年，在约旦高中上学。我想完成高中学业，然后去读大学。"

"我需要学习，因为只有学到知识我才能获得工作的机会。"

"我想学英语，而这，正是我的机会。"

"我的梦想是完成大学学业并获得大学文凭。在学校里我遇到了许多困难，最大的困难就是与老师沟通不畅。课程讲得不清晰，不适合教室里的所有学生。我所在的社区也没有一个鼓励和支持我专注读书的环境。我希望这个项目是我获得教育的新起点，并实现我的梦想，让我成为一个更好的人、更好的雇员、更好的公民。"

"我想获得更好的成绩，我很努力地改变我和家人的生活，但没有任何人帮助我。我的母亲也支付不起高考补习班的费用。我们依靠难民署的援助款生活，我们没有工作的资格，否则政府就会把我们关进监狱。"

他们的生活很艰难，然而他们也有自己的梦想。

"我是哈南，我对学习很感兴趣。我想掌握更多的知识，比如数学知识。我愿意花大量的时间去学习，因为我有个伟大的梦想，那就是成为一名医生，所以我一定要学习。我也喜欢绘画。我的人生目标就是成为一名治病救人的医生。"

"我需要学习上的帮助，我希望能够改变人们对于难民的看法。我希望自己学有所成之后成为一位教师，像这个项目里的辅导老师一样，帮助其他的难民。"

"我希望这个项目能帮助我实现梦想，成为一名优秀的外科医生，或者科学家，或者天文学家，或者宇航员。我热爱探索世界，愿意帮助世界上所有的人。然而我的国家并没有足够的资源帮助我们实现梦想。这个项目有可能帮助我实现梦想，并在我筑梦的道路上提供足够的支持。"

事实上，他们的诉求很简单，但很难实现。

"我想获得接受教育的机会。"

"我现在正在工作，但我向你们保证，我的工作不会成为我学习道路上的阻碍。"

"我热爱学习并力求发展自我，我只需要一个证明的机会。"

"我将倾尽全力寻求成功。"

"请帮助我。"

这一次，我将每一位申请者都纳入辅导的范畴，分配了与之匹配的辅导员。

这次项目进展顺利，分工合作，各自忙碌。然而我这边却遇到了压力。彼时，高三的同学都在忙着申请大学，高二的学生又在准备各种考试，整个项目的统筹布置、问题解决、外部联络、内部跟进、资金分配、起草计划、总结汇报，全都落在我一个人身上，甚至找不到一个帮手。有的难民看不懂我们的英文介绍，我就请迪亚翻译成阿拉伯语重发一遍；有的难民留下的邮箱不正确，我认真地筛选后，一一与莎杰达核对，并再次发送邮件；有的中国学生没有主动与难民联系，我便按时提醒；有的难民没有回复，我就找阿纳斯，请他打电话一位位确认；有的难民学生换了联系方式，我负责告知他们的辅导老师；有时双方产生了误解，我需要出面解决。经历了太多的忙碌，终于，在疫情开始一年后，我终于在中国与相隔 7000 公里的约旦之间，搭建起一个有效的、有意义的公益项目。

第三节 从一个团队到一个社群

如果没有亲眼见到、亲耳听到真正的难民生活，我们也许永远做不到与他们共情。即使如此，我们也只是努力去理解他们、去了解他们，做不到百分百与他们共情。然而对我而言，对我们的项目而言，如果做不到真正地了解，如果不知道难民面临的具体问题是什么，我们的服务项目的效果将会大大降低。这也是我必须做研究的原因之一。2020 年下半年，我开始了"疫情下的难民教育"的课题研究，目的就是了解难民学生群体在疫情之下如何被不均衡地影响。在约旦政府高级人口委员会和多家非政府组织以及阿纳斯等难民的帮助下，我开展了我的研究，并将研究结果带入服务项目中，再以项目中的案例反馈研究，以使二者相辅相成。

关于"疫情下的难民教育"，我的研究结论如下。

疫情之下，难民学生在教育机会和教育质量两方面，存在五点困难。

在教育机会方面，我们所服务的难民学生面临三大困难。

首先，教育资源不足。疫情开始以来，约旦、黎巴嫩等国的学校都逐步转为线上教学。大多数在黎巴嫩、约旦的难民学生都就读于公立学校、非政府组织或者联合国开设的中等学校，而这些学校本就缺乏资金和设备。在疫情中，由于技术和设备等的不足，导致大多数中等学校无法开设线上课程。这也就意味着对于难民学生的教育被迫停止。例如，我的朋友阿纳斯与谢哈比的弟弟所就读的学校都没有开设线上课程的能力，以至于他们在疫情期间不得不想方设法转入其他更昂贵的、开设了线上课程的学校。

其次，网络资源匮乏。即使是开设了线上课程的学校，也不能保证本校所有的难民学生都能收看线上课程，因为难民学生缺乏稳定的网络连接。无论是在难民营之内还是在难民营之外，购置网络连接对难民来说都是非常昂贵的，故而许多家庭都没有自己的 Wi-Fi；手机也只有少量的数据流量，有的学生甚至无力购买流量。于是难民学生大多数只是偶尔上网，许多都不使用电子邮箱，也不常登录 WhatsApp（瓦次普）等社交平台。就算是所在的学校开设了网课，也没有条件上网课。

最后就是网络设备缺乏。大量难民学生连智能手机都没有，更别说电脑了。很多只能借用父母的手机上网，或是前往难民中心借用电脑。而疫情期间，他们的父母往往需要整日外出寻找工作，而难民中心大多关闭了线下服务，于是难民学生一周能拿到电子设备的机会仅有几小时，没有条件接受线上课程。

在教育质量方面，一方面的困难是难民所就读的往往是教学条件最差的学校，教育质量差。在疫情中这些学校的教学质量继续降低。单从教学方法来看，这些学校的线上教育往往是单一的、非交互式的。当地好一些的学校，会用 Zoom 等软件提供实时的线上课程，而这些难民就读的学校只能靠老师自己录制课程。于是难民学生便失去了同老师和其他同学进行交流的机会。他们甚至连提问的渠道都没有，导致这些学生越来越跟不上课程。

另一方面的困难就是线上教学授课时间短。难民学生即便有条件接受线上教育，线上课程的时间也比较短。从学习的时长与频率来看，根据阿纳斯和谢哈比在难民营内外的调查可知，原本一小时的线下课程搬到线上之后，就被压缩至15分钟以内。课程内容不全面，仅凭教师意愿选择教授内容，而每周的课程数目也比线下少了很多。至于课外活动、素质培训等，难民学校在校上课时就很少有，疫情期间就根本接触不到了。

因此，教育资源不足、网络资源匮乏、网络设备缺乏、教学质量差、授课时间短，成为难民学生在疫情中面临的五大困难。

为了更好地理解难民学生，我还广泛地了解了难民群体在疫情下的整体情况，阅读了两三百篇新闻和采访。我了解了约旦、黎巴嫩的疫情整体趋势，从医疗、就业、封锁政策比对难民所受到的不均等影响，分析了这些国家的宏观经济，以及欧盟、其他各国和世界各大组织对中东难民的援助；我列出难民就业较多的行业在疫情中所受的重创，枚举他们所不能获得的公众福利，还分析了黎巴嫩、约旦等不同区域难民在超市、医院所遭遇的区别对待乃至歧视的程度，研究了联合国提供的救助资源的匮乏。难民们在生活中遇到的各种问题，在疫情中都变得更加严峻、更具伤害性。

在做了这些研究后，我决心针对难民教育的具体问题重新建构整个教育项目。首先，针对难民学生在疫情中无法获得教育资源的问题，我决定将辅导项目直接转变为课程项目。我们从北大附中已经确定出国读书、不参加国内高考备战的高三学生中，选出理科和文科成绩突出的学生担任辅导员。我们的重点依旧是数学和英文。在数学方面，我们同国际部的数学系老师合作，由几位即将去剑桥读理科的同学负责沟通落实课程的设计。那时，在每周一次的例会上，大家总会找来国际课程的课件，对比约旦高考的课程后，有针对性地设计我们的课程大纲。大家一同设计试卷，用以判断每一位难民学生当前的水平，然后根据不同的水平搭建三个难度的课程。课程设计好后，由辅导员教授。每周，辅导员都会和难民进行 2~3 小时的线上交流。通过讲课、提问等方

北大附中学生参加难民辅导项目

式，在交互式学习过程中，引导难民完成学习任务，确保授课成效。在英文方面，则由外教老师直接负责，根据约旦的高中课本对辅导员们进行培训。培训结束后，由辅导员对难民进行线上授课。难民课程是周内一次、周末一次。每个难民都有独立的个性化的学习方案，每个人的具体问题都可以有效、及时地解决。

有了辅导员和高质量的课程，剩下要解决的，就是难民学生的上网难题。为此，我向学校申请了项目资金，征集了社区捐款，与升学指导办公室合作，获得了美国大学国际招商咨询协会等组织发放的项目资金。一切就绪后，我找到了老朋友贾法尔。贾法尔是我们在约旦时的"导游"，在约旦时，从访问当地的难民营到游览各个历史遗迹，都由他负责安排路线，并负责沿途的翻译。他还隔三岔五地带我们去他家的院子里做中东烤肉，大快朵颐。这次，我们将一部分资金转给了远在约旦的贾法尔，请他负责帮助难民学生购置学习设备。我们请贾法尔购买了一批比较便宜的智能手机，并配备了流量，每套花费约 1000 元。我们还请贾法尔购置了纸质课本，发给学生们。在每一期的教育项目结束后，我们会收回那些发给难民学生使用的手机，请难民中心等非政府组织暂时保管，以供下一届难民学生继续使用。如果难民学生如愿考上大学，那么手机就作为礼物送给他们。

至于学习材料的递送，则主要由贾法尔负责，由迪亚和阿纳

斯在各自的区域内辅助发放。有一段时间，我经常联系贾法尔，不是请他帮忙递送手机，就是请他发放书本。我将难民学生的姓名、住址以及联系方式写进电子邮件，发给他。他就开车找到这些难民学生，送去电子设备和学习材料。对于贾法尔，我始终充满感激和敬佩，他已经 40 多岁了，家里有三四个没成年的孩子。在疫情如此严重的情况下，他依旧冒着巨大的风险，每次耗费数小时往返于两座城市之间，帮助我们落实这个项目，却分文不取。他对我们的帮助不仅仅是友情，更是作为难民后裔对这些难民学生的一种共情、一种责任。

我发给贾法尔的电子邮件通常是这样的：

难民学生姓名： QUTAIBA ***

中国辅导员姓名： 张 **

电话联系方式： 077*******

住址： 杰拉什，雅法街，*** 公寓

做辅助工作的阿纳斯，我们按月向他支付工资，这也算是阿纳斯在疫情期间的工作之一。每个月阿纳斯会写一份工作记录交给我们，详述自己的工作时间和工作内容。我核实后，写出工作总结，然后根据这些材料按月向他支付工资。

下面是阿纳斯的几则工作记录：

2021 年 1 月 28 日星期四，下午 2 点至 4 点，共两小时

1. 联系朋友，发布难民学生辅导项目的消息

2. 走访邻里学生家庭，询问参加约旦高考的学生是否愿意参加该项目

3. 回应难民学生提出的相关问题

2021 年 1 月 31 日星期日，下午 2 点至 3 点 30 分，共 1 小时 30 分

走访两家当地的英文辅导中心，初步建立合作关系

2021 年 2 月 6 日星期六，下午 0 点至 2 点，共 2 小时

走访有大量难民生活的 Hay-Nazal 区域，发布难民学生辅导项目的信息

2021 年 2 月 9 日星期二，上午 10 点至 11 点 42 分，下午 1 点至 4 点

1. 上午同梁斯乔等人线上面谈

2. 下午用手机和在 Whatsapp 平台上回应难民学生的询问，并进行登记

2021 年 2 月 12 日星期四，下午 1 点至 2 点

1. 与当地英文辅导中心正式建立合作关系

2. 在英文辅导中心发布辅导项目的消息，并留下海报，获得两周的宣传机会

有一次阿纳斯告诉我，他父亲得了心脏病，在医院住院。接下来的一段时间，他必须四处借钱给父亲看病，没有精力参加我们的项目了。我得知消息后，立即核算了他的工作时长，找到项目导师加雷，提议提前将他的工资转过去。加雷当即同意，说："他现在一定很需要钱。"于是当天我们就联系了贾法尔，请他帮我们把工资发到阿纳斯的手上。晚上，阿纳斯就收到了这笔钱。一周后，我收到阿纳斯的来信，他在信中向我们表示感谢："我父亲的情况已经稳定下来了，我很感激这笔救命钱。"我也松了一口气。我们一直在做难民公益项目，而阿纳斯不也是我们帮助的对象之一吗？

第四节 一份学习物料

    项目的整体规划听起来并不难，但执行起来并不容易。哪怕是投递一份学习材料，有时都会成为项目实施过程中的一个难题。尼贝尔是参加教育辅导项目的难民学生之一，她生活在阿兹拉克难民营里。阿兹拉克难民营地处沙漠，临近叙利亚边境，缺少生活物资。尼贝尔没有足够的学习材料完成高中学业，也没有电子设备参加线上学习。当她的中国伙伴，或者说辅导老师，也就是我们学校参与该项目的高三学生告知我这一情况时，我一筹莫展。如何将学习材料递送给生活在军事管制下的难民营中的尼贝尔呢？

    后来，导师加雷帮助我们解决了这个难题。他介绍了一个人给我，就是玛丽亚博士。玛丽亚博士多年前是他的学生，如今已经成为一名教授，同时还是一位作家，现就职于一家位于安曼的非政府组织中，而这家组织正好在阿兹拉克难民营设有分部。于是我联系了玛丽亚博士，说明了情况。她当时虽身处中亚，但很快就联系了在阿兹拉克难民营分部的同事，问清了难民营的管制情况。然后将自己在安曼的同事苏珊介绍给了我。就这样，我先请贾法尔购置了手机，办好了流量，然后连同学习材料一并交给了阿纳斯。第二天，阿纳斯一早就来到那家非政府组织位于安曼的办公地点，见到了苏珊。苏珊联系了当天前往难民营的车辆，拜托司机将这套物料交到了她在难民营里的同事手里，最终转交给了尼贝尔。从我得知尼贝尔的需求，到将学习物料递送到她的手里，一共不到 48 小时。

给尼贝尔送学习资料，只是诸多案例、诸多困难中的一例。这个项目我从零做起，每一个细节都亲力亲为。回顾搭建这个教育项目的整个过程，一年多来，我发出了三五百封电子邮件，其中仅仅与约旦难民中心一家非政府组织的来往通信就多达一百余封；高二、高三两年间，我常常连续两三周，每晚 11 点睡觉，凌晨 4 点 30 分起床工作。平均每周做 15~20 次与项目成员、项目导师、合作方面谈，有线上的，也有线下的。中午在食堂吃饭，能踏踏实实吃上 10 分钟，对我来说都是非常奢侈的事情。好朋友们都笑着说，你这不像是来上学的，倒像是来上班的。

说实话，我当时还很羡慕那些参加国内高考的学生，至少他们能睡到早上 5 点多，而我如果不在早上 4 点 30 分起床工作，就无法确保整个项目的顺利推进。但无论如何，一切努力都是必要的，尤其是在项目初期。如果不通过那么多封电子邮件进行沟通，如果没有一个个地核实难民学生的具体情况，我就听不到那么多难民故事，也不会深刻理解难民教育中存在的种种问题，更不会体验到改变现状是多么困难的事情。如果不是亲手搭建起这个项目，它也很难成功。

为了提高整个项目的效率，我们将申请流程标准化。我们同国际部的宣传部门合作，设计了正式的申请问卷，并将其与项目介绍一并放在北大附中国际部官网的首页上，欢迎来自各国的难民自主申请。我们设定了申请截止时间，但因为希望帮助更多的难民学生，截止时间形同虚设，一延再延。毕竟对难民学生来说，机会不是太多而是太少，什么时候申请都应该不算晚，不是吗？

疫情仍在继续，难民们在生活上遇到的困难越来越多，心理压力也越来越大。他们从最初的惊慌到现在的疲惫，已经对未来、对人生产生了长久的忧虑。故而我们的辅导老师们承担起了另一项使命，那就是精神支持。他们在和难民学生的交流中，提供的不仅是知识，更是一种情感上的支持与支撑。这种精神上的支持，就是一种连接，这在疫情持续近三年之后，显得尤为重要。

在此背景下，我又与多位非政府组织负责人合作，齐力搭建了难民文化交流项目，让难民和中国学生在生活、文化等各方面进行沟通。很多年龄小的难民学生都主动报名参加了这一项目。此时我终于找到了刚忙完自己的项目的好友江文涛，他主动担任了这个文化交流项目的统筹。

2021年3月，我们的辅导课程暨高考教育项目迎来了第二批共计40名申请者。他们生活在约旦的四座城市和三个难民营里；20岁以下的有26位，最小的只有14岁。他们一小部分在战争中失去了父母，剩余大部分的父母没有稳定的收入。即便父母有工作，所从事的也主要是刷墙工、修车工、水电工与裁缝之类知识含量较低的工作，只有少数的父母在成为难民前曾是工程师或教师。这些申请者每人平均有5个兄弟姐妹。这批申请者中一半正在读高中，而另一半没有上学。读高中的几乎全部就读于教育质量很差的公立学校，也有些在难民学校读书，没有一个就读于私立学校。这些申请者的英文水平和数学水平比同龄人普遍低一些，男生几乎都想学工业、科学类的学科。

他们中很多人都梦想去加拿大和美国读大学，因为一旦成功地以学生身份进入这两个国家，通过移民入籍，就摆脱了难民生活，改变命运就不再是不可能的事情。他们中也有一些想在约旦上大学，目标是下面两种大学：一种是约旦的科学类大学，如约旦科技大学，从这些大学毕业，就业机会更多一些；另一种是被欧洲国家资助的大学，如德国约旦大学，这些学校特设难民学生奖学金，学习出众还有移民的机会。

在我们的辅导课程暨高考教育项目第二期开课之际，我们迎来了50名我校国际部申请参加该项目的学生辅导员。这50名学生辅导员性格不一，所擅长的领域也截然不同，毫无疑问的是他们在各自的领域都极为优秀。他们中有的即将去牛津、剑桥研究数学、物理，也有的即将去美国的顶尖大学与文理学院学习人文社科。从这时起，我校近一半即将出国读书的高三学生都成了这一项目的一分子。我们按照每个人的特长和性格划分了辅导小组，连接了辅导员与难民学生。由于大部分难民学生都支付不起学习材料的费用，甚至还有三分之一支付不起约旦高考的报名费，我们便承诺将为坚持学习直到参加高考的出色的难民学生支付参加约旦高考的报名费。3月中旬，我们正式启动了整个项目。约旦高考在6月份，我们的时间并不多。到了4月份，走在楼道和教室里，时常能听到参加项目的同学三五成群地讨论着各自辅导的难民学生的进展。

第五节 公益项目的风险

做公益并不简单，甚至是有风险的。成立一个非政府组织，召集一些人，提供一些教育、医疗服务，也并不是那么顺利的。从全球难民人道主义救援的角度来看，面对几年、几十年拥有难民身份的群体，很多时候，全球的人道主义救援机构和非政府组织已经成了"代理政府"，从外界获得资金，为难民提供各种必要的服务。这一体系在数十年的积累中已经越发稳定，甚至让各方习以为常。尽管各个难民群体情况不同，但总体来说这种模式在永久化，随之而来的也是"难民"这一身份的永久化。似乎解不解决难民危机已经不重要，也不紧急了。或者说，它还是"危机"吗？一个月的难民潮，可以被称为危机，一年、两年可以是危机，但10年、30年、50年呢？它已经演变成了一个持久的，甚至是僵化的问题。大家都在努力，可我们做的究竟是在解决问题，还是在勉强维持当前的"永久化"呢？

与此同时，这些非政府组织的项目，小到我们的难民教育项目，大到国际组织的项目，本就是依靠难民群体而存在的。这些组织这些项目为不少人带来了工作机会、较高的薪水以及良好的名声。而这些组织无论是宣传还是筹集资金，也总是以人道主义行为作为成长的基石。试问，如果没有难民群体，这些非政府组织及其雇员们，又以什么方式工作和生存呢？类似的，也可以质疑，假设没有难民群体，我和我的几个朋友在大学申请文书里又能写些什么呢？常春藤大学是否还会录取我呢？这些问题可以推而广之，用于质疑、检测各个组织及其工作。在各大非政府组织中，或许每个人都会斩钉截铁地说，希望所有难民都能回家。可是，对那些中层、基层的员工来说，如果这一天真的到来，他们有多少能高兴得起来呢？他们会失业，挣的工资变少，生活不再那么容易，也没有机会再为自己赢得一个极富人道主义精神的名声。那么平心而论，这些做服务的人，又有多少会真心愿意所有难民回家呢？

当然，我并不是说这些组织都是不好的，或是说这些服务者、志愿者都是自私自利的，而我也不认为自己是个坏人。相反，在生活中，在这些组织里，我见到了太多善良的有识之士。他们为了帮助这些素不相识的人，花费了大量的精力、时间和财富，有的甚至一生致力于此。我对他们充满了敬佩。但我更想说的是，公益服务是复杂的，是有困难和争议的，做不好也是有弊端的。从前我只知道凭借研究数据来评判公益项目，可真正出手做项目、建立了一个小的组织之后，才体会到其中的难度与所面对的困难。

公益项目的另一个风险，也是我个人感触极深的，就是如果没能建立起一个完善的体系，服务质量就会不稳定，甚至事与愿违。例如，在我的项目计划里，为了保证教育质量，专门设置了非常详尽的跟进措施——包括严格跟进并记录每位辅导员每周和难民学生进行线上交流的具体时间，包括每两周开会讨论大家所遇到的共性问题并提出解决方法，包括组织辅导员录制项目介绍视频，包括跨国网络研讨会。最初这些都没能实现，我一直认为这都是我的原因。在最忙的时候，我大病了一场，半年间仅医院就跑了四五十次。身边的朋友都只是参与者，对于项目的框架、执行、管理以及诸多对接人都不熟悉。如此一来，我只能放弃具体的跟进和收集汇总，把所有的精力放在联络各方、组织资金和提供设备方面，全力推进整体进度。也正因如此，项目细节在执行中出现了许多纰漏。

在项目推进过程中，最让我不安的是莎杰达和阿纳斯曾数次告诉我，一些中国学生没有给难民回复邮件。这些难民学生原本对我们的项目充满了期待和热情，但因为中国辅导员疏于回复，导致逐渐失望和伤心。有一次，因为一位辅导员没有考虑时差，一位难民学生不得不凌晨3点起床开始线上学习。另一次，一位辅导员项目中途中断了辅导工作，几周没有回复难民学生，这位难民学生最终联系了我。每次收到这样的消息，不管是在吃饭还是在学习，我都会放下手中的一切，迅速去核实去解决。我会找到最能与难民共情的同学，让他们迅速与这些难民学生联系，开展辅导工作。安排好一切后，我才松了一口气，继续吃饭或是读书。可是，我能安排解决的永远都只是我能看见的、能知道的，而背后一定还有我看不见的误差和问题。这一切问题的根源，追根到底还是我没有足够的精力、能力和毅力建立起一个完善的体系，这就是项目潜在的风险。

做这样的项目，我最害怕的不是没有人参加，也不是没办法真正帮到难民，而是我们非但没能帮助他们，反而因为项目本身的问题，让难民们受到负面的影响。我害怕他们的被抛弃感变得更加强烈，我害怕他们对生活越发失去信念。我有时会为此自责，但这也是做公益的风险。对我来说，对我的合作者来说，对其他做公益的人来说，做多做少，通常是可以自由决定的，而我们实际做了多少，也未必会影响我们如何在大家面前阐述和介绍这个项目。可是我们每一个服务者做了多少，对难民来说却是至关重要的。如果我们给了他们一个希望，就绝不能再让其破灭掉。

在高三即将结束时，我的教育项目的学生们也参加了约旦高考。开始，参加这个项目的学生有四五十位，我们给其中的十几位学生提供了学习设备。最终有 5 位学生参加了高考，我们帮助其中 3 位支付了高考的报名费。为什么只有 5 位学生参加了高考呢？一部分因为个人原因退出；一部分因为生活不稳定性而无法坚持学习；还有一小部分，我认为是因为没能和我们的辅导员建立顺利的沟通因此不得不退出。得知只有 5 位学生参加高考时我很气馁，也很无奈，觉得一切付出都打了水漂。我的导师听说了此事，向我展示了更多的研究结果和实际数据。事实上公益服务的风险与困难，并不是我一个人面临的，这是所有组织都面临的难题。许多非政府组织的类似项目的完成率也只有 5%~10%，甚至更少，包括先前所提到的难民署能支持的难民也只是一小部分。事实上，只有极少的项目是真正高效的。

我们应该就此停止吗？当然不。5 个人参加考试就代表只有 5 人受益吗？不是，一些难民学生因为年龄太大或太小没有参加这一年的高考，但他们的能力都有了一定程度的提高。还有一些难民学生在项目进展近半时转入我们的文化交流项目，同中国学生在学业之外展开了交流。而对那些中途退出项目的难民学生而言，我们的项目也并非就此失败。

我们应该为此进行改进吗？当然。在我毕业时，做了项目交接，当时我这样说："我们一定要对辅导员进行培训，他们大多数都没见过难民，不了解难民生活究竟如何，因此在交流和辅导中遇到困难，是很难理解难民的，更难找到合适的帮助他们的方式。"我同时也提到，在项目管理方面，一定要注重跟进，确保每位难民学生不被"遗忘"。为此，需要建立一个小团队，确立相关机制，避免所有的任务落到一个人的肩上。公益服务如果做不好，是会出麻烦的。而我们的教育辅导项目，作为一个线上的、跨国的项目，也是很容易出现各种小纰漏的。因此团队的领导者们需要有足够的动力来承担、履行责任，在行动中更要谨慎。

第六节 从一个社群，到一个印迹

　　难民中未成年人和学生的比例极高，如果没有适合的教育，那么当下那一张张乐观的笑脸，可能不久后就会出现在非法的劳工市场里，成年后也难有出头之日。对我来说，做公益项目、研究项目、理解难民群体三者密不可分。理解难民是起点，也是终点。研究使得我看到了更深更广的现实情况，也为公益项目提供实质化的愿景与使命。教育项目是理解和交流的延续，从其中的种种细节都可以洞察到难民在方方面面面临的窘境。作为一名学生，这项公益项目是我自觉自动通过研究积累而生发的行动，也是我人生中一个非常重要的阶段性印记。

　　毕业前几天的一个下午，我给莎杰达和阿纳斯写了一封电子邮件，这是我为这个项目写下的最后一封电子邮件：

莎杰达和阿纳斯：

　　你们好！

　　我是梁斯乔。不知你们近况如何，约旦疫情是否有所好转。

　　建立难民教育辅导项目已经两年了，我很荣幸与你们一同合作，聆听你们的故事，非常感谢！一同携手，我们也帮助了不少难民学生。

如今我从学校毕业，马上就会在阿联酋读大学。我希望大家保持联系，未来一两年我也会回到约旦拜访你们。我感谢你们为我、为我的项目以及为我的学校所付出的一切努力。

我已将我撰写的 2020—2021 年度难民教育辅导项目报告作为该邮件的附件。如果你们需要，请随时查看。

我的下一届同学和我一样，想为难民群体做出自己的贡献，他们正在组织 2021—2022 年度的教育项目。其中两位负责人是王同学和姚同学，在 2019 年年底，你们曾经见过。无论是文化交流项目还是教育辅导项目，我的下一届同学都希望同难民中心继续合作。

接下来，我们的学校将会由王同学和姚同学同你们联络。

请问你们愿意帮助他们吗？

非常感谢。

祝好！

梁斯乔

写完了邮件，我又仔细检查了一遍英文拼写，确定没有问题，我咬了咬嘴唇，点了发送。发出邮件的那一刻，我有些伤感，虽然这远不是故事的结束，但人生的一段已成为过去。从此之后，无论遇到何等挑战，我必将越发从容。

自 2019 年到现今，我们的项目一直是全国 25000 余所中等学校中唯一关注难民教育的学生项目。这是一个令人骄傲的故事，这个项目如今已成为一个标志、一个象征。学校里的老师、同学都在支持它。每每有人来学院访校，老师们都会向来访者介绍这个项目，为我们争取更多的合作和支持。

在学校，难民教育辅导项目作为一种体验式学习，从 2020 年年底开始，被纳入社科课程的学习体系中。例如，学习社会学课程的同学会通过参加教育项目和文化交流项目来开展个人研究；人类学课程研究民族国家的归属及其相反面——为什么国民会流离失所时，所有学生都会通过我们的项目平台参与难民项目，为期半年，将学到的研究方法应用于实践；选修难民课程的学生，更有部分成绩来源于其对于该项目的参与度的考察。在 2021 年建校 60 周年的国际部活动中，我们开始探讨这一项目与课程结合的效力。

此外，北大附中往年都为优秀的难民学生提供奖学金，帮助他们来北京完成高中学业。疫情之下，难民学生线上入学、线上奖学金项目的建立，已被学校提上议事日程。而该项目的主要合作平台就是我们当前的难民教育学生项目。曾有难民学生给我发电子邮件，说"你们的教育项目改变了我的命运"；也曾有难民学生斩钉截铁地告诉我"你们教给我的，我永远不会忘记"。

我亲手搭建的难民教育项目，是我人生的一个重要的印迹。不仅于我如此，于学校也如此，于学生辅导员亦如此，于难民更是如此。

第七节 从一个印迹，到一种传承

事实上，从难民教育辅导项目中受益的不仅有难民学生，也有中国学生。正如先前我所经历的，所有的辅导员在辅导过程中都遇到了很多困难。比如，交流问题、网络问题，比如，辅导的难民学生不写作业，辅导的难民学生无法及时回复邮件。辅导员们向我抱怨这些问题，我都理解，一直以来的难点就是如何让大家都能理解难民，理解他们生活的不稳定性，从而在出现问题时不一味地责怪他们。我知道，我们的辅导员都非常忙碌，要让大家下定决心坚持做好这个教育项目，并充满动力，并不是一件容易的事情。尤其对从未与难民学生打过交道的同学来说，理解难民并坚持辅导更加困难。

困难必然有，但每个硬币都有正反两面。在实施该项目的过程中，我惊喜地发现，在几个月至一两年的交流中，每位辅导员都有了属于自己的、独一无二的故事。有的故事看似一段失败的辅导经历，背后却隐藏着对难民问题最真实的见证，是一种全新的领悟和感触，是一段宝贵的人生经历。有些故事的确是成功的，辅导员和难民学生成了一生的朋友。这种友情与连接是跨越性别和年龄的，穿越难民营的高墙，跨过高山、大海和城市，跨越技术的壁垒与经济的差距，也不受国家和民族的约束。

辅导员们的收获，从他们的个人总结中可以略知一二。

在对难民学生的辅导中，我进展得不是很顺利，因为我的难民学生伙伴由于种种原因，对我的邮件回复得很敷衍，甚至根本不回复。比如，我向我的第一个难民学生伙伴纳赛尔发了数封电子邮件，每次他的回复都是"感谢你""我依旧感兴趣"之类的短句，并没有回答有关学习的问题……我不相信这些学生不回复我的电子邮件是因为他们对自己的前途漠不关心，我更不相信他们有社交恐惧症。我倾向于相信被无数次辜负的他们已经对外界的援助不抱希望，正如美国国会在 2018 年仅仅因为政治上的原因就大幅度削减联合国近东巴勒斯坦难民救济和工程处的预算。却不知他们挥笔间就断送了几百万巴勒斯坦难民对美好生活的向往。当我看到我的邮件不被认真对待时，我没有丝毫的愤怒与失望。相反，我感到无尽的愧疚与彷徨，还有些许的心疼。

我和我的难民伙伴聊了许多问题，但当他发微信问我能否为他提供一部新手机时，我无比无奈。我无法回答他，因为加雷老师告诉我，辅导项目的资金储备已经捉襟见肘，要尽可能地减少支出，以保证储备资金可以帮助下一届的难民学生报名参加约旦高考，而我个人又根本没有足够的经济实力为难民伙伴提供一部新手机。当我告诉他我不能做到的时候，他失望至极。我的心中罪恶感徒生，这让我明白了前方的道路有多么的漫长。无数个难民孩子在前方，忐忑不安而又满怀希望地等待我们的救助。他们热切地等待着我们，却又害怕被我们半路丢下，就如在伸手不见五指的漆黑的星空中，终于看见一颗星星，却害怕那不过是转瞬即逝的流星。

在短短几个月的辅导中，我深刻明白了一个道理：我们所承担的不仅仅是辅导任务，我们所面对的是一颗颗闪闪发亮的星星。我们应该心怀责任，背负使命，持之以恒，数十年如一日地坚持下去。正如我们的加雷老师对难民事业一样，呕心沥血地奉献。

道尔顿学院 2018 届学生——张梓杰

我非常高兴自己能够参与这一辅导项目，为难民事业献出自己的一份力量。难民营里的环境可以用糟糕这个词来形容，他们的生活十分艰辛，很多人都住在破旧的房屋中，营中道路凹凸不平。我非常乐意帮助他们准备入学考试，帮助他们获得受教育的机会，并离开难民营，走向外面的世界。

辅导项目成功地帮助了一些难民学生，但是还有很多学生由于这样那样的原因，无法参加或者继续这个项目。有些学生没有可以支持视频会议的设备和网络，有些学生生活在冲突地区，很难接触到这个项目。很多学生辅导员在发出电子邮件后，一直没有得到回复，这也让我十分沮丧，并且怀疑这个项目是否真的有效。不过第二年，随着项目的继续，又有很多同学和难民加入其中。我也逐渐清楚了这个项目的另一意义，那就是让更多的人了解并关注难民群体，让难民学生们了解到他们并不是孤立无援的。

道尔顿学院 2018 届学生——江文涛

参加辅导项目对我来说是不可多得的体验。一方面，这是我第一次用自己所学的知识长时间、系统地帮助他人；另一方面，这个项目让我收获了一段宝贵的跨国友谊。我和我的辅导伙伴——

和我一样大、18岁、正在准备约旦高考的那赫拉成了好朋友。

作为一个18岁的青年，我和6000公里以外的那赫拉一样渴望被听到，渴望被了解。在项目进行的4个月里，我们不仅一起练习英语，还分享了各自的生活。她告诉我斋戒日到了，她的家人在做面点和素食；我告诉她北京的春天是怎样舒适，人们穿着多彩的衣服去野外踏青赏花。我们很快变成了亲密的朋友。

通过阅读她的电子邮件，我仿佛亲眼看到了一个鲜活的世界：人们充满失望又抱有希望，内心脆弱又无比坚强。虽然我的力量非常微小，但能帮助到她，让她感觉自己并不是一座孤岛，而是与这个世界紧密相连，这是多么有意义的事情啊！

我们的项目不仅为难民学生们提供了持续的援助，更为我们身边的人打开了一扇窗。让他们通过这扇窗瞭望到遥远的中东，看到了那些苦难中的中东难民。从此，"难民"在他们心中不再是一个陌生而模糊的概念，而是能够真切地感受到的生命，他们也许就此开始关注难民问题。

参加了这个项目之后，生活中有益的细节越来越多。它们由点成线，再编织成网。我站在网中，第一次意识到难民这个议题与我如此接近，如此息息相关。我相信对于所有人都是如此，难民问题已经成为全球问题，它不知何时已与我们每个人紧密相连。看到道尔顿学院的辅导项目就此迈出了让人欣喜的一小步，我不由自主地祈愿：问题仍旧可控而非不可解决。

道尔顿学院2019届学生——许婧

最初，我参加英语助教项目，主要是因为听了宣讲会上老师和学兄、学姐的分享，感觉斗志昂扬，认为自己也可以做一点什么。

当然，我从一开始就知道，仅凭个人的努力或许不足以改变现实情况，但我仍认为我至少能够帮助到一个远在异国他乡的同龄人，至少能对他的学习有一些帮助。

我万分认真地参与这个项目，从发送邮件到每次约谈的登记，再到帮助她申请电子设备，我可以肯定地说，我力求每一步都完美地执行，遇到任何问题我都会及时地反馈。但是总有些情况，或者说困难是未知的。比如，我辅导的难民学生萨迪尔的英语不足以让她表述清楚自己的情况，第一次看到邮件中发来的阿拉伯语时，我手足无措。

萨迪尔没有电子设备，也没有可供上网的数据流量。我曾向学校申请过这方面的支持，但是很遗憾，因为经费不足，学校提供的电子设备不能满足每一位难民学生的需求。我遗憾地写电子邮件告诉她，可能我们的整个项目都要通过电子邮件开展。我询问了她大致的英语水平，并希望她尽量在之后的邮件中使用英语。然而更遗憾的是，不久后我就和她失去了联系，在我和她的通信记录中，最后一封电子邮件是我发给她的第一单元的函授内容。

我无数次想过她为什么不再联系我，可能是因为疫情，她不能找到合适的电脑来回复邮件，或者是因为其他的原因，让她不得不退出这个项目。但更多时候我会想，我是不是还应该做些什么，如果我更积极地给她发邮件，鼓励她，她是不是能更多地理解我，并理解我的认真我的努力和我的期盼。如果我能更积极地向学姐争取电子设备的支持，是不是我们还能维持联系？如果我不要求她用英语回信，也许她就会给我写回信了吧？然而这一切都是不确定的。不确定，是我和萨迪尔故事的最好概括，同时这三个字也是最让我感到不安的词语。

道尔顿学院 2020 届学生——刘芳妃

我参加难民项目的经历应该算是比较顺利的。我的难民伙伴是个礼貌而热情的姑娘，比我大一岁，给我的回信又长又认真。

第一次和她在谷歌会议上交流的时候，我发现她的一些表达比我还自然，她说话既有礼貌又令人愉悦。而我会因害怕表现得不够礼貌，在表达时努力添加一些委婉的词，这就让我显得犹豫不决。尽管语言是个问题，但第一次视频交流我们就聊了3个多小时——现在回想起来还觉得不可思议，这比我这十几年和网友语音聊天的总时长还长！

我们的交流话题从学校的课程到弟弟妹妹，然后又从爱情到宗教。常常是一聊就聊到北京时间凌晨一两点，我不得不睡觉了，我们的交流才算结束。

真的很幸运能通过难民项目认识有意思的难民学生伙伴！

道尔顿学院 2021 届学生——秦沅芷

2021 年 6 月，我在毕业之际，将项目交给了 6 位下届的同学。接下来的一年里，这 6 人将通力合作推进整个项目，做出新的突破。他们中有的参加过难民课程，有的在 2019 年同我们一起前往中东，其中 3 位还做过 2020 年 11 月第一期项目的辅导员。正如我们所期待的，在随后的一年里，参加教育项目的学生更多，效率更高，效果也更好了。

从 2019 年 11 月难民教育项目开始时只有五六人从中受益，到 2021 年 11 月的数百人参加，我没有百万资金的天使投资，也没有超强的组织能力，更没有模版可以参照，没有经验可以借用，一切从零开始。对我来说，它不仅是一个项目，也是研究、理解难民以及体会公益的重要经历。话说回来，从 2019 年到 2022 年，我都可以很骄傲地说，我们的项目在全国都是独一无二的，但也必须深深地冷静地反思：为什么这依旧只能说是一个很小的学生项目？小到几乎只存在于一所学校，三年过去，为何仍旧只有我们？

但我仍然相信，这的确是一个开始，一个传承的开始，一个趋势的开始。相信从我这个2021届的北大附中的学生，到现今2024届的学弟学妹，从我们一个项目、一所学校支持难民教育，最终必将触及国内的万千青年。

北大附中学生与难民学生在一起（图片来源：道尔顿学院）

第五章

非功利教育

第一节 教育是人生的基石

　　这本书写到这里，有关难民研究，有关连接之道，已经讲述了大半，那么究竟是什么引导我走上了这条道路呢？接下来，就说说对我影响最大的教育历程吧！

　　让我倒着说。

　　首先是我所接受的高中教育。我接受的高中教育对我影响极深，它体现在我的旅行、公益项目和难民研究过程中。这种影响并不是说它将我变成了什么样的人，而是说它如何为我坚持寻找自己的道路提供了足够的动能。这种影响源于独特的教学方法及课程体系，也源于我的几位导师和身边同学。

　　因为准备在国外读本科，我来到北大附中国际部接受高中教育。北大附中国际部的教育模式和大学一样，按学分制，分必修课与选修课，教学内容与国际接轨。国外大学教育的一大特点在于通识教育，让学生学习、了解不同的学科，找到自己的兴趣所在。我很幸运，在高中三年里有机会接触各种学科，从一无所知到寻到自己的方向。因为好奇，除了基础的必修课，我选上了各种课程，如物理、生物、化学、中英文通识、世界史与写作、宏微观经济学、编程等。北大附中国际部鼓励教师在他们最擅长的获得博士学位的领域开课，所以我有机会体验了各个学科的精髓。

高一的第一个学期，我选了中亚研究的课程，这门课程介绍了苏联解体后的十余个国家。全班一共 6 位学生，2 位读高三，3 位读高二，我读高一。讲师五六十岁，曾在中亚工作数十年。整个学期，我们要独立研究 3 个国家；学习过程中，老师会单独辅导每个学生；上课时，我们要拿出自己的研究材料与同学们分享。记得那时，我曾经从国际合作的角度介绍了立陶宛和乌兹别克斯坦。老师和我的一位学长都会讲俄语，因此他们在课堂上给大家普及了有关这两个国家的知识，并阐明了他们的独特见解。还有一节课，我们学到了格鲁吉亚。于是那个周三的中午，老师带我们来到朝阳区，在使馆区找到了一家格鲁吉亚餐厅，一边品尝美食，一边指着四周的地图和艺术品向我们介绍格鲁吉亚。

那个学期，到了秋天，我学习了城市可持续发展课程，前往新加坡访学两周。其间我们走进数个大型社区，学习环境保护。我们还走进城市规划展览馆和自然公园，了解城市发展与自然保护之间的平衡。在残疾人社区，我们走进暗室，体验盲人的生活，了解社区里的各个细节。我们还走进外籍劳工社区和红灯区，了解贫困务工者的生活处境。那时，我所在小组的研究主题是循环经济，大家一路调研。最后，我们根据研究的结果完成了可持续发展的环保设计与建模。

第二个学期，我选了中东研究的课程，学习了中东各国的当代史以及难民危机。期中的时候，班里选修中东课程的一行人，前往约旦生活了半个月。当时一共 8 人前往中东，两位带队的历史老师和 6 位学生。我们走进巍峨的佩特拉古城，走进壮观的古罗马剧院。我们参观学习了无数个古堡，它们很多是数百年前建造的。我们还走进约旦峡谷，看当地的小孩儿牵着羊卖豆子，了解当地的农业种植情况，了解其地理位置及在历史上的重要性。

我们到约旦、巴勒斯坦和以色列的边境，坐在老坦克上，听当地老人讲述中东战争。我们登高远眺"应许之地"，学习宗教的起源。我们矗立于边境之上，遥望叙利亚。

一天的游学结束，我们去剧院看讲述中东社会的故事片；我们在市区彩虹街上的小店里欣赏本地的工艺品，惊喜地发现"最后一天，中国人优惠"的小旗子。新一天开始，我们在瓦迪拉姆沙漠里喝一杯热茶，盯着古文字看个不停；我们在一家岩洞餐厅里一边吃早午餐，一边欣赏古代壁画。

在佩特拉古城，我们分析不同文化对这里的影响，研究千年前的排水系统，询问当地人在这个逐渐景点化的古城如何改变传统的生活方式，又如何被迫迁走；我们奔跑着爬到最高峰和好兄弟合影。到了晚上，大家围坐在酒店的大堂里，看着古城的落日，数着骑马卖水的小孩，个个洋溢着快乐的笑容。

我们的团队只有 8 个人，加上领队贾法尔和司机，一共 10 人，行动起来方便快捷，自由度很高。我们去了任何能够学到新知识的地方：小山脚下的海枣树种植园，小镇上住满埃及劳工的贫民区，叙利亚、约旦、黎巴嫩、以色列、巴勒斯坦的边境等地。曾经，上百个八九岁的孩子，在路上围住了我们的车，敲着窗户热情地跟我们打招呼，那些笑容我至今难忘；我们 5 个高中生，挤在一辆出租车上，在深夜的异国他乡开怀大笑，这种友情将伴随终生；我们邀请年轻的约旦艺术家在安曼市中心有最好吃的沙威玛店吃晚餐；我们驱车前往作家简塞特的家中拜访她。

特别值得一提的就是拜访作家简塞特之旅。

简塞特女士是我们的老师的老朋友，住在一座精致的中东风格的房子里。她已经 93 岁高龄了，她的主要作品都集中发表于 20 世纪。如今她仍然坚持写作，在《约旦时报》上发表文章。在她家的十余个房间里，摆满了书籍、画作、乐器，以及各种收藏品。我们去拜访她时,她的儿女都不在,孙子、孙女和保姆也刚离开,屋子里只有她一个人。我们的到来让整栋房子充满了欢声笑语,简塞特女士非常高兴地给我们讲了她的故事:小时候,她从高加索移民到伊斯坦布尔。埃及动乱的时候,因为买不到钢琴,她开了一家乐器店。后来她在媒体工作,被印度政府邀请游览全国。从老人身上,我们了解的不仅仅是中东往事,

作者与朋友在佩特拉古城

还了解了多彩的生活方式与多样的处事风格。

　　高二的时候,我选修了微生物学。任课老师将她曾在美国大学里开设的针对大二学生的课程,搬到了我们的高中课堂上。她带着我们这些高二的学生做实验,学各种检测的方法和原理。那个学期,每到中午我就跑进实验室,穿上实验服,打开柜子,看看自己和别人培养的细菌怎么样了。再后来,我一边做实验一边看图,连蒙带猜,鉴别自己手上的细菌品种。当时,学校里有一个比较有名的实验,有同学将楼道里的饮水机、办公室的饮水机和洗手间的细菌做了对比,结果出来后贴在墙上。于是很长一段时间,大家一下课就讨论这个实验的结果。那时,我和学习伙伴还做了关于化妆品的实验,一边半知半解地读着《自然》期刊上的文章,一边不停地重复实验、推进进度,忙得不亦乐乎。

　　我还上过戏剧理论和戏剧表演课。在戏剧理论课上,我接触了西方的戏剧历史和戏剧理论。课程中,大家还一起去人民大学和天桥艺术中心看戏剧表演。那年的期末,我尝试从战争与人性的角度,对比了《大胆妈妈和她的孩子们》及《等待戈多》两部经典戏剧。在戏剧表演课上,我接触了诸多戏剧表演技巧,学习了戏剧表演要领,又同十余位同学花费数月,编排了一部学生戏剧,

并在学校的剧场进行展演。

我还上过教育学理论课。我一边复习传统心理学的概念，一边看着不同的案例如何被应用于实践，一边理解新的教学法。

在北大附中，我体验了体验式学习和项目制学习。我们还有实践项目，接手了前一年学兄、学姐建立的英文写作中心。这是全国第一个正式的高中英文写作中心，这个写作中心还加入了全球写作中心。我和写作中心里的 3 个伙伴组队，在全校开启了一个新的项目——科学类写作。我们 4 人决心规范校内的科学类英文写作和研究写作，花了整整一年半的时间，时常挤在教师办公室里，拉着生物化学老师讨论如何提高同学们在这些学科中的写作水平。我们读了大量的文献，设计出一种新的教学方法，然后我们跑进高一、高二、高三的生物课堂，开设各种工坊。我们一边应用自己设计的教学法，一边研究它的效果。我们也开设了不少线上线下的讲座，向大家介绍如何规范、完善地撰写科学类实验报告和研究论文。我们这年的研究报告还意外拿到了学校的研究奖。

在关于食物和身份认知的写作课程中，每个同学都做了不同的独立项目。我因为喜欢中东美食，就选择研究北京的中东食物、中东餐厅及其务工者。没课的上午或者下午，我骑着自行车，走访了一家家餐厅。虽然我只会几句阿拉伯语，但也认真地对来自也门、索马里、约旦的务工者们进行了采访。我一边从原料上对比中东各地食物的区别，一边研究这些食物在北京是如何被本土化的。我还分别去询问中国老板和外国老板，他们开餐厅的理念和他们的餐厅文化，探索中东文化和中国文化在北京发生的碰撞和交叉。

在必修的独立研究课上，我坐在好朋友旁边，和他们一起讨论研究的方法，分享研究的过程。我的研究主要通过与中东难民的交流完成，而身边每个人研究的项目都不同。有的同学深入中国乡村，有的走进各种艺术展会，有的在图书馆读各种大部头的专著，有的则在学校的某个角落收集样本，有的在网上分析一个个帖子及其评论，有的在操场观察学生的运动状态。每隔一段时间，学校都会组织研讨会。我们在研讨会上介绍自己的项目，下面的上百名同学纷纷发表自己的见解，提出各自的建议。学校还会提供研究资金，我连续两年拿到研究资金，用于支付翻译阿纳斯的劳务费用，用于买机票往返中东。

　　我还修过社会学课程。当时班里一共有七八位学生，每人都要一边研读各种理论模型，一边调查自己选定的"非正式群体"。我依然选择了难民群体，那时国外疫情已经比较严重，我的访谈只能转为线上。在几十周的学习中，我每周都会抽出一两小时，和在约旦、黎巴嫩的难民朋友打视频电话，给他们写电子邮件。班里的一位好友，一到周末就跑到北京郊区，找一位位在街边无证经营的小贩，了解他们的住房问题、谋生方式、面临的困难，以及疫情对他们的影响。另外两位同班同学则常去北京东边那些农民工集中的乡镇或者城中村，调研外来务工者的居住环境，同当地的非政府组织进行沟通。通过这些研究，每个学生都受益匪浅，我们的收获并不仅仅在于对实地研究经验的积累，更在于对另一类人群和社会另一面的认知。

　　最后，特别值得一提的就是数学。数学是我最擅长的科目，高中三年，我所有的功课里成绩最好的就是数学。北大附中的教学内容并非针对国内高考而设置，我选读的数学课不算简单，高二时我就选修了线性代数，还自学了统计。记得那个学期，线性代数上到一半时，班里有同学读到一篇网上推送的文章，说清华大学的线性代数课改用了麻省理工教授的英文版教材。我们一看都笑了，这不正是我们在用的教材吗？高三时，我又学了多变量微积分和常微分方程。

高中三年，我读过的十余门数理化生计算机课程，全部清一色的 A+，考试成绩很少在班里前两名之外。在很长一段时间里，身边的朋友都认为我读了学校里最难的数学课，理所当然会学理科。然而事实并非如此，正因为我把这些课程都读了一遍，才确信自己的天赋和才能并不在此，才意识到对于理科的很多东西我理解不了并且不愿再深入学习和理解。学了才明白，这不是我能做到顶尖的学科，也不是能让我快乐的学科。基于这些，我才没有被表象所迷惑，坚持做出了适合自己的决定。

高三的最后一个学期，我一共上了四门文科课程：语言学基础、人类学基础、旅行写作和中东研究。我清楚地记得，这四门课程虽在课程体系中的归类不同，但彼此相通，并促进了我的领悟。在语言学课程中，我接触到了不同种类的语言，以及克里奥尔语的理论，随后这一理论很好地帮助了我。在人类学课程中，我体会了一种独立语言对民族国家形成的重要意义。同时在人类学的课程中，通过对国家以及区域身份认知的学习，我对中东历史课中巴以冲突与巴勒斯坦人的身份认知有了更透彻的理解。同时人类学课程中关于身份认知的问题和后殖民主义的理论，在旅行写作课上也得到了延伸，那就是我们该如何理解他人的身份认同？作为局外人，我们的叙述和写作能代表他们吗？

简简单单的四门课，是我三年中所学四十余门课程的缩影，它们彼此连接，我所读的也只是学校所提供的课程的一部分。学生物的同学会去读免疫学课程，会走进与清华、北大合作的实验室开展生物实验，会深入大自然实地研究生态和动物；读物理的同学会去读工程、电磁学和光学，走进中科院学习相关知识；学文科的同学会选诗歌课和非虚构写作课，甚至是社会哲学及东方主义与后殖民主义等相关的课程；学社科的同学会选国际关系理论及国际冲突；而对艺术感兴趣的同学则会同全国顶尖的音乐学院和艺术学院的老师合作，参加学校的戏剧节、舞蹈节，走向更多的平台。

我很庆幸，在高中时，可以不被考试与练习所束缚，能够自由地探索如此多的学科和知识。正是因为在这三年中，接触了多种多样的课程，我才能在进入大学时笃定地选择研究移民和难民。这是至关重要的，没有这样的经历，我就不会清晰地认识到自己真正的兴趣所在。我会满怀顾虑地选择自己的专业，走不出也不敢走出属于自己的道路。

第二节 心理与人生

　　我在前文提到过我的心理学导师尹璞老师。尹璞老师很特别，他的故事和书对我的影响很大。我跟着他学到的并不仅仅是知识，还有如何走好人生之路。尹璞老师是那种很接地气的老师，有时候甚至和我们一样，穿着乔丹球鞋来学校。虽然差了很多岁，但在我看来，他完全把我们当朋友来看待。他讲的心理课从不根据课本或什么提纲。事实上，能写在高中课本里的知识，都是最简单的知识。我曾自学过美国大学心理学课程，参加了先修考试，概念都很好理解，我很轻松地拿了满分。但尹老师的课不一样，它是能够让我们有新的领悟、内心成长起来的课程。我读过他教的国际主义、民主、环境主义、冒险、领导力和服务心理学，就是围绕课程名称中的 6 个概念讲授的课程。这 6 个概念源于 Round Square 国际学校联盟，也就是著名的方圆组织的教育理念。直到我读到高三，还是方圆组织中的北大附中的学生代表。尹老师用独特的角度切入这些概念，让我和很多同学对于自己、身边和世界都有了新的理解。

　　所谓"国际主义"，并不仅仅指外面的世界，更是指我们的内心。它在于我们能有多大的接纳度，在于我们能从别人的角度理解多少看似不合理的，令我们反对甚至愤怒的行为和观点，在于我们能有多少同理心。彼时我16岁，数年身处竞争激烈的升学主义环境之中，已经习惯性地从内心去排斥他人，而不是接纳别人。数字是我衡量一切的方式，即使自己成绩优异，也不想，甚至不愿意看到别人的努力和别人的成功，我心中常存嫉妒与恼怒。我仇恨自己的这种心态，但又不知它从何而来，如何才能走出来。尹老师花费数周时间，用各种实例和故事，让我体会了国际主义中的"接纳"，也使得我有机会学着样子模仿并练习如何去理解他人。在数月的练习中，我开始接受，甚至欣赏别人的努力和成功。我回顾自己的过去，寻找"他们"和我的相似之处。我不再无缘无故地怨恨和愤懑，我开始看到身边的人做出一个个选择的真实原因，并开始打心底里支持他们。对我而言，这个转变意义重大。我深切地感受到心中的枷锁被打开了，我拥有了新的生活态度与思考方式，逐渐内化于心。从"国际主义"中领悟到的"接纳"，鼓励我努力理解各种情绪与观点背后的合理性，更为我之后专注公益活动和难民研究打下了良好的心理基础。

学习"冒险精神"，也是我喜欢这门课的原因之一。早在读这门课之前，通过旅行，我就有了零零散散的冒险经历，以及对"冒险精神"的初步想法。在尹老师的课上，"冒险"被系统地讲解，我看到了其中的原理，许多一直以来的担忧和困惑也迎刃而解。我第一次明白了冒险的意义在于打开未来的机会和可能，承担今日的风险意味着今后将变得更加从容、更能接纳。这与我的经历相印证。如果没有初到美国受到的恐吓，我可能就不会试图理解这些移民的内心；如果不是一场场抛开一切的旅行，我就不会看到自己与世界的万千可能。冒险在极限运动中是将安全作为赌注，追求超越；而在人生中则在于打破传统界限的束缚，追求自己没有勇气去做，但又极具价值的事情。正是有了这样的思想支撑，我的思考方式才产生了变化，细数风险与收获，做出冒险的决断后，我变得信念坚定，再无顾虑。自此之后，我一次次做出冒险的决定，不再缩手缩脚。从放弃升学，投入公益，到放弃名校，回归中东，我始终坚信自己。

"服务精神"也是国际主义、民主、环境主义、冒险、领导力和服务心理学课程的另一个精华。尹璞老师本身就是心理咨询师，在过去几十年中，他做过大量的公益活动和服务项目，因而他对"服务"领悟极深。在课堂上，尹璞老师以自己在南非、在北京、在衢州做的服务项目为案例，讲授做服务的方法与其中的困难。这些案例给了我很多借鉴，让我能够应用在自己随后开展的公益活动中，并且我也将自己的思想与之进行了比对印证。在尹璞老师分享的所有的服务感悟中，有一条我印象深刻并深以为然，那就是"让功"。对我们这些在国际学校和国际部读书的学生来说，"服务"和"公益"这两个词，对大家来说都不陌生。这里所有的学生都知道，美国的顶尖名校很看重高中学生对社区与社会的贡献，因而大量学生做服务项目的目的，就是为考名校时，为简历添点彩。而市面上也因此出现了大量的中介公司和咨询公司，向准留学生们出售志愿服务的机会。我也一度希望在简历中写下"某某服务项目创始人"或者"某某公益项目领导者"的词句，并且这个项目是独一无二的，以便得到招生老师的青睐。可真正用心做服务后，我才意识到，这些名头绝不是我们真正追求的。当我被无数难民故事所感染，当我得知第一位难民学生因为我们的教育项目考上了大学，我的心中就只剩下了一个想法：我愿尽一切可能，把项目做得更好、更高效，帮助更多的难民。我可以没有任何头衔，我可以将一切都不写进简历中，但我一定要这个项目成功，我需要更多的人加入。我第一次如此彻底地放弃对名头的追求，也是第一次如此决绝地渴望真正的效果。我发现了远比简历更重要的东西，那是帮助别人改变人生后的幸福和满足，那是抛弃一切对名利的追逐与嫉妒之后的专注，那是一点一滴成功推进项目后的喜悦。这也正是尹璞老师试图传授的。当你真心做一个服务项目，真心为别人服务的时候，你会自然而然地放弃功利，自然而然地向他人"让功"。最珍贵的永远在心里，而不是在纸上。

从尹璞老师的课上学到的远不止这些，还有很多很多，比如，"环境"。一方面，它有关"环境主义"，既连接我曾在新加坡学习的环境保护和可持续发展，又直指我所就读大学最核心的理念以及我所选修的环境研究课程。另一方面，它也与"国际主义"和"接纳"一脉相承。我们如何接纳一个新的环境，如何让自己拥抱未知和不确定性。这种新环境可以是不同的种族、不同的国家、不同的区域，也可以是不同的社会阶层或是言语方式，亦可是"好学生"与"社会人"的划界，是年龄的差异，是时空的不一。正是怀着这种心态，我才能在旅行中时刻保持好奇心，在陌生的空间中探索，与不同身份的人交流，接纳自己，也接纳世界。

统而言之，尹璞老师的课，对我而言，最大的价值在于他用半理论的方式，概括和印证了无数我在生活中的想法、经验和观点。让我理解了我为何在过去会产生这些特定的想法及其价值。更介绍了我尚未思考过的概念与精神，很大程度上促进了我的心理成长，也为我在其后两年走出自己的道路铺垫了基石。后来我曾代表学院做过一次校外分享，其中有一部分就是分享尹璞老师的这门课。由于课名很长，当时我不知如何翻译成中文，尹老师看了看我的内容，说道："就叫'心理与人生'吧！"

第三节 "梁斯乔，该干活了"

高中三年，另一位对我影响很深的老师是我的研究导师加雷。他是难民课程的讲师，也是中东项目的负责人。正是在他的课上，我结识了几位好友——迪亚、江文涛、董奕轩和张梓杰。

加雷来自美国加利福尼亚州，已经 70 多岁了。几十年前，他在乔治城大学拿到了博士学位，成为一位中东历史学家。从 20 世纪 70 年代开始，他就在中东各国生活，后来又去耶鲁大学和加州大学当老师。他教中东历史和中东难民再合适不过，虽然用中国的说法，他已是年届古稀。70 多岁的加雷和年轻人一样热爱运动，他时不时叫上哈克姆等学长一起跑马拉松，有的学长还没他跑得快。有一年冬天，他在长跑时摔伤了，不得不在医院疗养。我们几人到医院看他，张梓杰还带了蛋糕。见到他时，护士正要给他换药，他无奈地对着我们摇了摇头。没过多久，他就恢复得差不多了，就又开始锻炼。几个月后，就又一次踏上了马拉松跑道。

加雷的课是国际部公认的最难的文科课程，他一直以大学标准要求我们。他讲课的语速很慢，记得高一上他的课时，我们哥几个全都睡眼蒙眬。但很多时候他的课也很有趣，因为他会讲各种各样的故事。讲到20世纪80年代的黎巴嫩时，他会绘声绘色地向我们描述，他隔壁的公寓是如何被炸毁的，而他又是如何连护照都没拿就逃走的。讲到不同民族间的矛盾及战争时，他会提及自己如何在战区和轰炸区同当地人合作，穿过边境，最终找到庇护之所。讲到叙利亚那些已经被炸毁的难民营时，他会拿着图片，以自己的记忆为我们还原难民营的原貌。讲到中东穷人的生存方式，他会向我们描绘40年前，在某座中东城市，穷人们如何住在尚未建成的大楼中，并从市政设施中窃取电、水来维持生存。加雷在很多国家生活和工作过，通过那些多彩的故事，我们学习到丰富的人生经验和豁达开朗的心态，更看到了诸多现实，更好地理解了历史，领悟了社会科学中的许多概念与理论。

后来在约旦，我们一行人走在大街上，加雷常常会抬手指着一处社区，告诉我们20世纪90年代他就曾住在这里，偶遇他喜欢了很多年的餐厅和甜品店，他也会请我们去吃下午茶。也是在约旦，他培养了我访谈的习惯。每到一家餐厅、咖啡馆、酒店或是商店，每次我正要像其他同学一样坐下来休息，加雷都会慢悠悠地喊一句："梁斯乔，该干活了。"于是我不得不扶着桌子，撑起疲惫的身躯，找到店员、服务员或是厨师，开始访谈；采访在这里工作的移民和难民，采访外来者，询问他们在约旦遇到的困难，询问本地人如何看待这些外来者，探究每一个空间中人和身份认知的构成。很明显，这样的训练出奇地有效。仅仅一两周之后，我就明显发觉，和从前相比，自己的视野更加开阔了，看到了完全不同的一个社会。从那以后，穿越同一片沙漠，我看到的就不再只是沙漠了，而是一间间零散的房屋和里面的人。我会探究，这些房屋里住着什么样的人？来自哪里？有什么样的故事？他们何以谋生？他们的上一辈在哪里？下一辈又在哪里？我不断思考，不断推测，不断问询，不断分析。景象没有变，但一切真的不一样了。我开始思考每一个难民为何会经历他们所叙述的故事，或者为何会表述特定的观点。我更加专注，更加接纳，也更加好奇。每一个空间无论远近、无论位置，仿佛都活了起来；我也觉得，自己离眼前的一切更近了一些。最终我体会到，当访谈变成日常的一部分，才能听到更多、更全面的故事，才更能领悟与理解一个空间、一个区域的生活方式。哪怕是同一个地方，也能看到截然不同的世界。这不仅关乎学术，更关乎旅行、生活，乃至人生的体验。对此，我特别感谢加雷老师。

我和迪亚等好友都是加雷的学生，因此总会在办公室与他交流。他经常会给我们讲美国大学的教育体系，以及国外学术界的一些人和一些事。这些对那时的我们来说都是非常陌生的，但也是即将出国读书的我们需要知道的。他还会邀请我和张梓杰等几位同学去他家做客，去餐厅吃饭，他请我们吃过各种美食。

那一年，在他的课程结课前，他委托我们去熟悉的中东餐厅给所有的同学买甜品。问了的几家中东餐厅，都无法一次提供100块甜品。于是我们连夜找到北京开业时间最久，同时也是最大的中东餐馆。终于在第二天，给大家端来了两大盘中东甜品。

作者在北京的中东餐厅

我曾非常好奇，加雷为何在这个年纪还在教书，而不是选择回加州半山腰的房子去过清闲愉快的生活，而不是选择到世界各地四处旅游。当我向加雷提出这个问题后，他笑着反问我："为什么要退休呢？我会尽可能教得更久！"

　　加雷早已过了退休的年龄，却依旧选择每日早早地来到学校工作；选择带着我们这群即将走入另一种文化氛围学习知识的高中学生做研究；选择带我们看不同的世界，为我们传授人生经验。从他的身上，我看到的是对教育和生活的真正热爱。

第四节 从未出现在成绩单上的课程
——自治

北大附中是个很有趣的学校，在全国公立高中里也是独树一帜的。这里对学生的管理与国外大学非常相似：学业上实行学分制，有一定的必修课，也有选修课。不说我所在的国际部，即使是我们楼下走高考路线的学生也是如此。文科生的选课系统上，前两年的语文课、英语课都是各种国内外文学研读与各类写作；理科生在前两年都不怎么刷题，而是花大量时间泡在实验室里。他们只有第三年备战高考。

生活上，这里的学生自由度很高。没有疫情时，学生可以几点上课几点来学校，有的同学周三或者周四没课，那就不必来；校门在白天也可以随时出入。有时我忙到下午2点才吃午饭，就走出校门，去旁边的中关村好好吃一顿，然后再回来上5点的晚课。我是住宿生，有时晚上学累了，就出去看个戏剧，10点前回来就行。上课时大家用的都是笔记本电脑，所以每次考试，都会有人忘记带笔。学校从不要求穿校服，平时也没人穿，也就是拍毕业照时，大家才四处借或临时订购校服。学校的活动是出了名的丰富，每个学生都有机会，每个人都定制着自己独一无二的三年。每个学生想做什么项目、办什么活动，只要提出来，学校、老师和同学基本上都会调集资源全力支持。

我们没有行政班，更没有班主任。四大学院提供不同方向的课程，8个书院管理学生。当然，学院和书院的数量每年都有变化。在北大附中，众所周知的一句话就是："这里一直不变的，就是永远在变。"我所在的学院叫道尔顿学院，也就是北大附中的国际部。我所在的书院叫至善书院，标志是狼和紫色。每个书院都有高一和高二，共100多位学生，配有一位督导老师。在这里强调的是学生自治。每个书院都通过自治会进行管理，成员也是高一和高二的学生。也有叫作学长团的组织，一方面负责监察自治会，一方面负责引领新同学。在这样的环境中，不太有称呼学兄、学姐的习惯，大家都是朋友。每个书院都有自己的宪章、条例和核心愿景。每周都开全员议事会，每个书院都有独立的、可自由安排的书院活动室，学校每年给每个书院发放活动款额。在这里，学生的事情大多由学生自己负责，每个书院每年大约会组织十余次活动，加上几十个社团不时搞活动，所以几乎隔三岔五就能在校园里发现有意思的活动。书院间还有各种比赛，从篮球、足球到乒乓球和羽毛球，再到舞蹈节和戏剧节。然而这些还只是校园生活的一部分，是任何人都能看到的；看不到的是制度的变革和思想的引导。北大附中一直在减少体系化的管理，赋予学生更多的自由。学校的核心理念之一是公民教育。据此，老师们引导北大附中的学生对各种事物发表自己的见解，展开辩论。在北大附中的公共交流平台上，一个校园新闻或是一个发言帖子，时常会引出上百条评论。同学们有的支持，有的反对，有的争辩。家委会出了什么新提议、学校出了什么新政策、食堂有了什么新变化，都能引发激烈的讨论。哪怕是对公共事务参与度低的同学，都会时常讨论校园里的变化与矛盾。

不得不说，我对于"学生自治"有非常深刻的感触，毕竟在高一入学 4 个多月后，我就成为自治会的主席。那时的我算不得成功，靠着竞选演讲拿到了主席的职位，却不知道该如何做。我不懂学生自治，不懂领导力，也没有任何沟通技巧。可我又偏偏自负地回避对学生自治的学习。于是一段时间之后，我就成了争论的中心。身边的同学一部分直指我能力较差、没有逻辑、目标不清；另一部分埋怨我不会合作，单打独斗，等等。没有做出什么成绩，反而把事情越搞越乱。上一届自治会的同学给我面子，没有点破我的过失，但我心里知道自己做得并不好，可又不知如何改进。

僵持到 4 个月后，我们的督导老师写了两篇文章，批评了自治会和我的问题。首先，自治会没能开诚布公地做决策，不能真正为全体书院学生发声，"走进了传统学生会的深坑"。自治会主席，也就是我，处理事情方法不当。随后，督导老师又提到，我们已经走进了陶行知先生所讲的自治失误的弊端："误把自治作治人""自治与学校对立"。这两篇文章，在两天中被几千位学生、校友、老师、家长阅读。

那一年的 4 月 17 日，周三，当我们再一次召开全员议事会时，督导老师站在台上，回应了台下上百位同学的问题。大部分学生对他的文章持批判态度，有的还很愤怒，甚至有的情绪激动。我本不愿去辩驳，但又觉得自己什么都不说也不恰当，就拿起话筒平淡地问大家："我们这么多反对的声音，您觉得您在我们这里还能当多久的书院督导？"

话虽这么说，但那两篇文章还是像两记重拳，打醒了我，即使三年后再读，依旧感觉重锤击胸。那天凌晨 2 点，我和同书院的两位室友坐在楼道里聊天，他们对我说："你觉得，像这样，愿意花一个下午，顶着谩骂，坐下来和这么多学生去论、去辩的老师，除了北大附中，哪儿还有啊？"那一瞬间，我突然想哭，是的，从小到大，我都是同学、老师眼里标准的乖孩子，从来连顶嘴都不会。来到这样一个自由的环境里，我突然不知该如何去做了。而老师就任由我们去说、去辩，让我们去看见自己的内心，看见自己的长处和短处，这就是一个学习和成长的过程吧！

那天，如果是在其他高中，我们中至少有数十人，都要被处分吧！

也就是从那时开始，我决心改变。

两天后，我和同学坐飞机去中东学习。一路上我都在读自己从前不屑看的学生自治理论，看着看着，我就意识到了自己和自治会的问题所在。之前我并不懂得督导为何说我们专权，说我们没有给大家发声的机会，说我们没有塑造集体的声音。读了学生自治理论，我明白了一些，我们的确没能提供一个公开、有效供大家发声的平台，更没有实质性地鼓励大家发声。之前为了方便省事，即使有同学向我提出建议与问题，我也敷衍了事，最终扼杀了一个个自治提升的机会，忽略了同学们的一个又一个问题。

学习了学生自治理论之后，我逐渐明白了民主的意义，学会了如何倾听每个人的声音，体会了民主与社区的含义。慢慢地，我才看到了曾经被我忽视的东西，理解了我曾经不理解的事物，明白了之前我为何失败。

这些，都是我在北大附中学到的最宝贵的知识。

我终于明白，正如督导老师所讲，自治虽然从不出现在成绩单上，却是北大附中教育的核心之一。如果在这三年中没学到自治，那肯定是自己出了问题。

毕业时，身边的老师和同学都对我说："如果你去申请学校仅仅授予 3% 的学生的荣誉文凭，一定可以成功地申请下来。"但我始终没去，因为我知道，即使成绩单上写满了 A+，还是有一门课修得不好，那就是自治。我至今也不知道，这门课，我算不算及格，但我明白，只有体会过北大附中的争论和矛盾，只有争辩过"学生自治"，只有做出了改变，并在风暴中心浴火重生，才会被这种教育所感动，才能明白它对一个青年日后成长的重大意义。

第五节 一个学期的教师生涯——用失败砌成的一门课

　　寻找自己的道路，并不仅仅有丰富多彩、有趣好玩的人生体验，更有一次又一次的失败。当失败多了，它就不再是失败了；当失败足够多了，脚下的路也就显露出来了。

　　刚读高中的时候，我随大溜参加了各类的数学、物理、生物、经济类国际竞赛。其实我并不擅长比赛，运气好时能超过百分之九十的参赛选手拿到银奖，运气不好时基本就是位居百分之十的选手之后、百分之七十的选手之前，拿个铜奖。当然，也有更差的时候。因为听说参加各类比赛对考大学很有帮助，所以高一时我就去参加全美十项全能、中国大智汇等一系列的高中生比赛，还有各个级别的商赛。每次都是在报名时，幻想着自己发表获奖感言时的风光，而在比赛前却不愿意花时间准备，等到快到比赛时装模作样地抱着材料啃一遍，最后在比赛当中看着一道道题唉声叹气，心想什么也不会，又浪费报名费了。我也曾指望用比赛成绩来申请一所好的大学，然而最终一个都没用上。从这个角度来说，我的这些经历都是失败的。

高中三年，我还参加了无数的学校活动，当过微积分、线性代数、生物和写作课的助教，当过书院自治会的正、副主席，帮助建立了学院的住宿生项目组，可这些没有一个做得出彩。几乎所有的书院主席都比我做得好，大部分助教都比我认真负责；在住宿生项目组里，我总是提出些不切实际的主意。我没能为我的同学、校园和社区做什么贡献，这些经历也都是失败的。

最后再说说当年我在美国参加的活动。我听说出国读夏校对申请大学极有帮助，就申请了夏校，随大溜选了经济和金融的课程。整个夏校期间，就坐在课堂的角落里，一言不发地听课，然后就等着拿个结业文凭了事。结果上课也没好好学，知识很快忘光，文凭没等到，也没在夏校结识到什么新朋友。还有早先参加的美洲未来商业领袖比赛，我的比赛项目是"组织领导力"。当时百分之九十以上的对手是在美国各州和世界各国层层比赛打上来的，而我只打过两个模拟公司运营的比赛，然后交了上万元的费用，混进了总决赛。最终什么奖项也没拿到，就是买了张门票而已。因此，在这方面，我还是失败的。

其实除了少数从小学、初中到高中，一直就读于顶尖学校的顶尖学生，大部分留学生和我一样，都踩过许多坑，做过无数尝试，"浪费"了许多时间和金钱，走过许多"弯路"，一步步向前走。这些失败要紧吗？不要紧。一切都在默默地积累，等待着突破的那一刻。你永远不知道，这些不同的经历，在未来，会以什么样的方式，在什么时间，通过组合与呈现，回馈给你。也正是有了曾经的一次次的失败，才有了成功的可能。

对我来说，突破发生在进入北大附中一年之后。

每年，北大附中国际部都会为高三学生提供开课的机会。老师正常讲的学期课是4学分，学生当老师讲的学期课是2学分。我很快就写好了开课计划，课程名称就叫"组织领导力和同理心思考的理论与实践"。开课的机会一年只有几次，然而申请人却有几十位。我从提交申请的那一刻就知道，自己选的这门课一定会入选。当时的自信，就是源于无数次的失败。

虽然在美国参加比赛时，我没能拿到任何奖项，但确确实实了解了不少领导力理论；虽然在各个学生组织当领导者没做出什么成绩，但这些经历却给了我将理论应用于实践的机会；虽然我专心研究难民，但在心理课上我认真学习，并想明白自己从前为什么会总是失败；虽然读夏校没学到知识，但一场改变自我的旅行，让我开始将同理心跨国界、跨阶层地应用到实践中去；虽然我在自治会时表现平庸，但体会了争辩、实践了自治，并且更加清楚北大附中究竟是什么样的地方，更能本地化地将一切理论应用在我在这所学校的生活实践中去。我在各个项目、各个组织中失败的经验，正是我与大家研究"组织领导力和同理心思考的理论与实践"的绝佳素材。我尝试灵活应用自己在教育学课程上学到的各种教学方法，去教授这门课程。

这门课，是我用数不清的失败和尝试堆砌而成的亲身体悟，我至此也才意识到，一切皆可融会贯通。于是我希望，将我的知识、我的理解、我的领悟传递给学弟、学妹们。

在开课理由一栏中，我用最简单的英文句式写下了下面这段话：

对于北大附中，我们最熟知的，就是它在不断地改革，不断地创新。它提倡学生自治，引导学生对大小事务进行讨论、辩论。在国际部更是如此，这里有数十个学生组织，涌现大量优秀的学生。每个人在学校或多或少都承担了领导者的角色，或许是学长团的学长，或许是社团的社长，或许是一场演出的负责人，或许是某门课上一个项目的组长，抑或是书院自治会的成员。

然而我们的学生在走进北大附中之前，大多来自传统的公立初中，即使曾在班委会、学生会等组织任职，大多也并不具备完善的、作为领导者所应掌握的知识与技巧。与此同时，面对北大附中开放的环境和无数对于变化和改革的论辩，学生和老师之间、学生和学生之间，尤其是这些领导者之间，时常会产生误解与矛盾。正是这些误解与矛盾，影响了学生组织与学生团体的表现。往往只有经历数个月甚至一两年，这些学生领导者才能学会理解、化解矛盾，并在自己的团队中做出改变。在这一两年中，已产生了很多不必要的消耗。以我为例，过去两年里，以领导者身份，在书院自治会与学院住宿项目组里，我就曾因为不能理解身边的人，不能巧妙地组织团队，做出过诸多无效的决断，导致矛盾无法有效地解决。

因此我认为，只有向更多的学生领导者介绍领导力理论，才能让校园社区中的学生团体尽快变得高效，让学生在较为自由的环境中更好地应用所获得的权力。只有引入同理心，才能使学生领导者同同学、老师、校领导、家长等多方的无数辩论，真正有效、有用，才能不辜负北大附中独特的环境。

如今，领导力理论和同理心理论尚未被纳入北大附中课程体系，而本门课程弥补了这一缺陷，这也是我设计它的初衷。本门课程同时采用体验式学习和项目制学习的教学方法，让学生们一步一步领悟同理心和领导力。在一个学期中，使其领导能力与效率、人际关系、对社群和团队的理解，都得到提高。

最终，我获得开课的机会，开始了为期一个学期的"教师"生涯。

在课程准备阶段，我阅读了大量国外大学关于领导力与同理心课程的大纲，翻阅了相关讲义及书目。有了这些内容，加上学过的理论，我很快就设计出16周的课程大纲。

我将课程划为三部分，每一部分囊括一个不同的维度。

第一单元是个人维度：领导者的特点、领导者所承担的角色、领导者在团队中拥有的权力、几种经典的领导风格，以及同理心的基础概念、同理心的难点等。除去基础的比较与批判，我还加入不少实践性的活动。例如，第一周，我让每位同学都讲述一个自己认为的身边人做出"不合理行为"的案例，并让大家在课堂上针对每一次行为进行讨论，寻找其中的合理之处。

第二单元是团队维度：领导者与追随者的关系、领导者和团队的关系、团队的形成和发展，以及沟通理论、行为理论、态度理论、积极性理论等。有时我会带着心理学书籍到课堂上，和大家一起做跨学科的比较；有时我会让班里的同学记录下一周内他们以领导者的身份进行的交流活动，并在全班做分享。我把自己过去两年多的经历和看到的诸多案例做成PPT，投放在大屏幕上，请大家来分析。在这些实例的帮助下，并不是非常有趣的理论变得生动起来，学生们的分享也越来越多。

第三单元是社会维度和文化维度。这一章是对跨文化和跨阶层的同理心与领导力的探索，也就是如何带着同理心同另一个文化背景的人群进行交流？我将自己同难民交流的经历同大家分享，并邀请所有同学参加我和约旦非政府组织一同搭建的线上交流计划。班中有数位同学获得了持续同中东难民进行线上沟通的机会。也正是在这样的过程中，同学们得以坚持感受和应用同理心。

高三第一学期，我一边当学生，攻读自己的课程，一边当老师，讲授"组织领导力和同理心思考的理论与实践"。我对这门课程的热情是很高的，又邀请了尹璞老师为我的开课进行指导。一共有二十来名同学来上我的课，主要来自高二和高三。个人的经历告诉我，同理心和领导力，只有在练习中才能内化于心。因而在课上，我坚持应用项目制体验式教学法。在这近 5 个月的课程中，每位同学都必须在生活中找到一个以自己为领导者的团队，或是项目案例，我也一样。在这一学期开始的时候，我就和大家分享了我的案例：我正在组织一个有八九十人的难民线上教育项目。

我会和每个学生聊他们的项目，他们中有的是自治会的副主席，有的是学校几个社团的社长、副社长，有的是国际部某研学项目的负责人，还有的是创业项目的首席执行官。在这所学校，每个人都是一位领导者。

课程开始时，我和大家一起在各自的项目中为自己做"领导力画像"：我现在的几大特点是什么？我现在的领导力风格是什么？在团队中，我现在最常扮演的几个角色是什么？我最常使用的几种权力又是什么？

在课堂上，大家会轮流分享并讨论：在这种环境下，在哪些方面做哪些改变，会使领导效果更好？如果将"放任式领导"改为"交易式领导"，会不会有更好的结果？如果少用一点"惩罚权"，多用点"奖赏权"，会有什么不同？在一系列问题的引导下，大家对自己的领导方式进行了改革,在实践中检验哪些方式可行。与此同时，我还会让大家在各自的项目中，尝试应用新学到的沟通理论、主动性理论，以及最重要的同理心理论。

很快，每个人都能发现自己的领导力所存在的漏洞，发觉自己先前做出的低效决定。与此同时，大家确实在生活中，通过更好地运用领导力与同理心，对自己、身边人、团队甚至社群产生了不一样的影响。

到了期末，每个人都根据自己的实践经历写出了一份报告。

在课程的最后一周，大家挨个上台做分享。我很荣幸，这门课程的内容像我所预期的那样，投射在大家的生活里，对课上的学生以及他们所在的团队产生了良好的推进作用。我也很庆幸，能在一次又一次的失败中蹚出一条行得通的路。

　　对我来说，高三时讲授的这门课程，不仅是对于自己过往的一个总结，更是知识和经验的传递与传承。值得一提的是，写书也同样是对于过往的总结，同样是知识和经验的传递与传承。

同学在作者的课上分享报告

第六节 "我希望，我被世界记住的
方式是曾经帮助过许多人"

在过去几年中，对我影响至深的，除了我的母校和我所接受的教育，除了我的导师和我所做的项目，就是我身边志同道合的同学和我的诸多好友。

其中一位，本书里我多次提到——迪亚。他不仅是我的好朋友，更是一位绝对可靠的合作伙伴。他是获得北大附中中东奖学金的第二位学生，来自约旦和叙利亚边境的一座小镇。在他 8 岁时，叙利亚战争爆发，无数难民涌入他的家乡，他也因此听到并熟知了许多难民的故事。2022 年年初，我曾对迪亚做过一次简单的访谈，其间我们一边回忆过往，一边聊着他这些年的故事。

迪亚曾向我讲述他所看到的、听到的难民故事：

"我第一次接触难民，是一个叙利亚家庭，他们在小镇上租了我邻居的房子。因为他们没有足够的水，所以时常来我家求助。我的妈妈总会给他们带来的 20 升的大桶装满水，也尽可能地在点点滴滴的生活中帮助他们。

"在我们那里，本地人向难民出租房子的现象很普遍。每家都会在自家的房子上再盖上一层，甚至两层，这些外加的楼层往往就被租给了叙利亚难民。当然，这种租房是不合法的，不过家家都这么做。尤其是难民潮刚开始时，镇上的难民实在是太多太多了。难民家庭的孩子从来都不少于5个，因此小镇上，几乎每家房子的二楼三楼都变得非常拥挤。

"这些难民都没有钱。大前年的时候，我在马弗拉克城区中心采访过几个难民。他们都是一天打两份工，而且都在没人会注意到他们的地方工作。比如，他们在餐厅，不会去当服务员，而是在后厨的角落里做卫生、刷盘子。他们的生活很艰难，约旦规定餐厅中叙利亚员工的数量必须少于约旦员工数量的一半，以此保证本地穷人的就业。而且这些难民员工远比本地员工更易受到剥削，有的甚至每天都要连续工作14~16小时。作为一个约旦人，我也很不愿意看到这些。

"到了今天，我们这里的人许多都愿意接纳和帮助难民了。叙利亚人也逐渐适应我们的环境和文化了。但在法律层面，对于叙利亚人的接纳和保护还是特别少，他们只能打黑工、被欺负，不能和本地人一样务工。因此，我认识的许多难民，都在努力地想办法离开约旦，想方设法到欧洲和北美去。到那之后就想尽办法拿到绿卡，好接全家人过去生活。"

2020年1月17日，迪亚回约旦的前一晚，我和他在张梓杰家暂住，我们三个畅聊到深夜。

我们聊到他从中东小镇到北大附中的经历。

在申请北大附中奖学金之前，迪亚因为家里没钱，不得不去教育条件很差的公立学校。他说："有一天，我的老师拿着一张宣传页走进教室，漫不经心地问，有没有人想去中国。所有人都笑了，个个模仿着说中文，都认为这不现实。我也想说点什么，但没说出口。等到下了课，我立马来到办公室，找到了那张宣传页，上面写的正是北大附中的奖学金项目。我按照上面的网址填写了申请，那时是2018年10月。5个多月后，我不经意间收到一封邮件，邀请我前往指定的一家非政府组织与中国来的老师和学生做交流，参加面试与笔试。那天我们全家都喜出望外，我父亲借来我叔叔的车子，送我来到那家非政府组织。"

我第一次见到迪亚，就是在那家非政府组织。他给我的第一印象是冷漠、少言寡语。因此交流开始后，很长一段时间，6位中国学生里有5位都围在另一位健谈而热情的申请者身边交流，只有我因为喜欢清净，在午饭时，和迪亚一同坐在角落里。没想到，这一坐，我才真正认识了迪亚。他是没有自信的——因为英文水平不如另一位申请者，所以不太敢在我们面前开口；他是诚恳而谦虚的——从不炫耀自己的成绩，从不刻意在他人面前表现自己；他也是坚定的——在面试中，他斩钉截铁地说"我想成为一名医生，帮助所有的人"。三年后，他就读的专业就是医学专业。

几小时的交谈，让我看到了迪亚未曾展示的另一面，一个真正的他。于是当晚，我们一行人回到酒店。做总结时，其他5位同学都和大家分享了对另一位申请者的赞赏，我说："今天，我更想和大家聊聊迪亚。"于是我向所有人讲述了躲在房间角落无人关注的迪亚，如何真诚而不张扬，如何默默努力而不妄图表现自己。最终，他从几十位申请者中脱颖而出，拿到了那年唯一的一份中东奖学金。我虽然不知道迪亚随后的笔试结果和第二轮的面试细节，但我相信他的坦诚、谦虚和决心，必然感染几位面试负责人。

后来迪亚跟我说："我没想过自己会被录取。那个月底，一天，贾法尔一大早就给我打来电话，说：'恭喜你，孩子。'就这样，我被录取了。贾法尔说：'所有人都在安曼等你，大家都想要见到你。'"

迪亚一直投身于难民教育，他跟我讲了很多。"小时候，我的母亲就带着我一起帮助难民，我们会把闲置的衣物、毯子、被子匿名送给难民。有需要的难民可以随意领取这些必需品。领取也是匿名的，他们不需要留下姓名，也不必感到丢人。

"我的第一位难民朋友是个比我还小一岁的牧羊人。十三四岁那会儿，那个孩子总喜欢到我祖母的房子附近玩，我们渐渐地就熟悉了。

"我认识的一位难民学生，想要改变自己的命运，于是申请了加拿大的大学。他那时英语不好，因此在很长一段时间里，我都在帮他学习英语。申请大学和申请签证的过程中，他也遇到了许多困难。我经历过这些，所以帮他完成了申请。现在，他已经在加拿大开始了新的生活。"

正因为从小到大都在社区里帮助难民，所以迪亚来到北大附中后，主动投身于难民服务项目，成为难民教育项目在约旦的重要负责人。尤其是 2020 年疫情暴发后，迪亚无法回中国上课，便花了大量时间帮助难民学生。在马弗拉克，他联络了许多非政府组织和许多约旦、叙利亚的学生，帮助我们宣传发展难民教育项目。还记得当时迪亚这样说："我对这里的教育环境和约旦高考太了解了，毕竟我出生于此。这些学生在公立学校学的根本不足以应付考试，而难民和穷人根本就支付不起校外辅导的费用。即使是本地学生，很多情况下也是四五个人一起出钱，请一个辅导老师，更不要说难民了。因此，我们的项目意义重大，我们必须把它做好。"

在项目中，迪亚是一位优秀的负责人，更是一位优秀的辅导员。每当我得知教育项目中某个学习小组出现了问题，每当有中国学生退出辅导项目，每当有新生加入辅导项目，每当我急需辅导员救助时，迪亚都会第一时间冲上来，和难民学生对接。

我曾经笑着对迪亚说："你绝对是我这两年中，见过的最稳定最可靠的辅导员。"

迪亚这样回答："我能胜任这些，因为这些参加项目的学生，就是曾经的我。我曾辅导过一个索马里难民，她和从前的我一样，不论什么学科，只要有任何免费的教育机会和辅导课，她都会去学。我说阿拉伯语，能很好地和这些学生交流，尤其是在辅导他们数学的时候。而辅导英文时，我会把英语说得很慢。我比其他任何辅导员都清楚这里的学生的普遍水平，也清楚和他们如何沟通效果更好。我会努力引导他们用英文的思维方式进行思考，就像刚到北大附中时加雷老师教我的那样。"

迪亚曾说过一句话，让我深感佩服，那就是："我会什么，我就一定会教给这些难民和穷人的学生什么。在这种情况下，如果自己还藏着掖着，那就是一种罪恶。"对难民来说，教育是他们唯一可能改变命运的途径，除此之外无路可走。迪亚深知这一意义，更深知自己肩头的责任。

迪亚有着独立而独特的志向，并以自身行动影响着身边的人。

我和迪亚的共同好友张梓杰，曾在高一第一学期即将结束时，

迪亚、作者、张梓杰在北京

记录了我们三个人之间的友情："我和梁斯乔有幸与迪亚分到一个三人间宿舍，并在短短 4 个月里建立了深厚的友情。我经常帮助他，辅导他写作和数学，他在这两方面比较薄弱。他则在闲暇时，教我们一些简单的阿拉伯语，给我们讲一些家乡的奇闻趣事。我被他的热情所打动，他也非常感谢我在学习上给予他的帮助。我们仨的友情与日俱增，经常在周五晚上一起结伴骑行，游历北京城。"

迪亚并非一帆风顺。他刚来北京上

学时，很难跟上课程进度，英文阅读水平较差，并且难以合理地规划自己的时间，心情一度崩溃。但他一直拼命地调整状态，终于在一个学期的时间里发生了质的飞跃。正如张梓杰所观察到的："迪亚的变化让我瞠目结舌，他的英语写作水平突飞猛进，对待学业也变得极为认真，多门课程都得了 A。"更令张梓杰佩服的是，"迪亚在难民教育辅导项目中表现出了超强的责任感与领导能力。他将难民教育项目当作改变家乡、改变同胞命运的机会，并不停地朝着这个目标努力。一次，迪亚发现几个学生辅导员对难民伙伴不太上心，就严肃地对他们说：给予这些难民希望，然后就把他们晾在那里不管不顾，真是非常糟糕的行为。希望之后又迎来绝望，对于翘首以待的难民学生是多么残忍，在难民教育事业中绝不可半途而废。"

说回迪亚回国的前一晚。那一晚，我们聊到凌晨。稍做休息后，凌晨 3 点钟，我们起床出发去机场，在航站楼，我和张梓杰与迪亚道别。

早上七八点的时候，我坐公共汽车来到市中心，溜达到前门的 PageOne 书店。漫不经心地闲逛时，被书架上摆着的一本书吸引。从封面到书名，我都很喜欢，然而我没有打开它，而是一动不动地站在那里，盯着封面上的书名看了很久——《观看之道》，作者约翰·伯格。大约一分钟后，我深吸了一口气，心里打定了主意：一两年内，我也会写出一本书，书名就叫《连接之道》。

2021 年年底，从北大附中毕业的迪亚到格鲁吉亚学医。时隔三年，他的理想始终未变："我想帮助更多人。"只是他更理解了这句话的重要意义。他对我们说："在道尔顿学院，我学会了如何帮助他人，也明白了这不只是一个愿景，更是现在的每一个行动。"迪亚进入大学后，在和我的线上交流中自豪地说，正因为在北大附中读了高中，如今他处理问题的能力和研究学术的能力，比大学里的其他同学要强很多。也正因为这样，如今的他，无论是放假回到家乡马弗拉克，还是在第比利斯求学，每天都会花大量的时间，在自己擅长的方面帮助身边的人，有的是难民，有的不是。

迪亚对我说："我懂得帮助他人的重大意义。现在，我每天都非常开心地帮助身边每一个需要帮助的人，无论认识与否。在未来，我依旧希望自己成为一位成功的医生，我希望，我被世界记住的方式是曾帮助过许多人。"

第七节 父亲带大的男孩

　　每一个家庭都有其独一无二的气质与文化，它来源于父母，也来源于子女，更来源于每一个家庭成员的故事和风格。

　　我所在的三口之家，父亲的故事是：15 岁时坐着汽车独自横跨大半个中国去追随爷爷，17 岁时因为家贫不得不放弃考学选择从军，18 岁时在边疆的风雪中匍匐侦察，而立之年放弃一切只为陪我成长，不惑之年从社会进入学府做研究。

　　母亲的故事，是在 20 岁时只身留学中亚。那一年，苏联刚刚解体，那一年，她尚没有见识，语言不通。她沿途辗转于中亚五国之间，曾在雪山中过夜，也曾在边境线上偷渡。两年后，她说着一口流利的俄语，往返诸国做起了生意。彼时境外并不平静，她所在的市场不时出现杀人越货的案件。当年出门时，她黑色的背包中只有两样东西：一捆捆现金与一把锃亮的手枪。

　　这是他们的奋斗经历。我的爸爸、妈妈都出身于农村，20 世纪 90 年代末来到北京，是住过地下室的北漂，这是他们的故事。

　　而这本书，是我的故事。

　　我读幼儿园时，爸爸、妈妈就一致认为，男孩在小时候应当由父亲带。因此和传统家庭不同，整个小学期间，我家都是妈妈挣钱，爸爸带我。而在此之前，是爸爸挣钱，妈妈带我。正因如此，我的童年充满了父爱。这种父爱来源于父亲长期的陪伴，来源于他无数的牺牲。小学时，爸爸每天早晨 5 点 30 分起床给我做早饭，虽然只是简单的粥、鸡蛋、小菜和馒头，但营养足够。我完全可以像一些同学一样，在校门口的早点铺子吃早餐，但是父亲却坚持给我做早餐，一做就是 6 年。每天下午，我放学回到只有 15 平方米的家里，爸爸早已在公用厨房给我做了好吃的饭菜，摆在小屋的桌上。

每到周末，爸爸都会带我乘公交车去博物馆和公园。小时候，每年北京博物馆的通票我都用得七七八八。周末爸爸总会带我出去玩，爬山、走野路，在山上捡野核桃玩儿。小时候我胆子小，但只要爸爸在，就觉得整个世界都没有危险可言。小时候我喜欢骑在爸爸的肩上，开心地笑，因为自己比周围人都高。那时家里很穷，但我却拥有最快乐的童年。那时外出爬山，每次我和爸爸都带瓶冷水和一瓶热水，兑着喝。那时我最爱吃三十几元钱一份的叫花鸡和小炒肉；最爱喝小瓶装的果粒橙，巴望着能中奖再来一瓶。每次我和爸爸去吃麦当劳，都会一人点一份香辣鸡腿堡套餐。

小时候，我喜欢邮票，爸爸就带我跑遍了北京所有的邮票古玩市场。有一次，和爸爸在市场淘邮票，我看到一枚有趣的老邮票，售卖的大叔说要 70 元。那时没有钱，只好暗暗惋惜。虽然我们很少买，但至少也让我大饱了眼福。小时候我还常常和爸爸下军棋，父子俩排兵布阵，玩得不亦乐乎。爸爸还带我到未名湖畔，看莘莘学子。我还和爸爸去澡堂泡澡，他总是给我搓澡，疼得我咬紧牙关。我也给他搓，只不过我手上没劲，总被他笑力气小。我是父亲带大的男孩，我深知，他为我牺牲了太多。

2021 年我在纽约大学阿布扎比分校上学，跑到迪拜看世博会。拿到世博会护照的一刻，我不禁想起 11 年前，那个在上海世博园四处盖章的小孩。那年我 7 岁，第一次去上海。在那年世博会上，我走马观花，收集印章。那时我和爸爸住最普通的旅馆，年幼的我对于穷富没有太多概念，只知道那天晚上，我和爸爸吃掉了三盘水饺，喝了点啤酒。对我们父子俩来说，那就是无与伦比的幸福。

11 年就这么过去了。

11 年后，我和父亲一样，也有一米八四了。11 年后，我可以自由地选择去或者不去常春藤读书了。11 年后，家里经济条件好了，我可以在功课不忙的时候，从阿布扎比飞到周边国家度周末了。11 年后，我也写了自己的书。

同样 11 年了，我已经不知多久没和爸爸下过军棋和象棋了，一家三口只在过年过节的时候斗斗地主。当年的邮票市场早没了，虽然如今的我有了足够的自由和资金，可再也见不到人们在地摊上卖老邮票了。我也早就不再拎着水桶去亮马桥抓鱼了，爸爸因为身体原因也不能和我碰杯喝啤酒了。

我再也回不到十余年前，父亲和母亲的头发都还乌黑的时候了。

但还是有那么多不变的幸福。我依旧认为自己是最幸福的孩子。青春期，我几乎没和爸爸妈妈吵过架。大家都认为我是个不叛逆的孩子，而我却清楚地知道，那是因为我一直生活在父母的关爱和陪伴之中。我永远不会忘记，小学时一边吃早饭一边听《亮剑》电视剧最后一集里李云龙的演讲。我永远不会忘记，小时候因为贪玩，差点砸伤爸爸。我也永远不会忘记，爸爸做的小炒肉拌面、芹菜炒肉和白米粥。

如今，一个冰激凌，一个可爱的小朋友，都能勾起我对童年的回忆。我无比珍惜曾经，不是因为从前更幸福，而是因为那时我们的生活无比纯粹。曾经，吃一个冰激凌就很开心，省下一元钱就能感受到发自内心的快乐。随着时间的流逝，童年中的美好一去不返，但我相信，我的童年足以治愈一生。

在我心里，父亲是英雄。一个父亲如果可以纵横职场，打出一片天地，创出自己的事业，必然是令人敬佩的。可是如果一个父亲为了孩子放弃自己的追求，放弃自己的梦想，放弃自己的成就，放弃别人的看法，放弃上升的空间，放弃更好的生活，日复一日地照顾孩子的衣食住行，年复一年地陪伴孩子春夏秋冬，那必然也是伟大的。我的父亲，就是后者。身边有很多朋友的父亲是高管，是总裁，是专家，是教授，但我依旧为我的父亲感到骄傲。不管他能挣多少钱，不管他有没有名气，不管他有多大能力，他能够每天早上 5 点 30 分起来给我做饭，他能够花时间陪我长大，他能够让我的童年从不缺少温暖和安全，对我来说，他就是这个世界上最伟大的父亲。试问，又有多少男人能和我的父亲一样，为了孩子舍弃一切？

如果说，在我小的时候，爸爸舍弃一切陪伴我成长，是一种伟大的牺牲，那妈妈选择外出工作，吃苦耐劳，每个月只休息一天，同样也是一种牺牲。从小到大，她和爸爸一样，从没打过我，凡事都和我讲道理。她以平等的方式和我相处，从不把自己的想法强加于我。她一直都给我选择的权利，让我自己决定接受或是拒绝。小到购买物件，大到选初中、选高中、选大学，父亲和母亲从来只引导，不干预。母亲全力支持我任何合理的选择与尝试，无论是参加某个活动、开启某场旅行，还是放弃某个机会，甚至是临阵弃考。母亲会指着公园里那一对对小鸟，笑话我还没有女朋友。母亲会在我成年后，独自出门旅行时，偷偷往我的背包里塞避孕套。

感谢我的父母，正是他们，让我有了更多的机会去了解这个世界，有了更多的机会去认识自我，也有了更多的机会奔向自己的未来。

第八节 父母的教育

如果说，父母对我的教育方法和别的父母有什么不同，那么可能就是要求我独立，绝对的独立。

小时候跟爸爸出门，如果一不小心摔倒了，我一定会赶紧爬起来，吸着凉气咬紧牙关追上他，强忍眼泪。如果我没在第一时间爬起来，他就会皱起眉头，转头看一眼我，大声地喊我赶紧追上他。如果我哭了，他就会训我。正因如此，家里的小孩子，比如，我的表弟、我的侄子，都不太想跟着我的爸爸出去玩，连我都是上了小学之后，才适应了他的说话方式。

爸爸年轻时在边疆从军，所以他对我的要求非常严格。从记事起，爸爸的核心教育词汇，就是两个字："自觉。"他带我，一就是一，二就是二，从来不用奖惩的方法。小时候，无论他让我读书学习，还是让我出去运动，还是让我做家务，或是养成某个好习惯，都不会用奖励来鼓励我，而是要求我去做，我就必须去做。也正因如此，我养成了自觉自律的习惯，不会在没有父母督促的求学途中，因缺乏鼓励而拖沓散漫。十几年来，父亲和我说过的话太多太多，他的要求和督促把我的耳朵都快磨出茧子了。直到前几年，我才终于感悟到，父亲的教导已不知不觉地根植我心，这么多年，他无数遍的重复对我竟然产生了极其深远的影响。

但父亲的严厉，并不是时时刻刻板着脸训我，我和父亲的关系非常亲近。他教我学会控制自己的情绪和欲望，他常说"人最难的就是战胜自己"。他还常常和我一起玩，他带我打真人CS，和我一起挑选玩具市场上最逼真的手枪，带我在冰河上烧火放鞭炮，带我在没有路的野山中行走。

在家里，"我爱你""我也爱你们"，是我们一家三口每天都会说的话。对我们一家人来说，表达爱是再普通、再平常不过的事情了。

作者与父母

说到父母的教育，这里举几个例子。

第一例，夏日天安门广场前的"小导游"。

小学三年级的时候，我胆小又害羞，可是爸爸在周末，把我带到天安门广场上，让我自己向来自世界各地的外国游客介绍天安门。爸爸虽然一句英文都不会说，但他让我提前写了半页的稿子，找人帮忙修改后，让我背了下来。周末的天安门广场上，我紧张不已，迟迟不敢上前跟外国游客打招呼。甚至低下头来，流下了眼泪。可爸爸没有丝毫的让步，不停地跟我讲道理，鼓励我勇敢上前。

那个上午，我站在天安门广场上，看着来来往往的游客，只觉得自己和他们之间有一层厚厚的屏障。爸爸也不急，陪我站在广场上。他知道，这个屏障必须由我自己去打破。终于，临近中午的时候，我走出了第一步，胆怯地找到一组游客，艰涩地背起了那半页英语句子："你们好，我叫埃里克。我可以用两分钟，向你们介绍一下这里吗？是免费的。""我们所在的地方叫天安门广场，它的北边是……南边是……东边是……西边是……谢谢您！"

经过几周的训练，我终于不再胆怯，可以径直走到一队队外国游客面前，和他们讲起天安门、故宫、国家博物馆和国家大剧院。

事实上，那时的我只在学校里学过两年英语，也没上过英语课外班，英语水平很差。后来，我的班主任听说了我的故事，还让我和班里英文最好的同学对话，她的第一句问好，我甚至都没听懂。

然而，当年夏日的天安门广场上，爸爸让我练的，其实从来都不是英语。他让我练的是胆量，是勇气，是与陌生人交流时的从容不迫，是打破自己的边界勇敢地走向生活。

第二例，我发表的三篇作文。

爸爸的教育方法似乎很先进。五六年级时，他曾带着我做过很多有趣的事情，还鼓励我写了三篇作文，每篇作文都是我的一个故事，也都反映了一种生活。这三篇作文后来都发表了。

第一篇作文名字是《"打赌"之后》，讲述的是我当时的一次生活体验，反映了一个社会群体。那是五年级的时候，爸爸带我去体验摆摊卖衣服。爸爸骑着车带我来到家附近的星期八公园门口，我抱着妈妈找来的三十几件新衣服。那是 2014 年，地摊还是真正的地摊，和后来的"地摊经济"不同，当时的地摊可谓脏乱差。

第一天，傍晚时分，街上已经有不少摆摊的了，我也像模像样地开始摆摊，把报纸铺在地上，将衣服摆在报纸上，然后就盼着能有人来翻一翻，买一件。爸爸就坐在旁边的自行车上，任我自由发挥。那个傍晚，我灰溜溜地守了几小时，杯子里的水都喝完了，一件衣服也没卖出去，最后，我们只好悻悻地收摊回家。

第二天下午，爸爸买了根绳子，和我一起把绳子系在两棵树上，把衣服都挂在绳子上。我也豁出去了，不停地喊"大码女装"，招揽顾客。这一晚，爸爸依旧没帮我，还是坐在自行车上袖手旁观。挂起来展示的确有效，加上我使劲吆喝，一小时我就卖出了好几件上衣。

第三个晚上，我竟然卖出了十几件衣服，挣了 100 多元钱。

于是第三个晚上，我收摊后去地铁口接刚下班的妈妈，大大方方地拿出自己挣的钱，请妈妈吃了晚饭。记得当时我问妈妈："我可以给自己买瓶可乐吗？我已经很久没喝可乐了。""自己挣的钱，自己决定。"那时我真开心。

起初决定摆摊是因为我和爸爸打赌，说自己也能挣到钱，于是后来我写的文章，名字就叫《"打赌"之后》。实际上，当时我去公园门口摆摊卖衣服，算上库存，大概连本都没挣回来。可对爸爸而言，对我而言，却是一次成功的尝试。爸爸并不指望我能挣到钱，他是想让我知道另一种生活的样貌。

我的第二篇文章，名字叫《我们的"战斗"打响了》，以我的亲身经历为主，描述了小升初的激烈竞争。那时各大重点初中的实验班对小学四五年级的学生进行抢先招生，于是紧张的考生、压抑的考场、焦灼的家长，如同置身战场。在文中，我将特长生、直升、推优、点招等渠道比作一个个"战机"，将招生会、报名链接比作一条条"情报"。将学生比作"先遣军"，将父母比作"战士"。写那篇文章，只是觉得有趣，可现在看来，当时的竞争确实激烈。很多北京顶尖的初中实验班的录取率甚至远低于哈佛、耶鲁这样的大学的录取率。而我对于升学主义的感知，也大概就是从那时开始的。我也曾尝试报名想考取北京市那些著名的初中，但最终还是没考上。随后，我入读一所普通初中，虽然学校没有太大名气，但我遇到了对我倍加照顾的老师，也走进了全北京最好的中学生乐团。小学毕业后，我花了 4 年时间走进了升学主义，又花了两年时间走了出来。

第三篇文章，名字叫《来自小学生的疑惑》。

上四年级之前，爸爸常常在周末带我去上班。当时他在北大政府管理学院工作，爸爸还振振有词地说，环境的熏陶对我来说很重要。于是很多个周末，早上 7 点多我们就出发了，坐一个多小时的公交车到北大政府管理学院。然后一整天，爸爸坐在自己的工位上加班，我就在旁边写作业、看书。晚上七八点的时候，我们再坐一个多小时的公交车回家。每次来回的路上，车上都相当拥挤，每每抢到座位，我就靠在爸爸身上，和他一起看按键手机上的新闻，父子俩乐此不疲。

虽然那时家里贫穷，可父母从没要求我拼命考好大学、挣钱改变命运。他们的教育方向，是让我通过对不同的社会问题和不同人的了解，形成正确的世界观。比如，这篇《来自小学生的疑惑》，就是关于象牙与动物保护以及其中矛盾之处的思考。不论观点如何，这篇文章是我在父母的引导下，着眼世界思考问题的案例。那时环境保护、动物保护的话题还没有被广泛关注，我的父亲也没有太多的学识，也没有任何有关动物保护的经历，更不是环境主义者，可他却能在那时就将这些概念融入对我的教育之中。

说完了上面两个例子，再回顾我的童年。9 岁，上了四年级之后，我在父母的鼓励下，开始独立行动。比如，周末我就不再跟着爸爸一起坐车去他的单位了，而是独自揣着小小的诺基亚手机，坐地铁一号线，穿过大半个北京城去妈妈的工作单位找她。8岁以后，父母就再也没有检查过我的作业，不再做我的"课外辅导老师"了，我已经在之前的三年里养成了自律和认真的习惯。父母也从不给我压力，我上过一些课外班，但都是自己选择的。不过我的课外班出勤率大都不足40%，有趣的是，如果我认为没必要，父母竟然也都支持我旷课。他们习惯于放手，让我自己做各种决定，并对结果负责。考高中、大学、旅行、比赛，无数次冒险，无数次挑战，我从不选择最顺利的那条路。很多时候，在我看来都是一次次地浪费时间和金钱、一次次地走弯路，可只要不涉及人身安全，他们历来都是支持的。他们好像比我更相信，我走出来的路一定是对我最有益、最适合的。

论经济条件，我的家庭不如很多身边的同学，他们中有不少家产数亿。论父母学历，我更没得比，不少同学的父母都是教授、博士，而在我家，从严格意义上来说，我是家里的第一代大学生。论学习能力，我也不敢说自己是上等的，身边不少人从小就在最顶尖的学校，在学霸父母的言传身教中，熟练掌握了极为有效的学习方法，这也是我没法比的。然而我从未羡慕过任何同学。我拥有最幸福的家庭，也从未体会过父母带来的压力。我的父母总爱听我说，他们总想知道我喜欢什么，他们总想知道我想做什么。他们要求我打破世俗所看重的财富与地位，即使经济上贫穷，即使舍弃许多，也要找到自己真正喜爱的事情。我曾看到极为优秀的同窗，在父母的压力下，不得不报考自己并不怎么喜欢但排名稍前一点的学校；我曾看到身边好友，在家人的逼迫下不得不参加某个比赛，报名参加某些课程，选择某个专业；我也曾看到身边的人为了不辜负家人的期望，放弃了自己的梦想。我很幸运，从没做过任何违背本心的选择，可以尽情地追寻自己的兴趣与激情，并努力在自己喜欢的事情上追求卓越与贡献。我非常清楚自己喜欢什么，并对自己正在做的事情心怀喜悦，欢欣鼓舞。

第九节 论"去功利教育"

　　我撰写这本书的时段，是高中到大学一年级的时段，处于中、高等教育的交接期。我一直在思考如何找到自我，找到真正的自我，也希望这本书，能够对我的同龄人或者比我小一些的学弟、学妹们有些启发。因此，书中的叙述不仅仅聚焦于我如何在学业、生活与思想上进行破限，也聚焦于我在当前的教育环境下所做的破限尝试。而本章，正是我对这一切的反思。

　　在过去的很长一段时间里，在当下乃至未来，中等教育和高等教育都深受升学主义或是说文凭主义的影响。升学主义可以简单地理解为对名校的盲目追求，这种追求投射在千百万高中生和大学生的心里，并且横跨教育体系。在中国国内，升学主义的体现是学生们数年苦读，只为考上清华、北大等985、211名校。这种"一考定终生"的教育体系，也出现在约旦等国；在美国，升学主义体现在学生对"哈耶麻普斯"（哈佛大学、耶鲁大学、麻省理工学院、普林斯顿大学和斯坦福大学）以及常春藤盟校的狂热追忆；在我们留学生的圈子里，升学主义是指学生们对全美大学排名前十、前十五、前二十、前五十的狂热，于是就出现了学生们两三年中不断地刷新自己的托福成绩、雅思成绩。

升学主义形成于教育体系之中，对学校、学生，乃至家庭都产生了重大的影响。升学主义不断地改变着学生们看待世界与看待自己的方式。升学主义的影响可以是良性的，它支持和鼓励学生在其感兴趣的专业上充满激情、不断努力。升学主义的影响也可以是不良的，迫使学生们放弃自己的兴趣爱好，参与到越演越烈的升学竞争中去。近些年，"卷"这个词大行其道。我见过有的同学日复一日地刷着重复的枯燥的练习题，并非成绩不够理想，而是为了超过身边所有的人；我见过朋友花上百小时练习语言考试技巧，只为提高一分；我甚至震惊于同窗放弃了自己最喜欢的学校，只因另一所学校在大学的排名榜上高出了三名。当然，我也忘不了，曾经的自己为了不辜负朋友和同学们的预期，疯狂地给自己加压。

甚至在我们这些留学生中，也都逐渐地融入升学主义，并在它的框架下越发"内卷"。分数在膨胀，底线也随着竞争的加剧越涨越高。中介公司、培训机构煽风点火，刻意地强调着一个个并不存在的分数线，找出各种有利证据让学生们不得不不断地将时间和金钱用在刷题备考上。以托福英文考试为例：120分为满分，学生们一年年变得越发疯狂，似乎没从114分考到115分就上不了好大学，没从109分考到110分就是人生的失败。这些偏执的想法正被越来越多的学生接受并视为理所当然。

如此偏激的升学主义是有弊端的。随着其逐渐深入人心，更多的学生被固化，过度沉迷于一纸文凭和名校的称号，失去了追求自己真正喜欢的事情的时间与动力，失去了探索兴趣并发现更多可能的潜能的能力。对于这种现象，究其原因还是在于这些学生尚未认识到自己的热情与天赋所在，还在于他们对自己和世界的认知不足。当他们没能在自己的脑海中建立自己的最终目标，并因此确定自己的评判标准、思考维度和行动方向时，自然而然会以学校的排名作为评判、思考和行动的唯一依据。"去功利教育"，则是作为一种方法一种观点，在一定程度上扭转这一偏执的教育方法。

我斗胆将"去功利教育"定义为，通过减少对文凭和名校标签的盲目追求，从时间和精力等方面释放学生的天性，促使发现并追寻自身的兴趣，挖掘在自己感兴趣的领域的激情与潜力，培养发现和激发自身潜能的能力，促使以开放的心态面对更多可能。

我之所以提出"去功利教育"，很大程度上受了我所就读的北大附中道尔顿学院院长福勒博士的影响。

我将"去功利教育"从范围和影响分为四个维度：社会维度、社区维度、人际维度、个人维度。

从社会维度来看升学主义与"去功利教育"，显然，升学主义是与社会竞争紧密相关的。"目标校"的概念就是一个简单的例子。不少全球知名公司只倾向于在特定的名校招收毕业生，非名校学生的机会少之又少。而选专业也是一个有意思的现象，许多高中生，甚至初中生，在没有做过一份实习、没有深入了解过任何一个行业的时候，就早早定下了自己的目标。比如，要学计算机、要学经济学专业，毕业之后要进互联网公司、投资银行工作，等等。这样一份看似成熟的人生计划，其实很多时候是随波逐流制订的，是被身边的同学、家长"卷"进去的。

举一个我自己的例子。高中的时候，我曾向一位远亲说起专业的选择，并向他讲述了我的难民研究和我在社会科学方面的兴趣。他点着头听完，然后直截了当地问我："你的数学成绩怎么样？"我不明所以，照实回答："在学校算是比较好的。""那就这样，如果你以后想过得舒服一点，挣的钱多一点，大学就学数学和经济，最好和计算机一起学。"我委婉地说："我感觉自己在理科方面没那么大的兴趣……"他打断了我，斩钉截铁地说：

"你现在不要管兴趣，学好数学、经济、计算机，你以后的路就会很顺。"

事实上，很多学生被一个又一个以帮助学生求学、求职为目的的专业辅导机构所"牵引"，一个个顾问"帮"这些学生编排好人生的一步又一步：什么时候考什么证书，哪个假期做哪个实习，一切都被体系化地搭建起来。一门门课程、一个个技巧被研发、被销售，学生申请了什么学校、考了什么专业、毕业后申请到了哪家公司的哪个岗位，最终都被当成这些辅导机构的"战绩"展示出来。而后来的学生们则不甘"落后于人"，最终也被卷入。在中国如此，在外国也是如此。我曾在迪拜采访过一位在国际顶尖投行工作了二十余年的资深人士。他讲到，早在20世纪80、90年代，在欧美的大学校园中就已经出现了对名牌公司的狂热追捧，而他自己也是其中之一。

面对高中生，大量的升学中介和辅导机构如雨后春笋般涌现。他们以结果为导向，生硬地布局，操纵着学生的未来。当这些外部角色替代高中生写下计划书的时候，学生们的主观能动性就已然消退。他们放弃了自己的梦想，不再自己做决定，甚至不再探究内心喜好，不再主动去思考如何去书写自己的未来，而是被"卷入"，把辅导机构描绘的未来当成了自己的未来。一个学生的大学申请成绩，在朋友圈被教育机构发了一次又一次；刷新了十几次的托福考试成绩，也被"升学教育专家"分析了一遍又一遍。教室里满满当当的家长和辅导员将大把大把的时间花费在分析成绩上，花在能申请到排名多少的学校上，却无人愿意给学生们找寻内心所爱、发掘自身潜力、在钟爱的领域施展拳脚的时间与精力。家长们愿意花几十万为孩子报辅导课、参加社会活动，让他们最终入读排名尽可能靠前的学校，却不屑于为孩子真正感兴趣的领域提供一点点资源和机会。在这种环境下，学生自己似乎也变成了"明白人"。他们清晰地知道自己想挣多少钱，清晰地知道自己需要哪些证书与文凭，清晰地知道需要什么样的工作才能获得较为富裕的生活。可是除此之外，拜此环境所赐，大家并不清晰地知道自己究竟喜欢什么，以及如何去做自己喜欢的事。

在社会层面的"去功利教育"并非没有。过去十年间，国内外逐渐涌现一些不同的声音，诉说着教育改革。例如，我们耳熟能详的"素质教育""心理发展""健康发展"，以及现在逐渐火起来的"社会参与度"和"成绩不代表一切"的说法。在国外，不少名校对升学主义予以抨击。美国不少大学不再要求本科申请者提供美国高考成绩，等等。我们听到了不少相关的演讲，一些政策正在落实，然而在世界各地，这一变化的进程始终较为缓慢。

第十节 "非功利教育""日常性"
变革的三大维度及实践

　　事实上，人们习惯于将当下的教育结果归因于教育体系，每当提到教育改革时，大家脑海中出现的也是从上到下的、针对教育体系的、依托社会公共政策的改革。但我认为，从教育体系来看，升学主义与"非功利教育"终究只是单一维度，而将后者逐渐融入前者的变革亦可自下而上。这种变革应当产生于日常生活中，产生于社区、人际、个人三个维度。相比于被动等待来自教育政策的变化，每一个学校、社区乃至家庭、学生，完全可能在每日的生活中尝试"非功利教育"的实践，并对结果加以分析。而当"非功利教育"具有了日常性，它也自然会逐渐地推广开来，并影响更多的学生。

　　在之前的章节中，我列举了在上述三个维度的诸多实践案例。在此，我加以总结。在社区维度，我阐述了北大附中作为一所学校的实践案例。这所学校对于公民教育的倡导，其课程体系及教师的教育方法和理念，在我看来都是"去功利教育"实践的典型案例。与此同时，学校的管理体系、学生的学习环境、学生独立授课的机会，以及学校倡导的服务学习、体验式学习、项目制学习等，也都是"非功利教育"的尝试。教育体系、社会压力必然影响一所学校的整体思路和前进方向，然而这并不代表这所学校就彻底失去了主观能动性。可以看到，越来越多的学校在当前的教育体系中，开始做出新的尝试与实践，并试图以此推动整个教育体系的良性变革。在我的高中三年里，北大附中对学生的培养目标是：致力于培养个性鲜明、充满自信、敢于负责，具有思想力、领导力、创新力的杰出公民。他们无论身在何处，都能热忱服务社会，并在其中表现出对自然的尊重和对他人的关爱。这一培养目标被实践在教学的方方面面，比如，前文提到的，我参加过的学生自治、学生授课，我组织的难民教育项目和全国分享会，这些都来源于这一培养目标。

2021年6月，我参加毕业典礼时，校长曾讲道：北大附中办的不是一所学校，而是一种教育。在毕业前，我还代表国际部的毕业生，在礼堂面对各位家长，做过一次分析。我用亲身经历向他们描述了一种北大附中学生"独特的、与众不同的"气质，而这种气质"正是对世界、对社会和对身边的人的关爱与关注"。此言非虚。比我大五六届的学长，高中毕业后就在北京建立了探月学院。他们所实践并推广的教育理念与北大附中的教育理念一脉相承，而探月学院的第一届毕业生正好与我同届。比我大四届的学长，在大学期间就成为联合国某宣言最年轻的起草者，努力推动全球环境保护事业。比我大一届的学姐，成为公益人和环境主义者，数年间坚持不懈地为乡村儿童建立公益学校。比我小一届的学弟，很优秀的理科生，将自己制作的艺术品出售，然后将数十万元的收益尽数投入服务项目中。试问，当他们做出了这些成绩之后，谁还会以分数、排名来衡量他们的未来呢？传统的分数在此又有什么意义呢？数字化的评价又怎会影响这群人的人生？

初三毕业，我考入北大附中的时候，大家对它的印象似乎都是桀骜不驯、超越常规的学校。教育机构的老师也告诉家长们，这个学校的国际部是二流的，你们的孩子在这所学校会被散养。然而三年后，毕业时我却发现，这些话语和评价都在改变。北大附中和道尔顿学院的教育理念被更多的人欣赏，诸多教育机构也给出了大量积极的评价。在海淀黄庄中关村的课外班里，老师可以从举止言行一眼认出北大附中的学生。校友见面畅聊时，大家也总会不约而同地说："真不愧是北大附中毕业的。"我相信，这所学校的教育理念以及"非功利教育"会逐渐被接受、被尊重。环境是促进"非功利教育"的重要元素，而"非功利教育"所营造的环境，也是鼓励学生在不同的心爱的领域追求卓越的沃土。环境是我选择学校的重要参照物。在高中时，我总说自己选北大附中是因为在这里我可以上喜欢的课、做喜欢的事、探索在其他高中没有机会探索的学科。我选大学也是如此，我就读纽约大学阿布扎比分校，就是看中了该校的环境。这所大学几乎为所有学生提供全额奖学金，这一政策直接造就了一种极为难得的公平的校园环境。那就是无论多么贫穷的学生，无论来自哪个国家，在这里，都不用为经济条件担心。这也就意味着，每个人都可以做自己最喜欢的事情，学自己最想学的东西。在这里，无论研究得多么偏门，无论看似多么没有就业前景，每个人的兴趣、专注都会被尊重、被看好。每一个学生都可以没有后顾之忧地追寻自己的兴趣与激情所在，不被世俗的目光所打扰。

环境的问题也涉及人际维度，我认为，学生之间的沟通、学生与教师的沟通、学生与父母的交流，在非功利教育中至关重要。学生间的沟通既可以促进升学主义，也可以促进"非功利教育"。假使这种沟通只是一味地竞争、暗中较劲，那么学生很容易走进盲目行动的旋涡。然而如果这种沟通是更为良性且全面的交流，那它将很好地促进"非功利教育"的实践。先前，我曾写过迪亚的案例，下面我也会写到好友张梓杰的案例。如这两例所讲述的故事一样，我们这些学生，很大程度上都是在身边同学的影响下，才敢于放下对排名和名校标签的追求，专注于自己所喜欢的事情，投入公益与服务中来。当一位学生看到身边的朋友、同窗，没有一味地将自己的时间投入考试，而是选择花费精力做自己感兴趣的事，或是做点什么来改变世界时，那这个学生自然而然就对"非功利教育"有了亲切感，不排斥，甚至会主动去追寻自己的兴趣，选择去为他人做贡献。而教师在不同程度上也会影响学生对于升学主义和"非功利教育"的选择。如果老师在教室里、在生活中，整日对学生提到的都是成绩、排名、考试和所谓成功的财富人生，那学生们大概率也会在升学这条路上投入一切精力与潜力。即便是敢于追求自己的学生，也有可能在这个环境中被当作"个别人"。如果相反，正如我先前写到的尹璞老师和加雷老师，他们不被头衔和分数所束缚，打破界限找到真正的自己，专注地为世界与他人做贡献，那么当学生们从老师那里看到这些、学到这些时，就不会再盲目地追求分数和排名了。再说说学生与父母之间的沟通，也就是家庭环境。在前面的章节中，我引用了自己与父母的案例，描述了我的父母如何培养我的独立性，如何关爱我，又如何"放任"我自由发展。我阐述了他们的教育理念，其中之一就是一定要追寻兴趣而非名利。大家都明白，如果父母对学生的教育仅以成绩为评判的核心、以排名为衡量的标准，那这种教育绝不是健康的有效的教育。即便大多数父母能够避开这一陷阱，很多也并不能做到为子女提供一个能使其探索更多可能的开放的家庭环境。因此，即使许多学生没有被盲目竞争所羁绊，他们在试图寻找自己的兴趣时依旧会缺少底气、经验与能力。到头来，面对考高中、考大学、选专业等人生的重大选择时，敢于放手的父母终究还是少数。我们可以这样问，有多少父母对自己培养的孩子有足够的自信，敢于让孩子自己择校、自己走向未来？我很幸运，我的父母相信我能找到自己热爱的领域，并在此道路上充满欢欣地走下去。事实上，所有的父母都可以做到。通过多年的努力，去营造一个良好的家庭环境，让学生有足够的能力、潜力和信心去找到自己真正的方向，并在追求卓越的道路上收获成功。而这，就是家庭的非功利教育。总而言之，学生之间、学生与老师间、学生与家人间的沟通，分别构成了一种独特的小环境。每种小环境，本身都具有促进"非功利教育"实践的潜能。因而，只要同学、教师与父母都能努力鼓励学生不拘泥于传统的升学主义，那就在很大程度上打开了学生与未来的种种可能的连接，并赋予学生达到卓越的机会。当然，除却上述三种环境与交流，学生与亲戚、邻居、朋友等，甚至与陌生人的交流，都可能在一定程度上影响他们对于升学主义和"非功利教育"的选择。也正是这些交互所带来的影响与上述三类沟通成良性连接时，才能最终构成人际维度的"非功利教育"。

最后，"非功利教育"也是个人的选择，源于个人的领悟与决心。每个人都有能力改变自己，正是因为个人维度的不一，我们才能解释为何同一体系、同一学校甚至同一家庭，会产生不同风格、不同表现的学生。有学生追名逐利最终竹篮打水，有人埋头苦读却不知变通，有人则能不顾外界追寻内心。如果把"非功利教育"看作"去头衔化"和"去标签化"的思想与行动，那么个人维度的力量绝不可忽视。在前面的章节中，我曾写到探索"非功利教育"对我来说是一场冒险，我需要将时间与精力投在少有人至的领域，我需要放下功利心与攀比心，需要经历大量的挣扎和失败。在一个升学主义的环境中选择"非功利教育"，对任何人来说都是需要一定的决心和勇气的。这种决心和勇气应当足够为"非功利教育"者们提供跨过迷雾，最终抵达彼岸的动能。对学生来说，只有当对自己的人生目标与人生价值有所领悟时，或是当他知道哪些事情是无法促进这种领悟的时候，他们才有探索"非功利教育"的动力，故而才可以发展出上述的决心与勇气。

最后，值得注意的一点是，无论个人维度还是前面所提及的其他维度，都不是相互独立的。相反，不同维度的元素，在生活中相互影响、相互促进，才构成了完整的非功利教育的理念与实践。例如，一个学生在个人维度对"非功利教育"的领悟，很可能得益于其在社区与人际维度所受到的相关思想的影响。相反，个人的领悟与行动，也可能影响着所在社区与人际环境。在此，我引用好友张梓杰的故事，来例证社区与人际维度是如何与个人维度相辅相成，从而更新和重构了学生的领悟与其自身的主体性的。

张梓杰和我一样，都曾是传统初中的学生。他在河北读书，在中考前，因为成绩优异，被著名的衡水一中提前录取进实验班。然而他和家人并不完全认可衡水一中的教育理念，于是选择到北大附中国际部读书。此后几年间，他对自己和世界的认知产生了天翻地覆的变化。我曾邀请他写过一篇文稿，来叙述他的领悟与心路，文稿如下：

我来自河北省秦皇岛市一个非常传统的中国初中。我们学校是当地最好的初中，学生很多，每一届最少有1000多人，最多时可以达到1500多人。我们学校的竞争非常激烈，从初一到初三，每一次考试都会有具体的年级排名和班级排名。在那里，艰苦奋斗拿高分的中国高考精神被弘扬得淋漓尽致。每一位尖子生都抱着"士不可以不弘毅，任重而道远"的精神，在题海中浴血奋战，在考试排名在前时欣喜若狂，在成绩不理想时情绪低落彷徨，包括我。我很感激我的初中，因为在那里，我懂得了一个人不管出身如何，自律与勤奋永远都可以将他带到他曾以为自己无法企及的高度。

　　然而直到来到北大附中，走进了加雷老师的课堂，两次到中东游学旅行，一次又一次和难民学生互动交流，我才真正领会到了初中无法教会我的那些东西。

　　2019 年 4 月底，我第一次真真正正地看到了什么是难民危机。这个困扰世界近百年，关乎几百万人命运的残酷的难题，终于近在咫尺。努尔是我在约旦认识的第一位难民，一位在 2011 年从内乱爆发的叙利亚逃亡至约旦的难民。他的父亲在逃离边境时，不幸被地雷炸死。迫于无奈，年幼的他只能选择放弃学业，承担起养家糊口的重任。然而，内心饱受战乱摧残的他，脸上却总是带着灿烂的笑容，总是以轻松欢快的语气，讲述着与他同龄的我们根本无法接受的事实。为了供年幼的弟弟、妹妹们上学，他经常工作到凌晨两三点，然后在回家的路上，笑着给我们发视频说："我工作了一整天。"还有一次，我亲眼看见，一个和我们同龄的叙利亚难民，携带父亲的死亡证明来难民中心寻求帮助。他无助而又彷徨的眼神，深深地刺痛了我的心。我真的很心酸，但又无可奈何。我没有能力去改变现状，只能尝试用温暖的话语，去抚平他心底深深的伤痕。

　　我深深地体会到了中东难民以及联合国面临的两难局面。庞大的难民人口基数使联合国近东巴勒斯坦难民救济工程处和联合国难民署根本无法保证向每一个难民家庭提供最基本的援助和救济。当地政府为防止大量难民流入打乱本国的劳动力市场，拒绝向难民颁发工作许可证。两难之下，难民们根本无法决定何去何从。我还清楚地记得，当时我做过一个对比，一个难民家庭一天从联合国得到的援助的价值，还不及我在北京的双榆树附近的麦当劳吃一顿晚餐的价值。随着时间的推移，我们越来越沉默，也越来越坚决。数百万个命运坎坷的灵魂，逐渐地和我们的灵魂交织在了一起。

必须承认，第一次踏入难民课程的教室时，我对难民这个群体毫不关心，认为他们只不过是万里之外的一群陌生人罢了。我从未想过，这些素不相识的难民，将会在未来彻底改变我的人生轨迹，让我完成一次由外到内的思想层次的升华。过去三年里，我看到了一位 70 多岁老教授，对教育和难民事业穷极一生的追求和热爱；我看到了身边同窗的好友，以利他主义为准则的奉献精神；我看到了教育真正的意义，也终于明白了驱动个人自律与勤奋的，不应当是成绩的好坏与排名的前后，而应当是一种奉献精神，正如歌词中所写—— make this world a better place（让世界变得更好）。

看完了张梓杰的心路历程，回归"非功利教育"的主题。时至今日，人们的生活方式、休闲方式和工作方式都在不断变化，越来越多新颖而有益的理念正在被更多人讨论并尝试。既然如此，我们为何不能在教育方面也做出一些突破呢？当前，升学主义存在于全球诸多中等和高等教育中，无论在东亚还是在北美。本章所论述的"非功利教育"可为教育方面的突破提供一个可能。它可以被广泛应用，并对学生、教师、学校乃至对教育机构产生积极的影响。"非功利教育"的要点在于"日常性"。人们目前对于升学主义的反驳，往往停留在等待自上而下的教育教学体系的变革，以及公共社会政策的变化，却时常忽视了每个个体的日常行动的力量。我认为，"日常性"既是"非功利教育"实践的重要途径，也是其核心结果之一。而日常性与社区、人际、个人三大维度密不可分。在本章与前面的几章中，我从这三大维度分别介绍了"非功利教育"如何在日常生活中被运用、如何对学生产生积极影响以及这三大维度间的相互作用问题。

值得注意的是，"非功利教育"的重点是为学生提供更多的时间、精力和动力，让其有更多的可能去主动探索和从事自己真正感兴趣的事情。若对此产生误解，则可能使实践者走入以下误区。

首先，"非功利教育"并不代表"减负"，更不是说要卸掉一切负担，彻底地放松。"非功利教育"在实践中也是辛苦和艰难的。如果学生获得了更多自由的时间与精力，却没有用于从事兴趣所在的专业学习之中，或没有发现兴趣所在，那么这种实践就是失败的。为此，社区维度和人际维度有责任来引导学生。同学之间、学生和父母之间、学生和老师之间，甚至社区和学生之间，都要加强交流，引导学生去发现本心，发展兴趣。"非功利教育"绝不代表社区（学校）、人际（家长、教师等）对于学生的放任和"弃权"。如果各个角色都以释放学生的时间与精力为由，相互推卸责任，那么"非功利教育"很容易失败，学生很容易走错路。所以，如果不能被适当地执行，"非功利教育"便会成为一种借口，进一步消耗学生的潜能，并有可能阻碍其发现本心，找到兴趣所在。良性的对于非功利教育的实践，重点在于学校、社区与其管理者，家长、教师与学生的身边人，以及学生自己，三方能够以一种合作协商的方式，共同为学生提供探索自己和世界的底气与机会。这种合作未必是彼此间都开诚布公、绝对平等的，但至少每一方都需要知道自己的责任所在，并有相应的行动。"非功利教育"的理念一旦被接受，是要被每一方都熟知并实践的。

此外，所谓"非功利教育"，并不是让大家不去考好学校，不去竞争与努力追求好的资源，而是说这种追求不能盲目，不能过度。如定义中所表述的，正是这种过度消耗，阻碍了学生的潜力发挥与能力发掘。事实上，很多时候，如果学生能够坚持在自己热爱的领域追求卓越，那么他们在其他方面也更容易成功，比如，进入大家普遍看好的一所好大学，获得一份优异的工作。

最后，我认为"非功利教育"绝非所谓"精英"独有的教育模式。

诚然，我在北大附中的同学，许多来自高知家庭和精英家庭，但我坚信比出身和背景更重要的是教育方式，是理念与思想。以我自身为例，如前面写到的，我并非出身于精英家庭，我是家里的第一代大学生，在我18岁之前，家里甚至没有自己的房子，但这并不影响我提出"非功利教育"的想法，并不影响我抛开一切找寻真正的自己，并努力为社会做出一点贡献，更不影响我感受幸福和完整的人生。

这是我对于"非功利教育"的简单论述，其实除却上述我总结的几种可能的误解与问题，"非功利教育"还需要被更多地实践，并在其间发现更多利处，改进潜在的弊端。

当然，尽管我一再尝试将此概念普及化，但到目前为止，我对这一概念的叙述也并非基于一个系统的科学研究。"非功利教育"的提出主要源于我个人见识的案例，源于我的个人经历，也源于我作为留学生的背景。然而我相信，"非功利教育"的这一起源并不会成为它的永久局限，只要在不同环境中将此概念灵活得当地做出改进与调整，并经过长时间的实践，最终必然能够验证，它的利处远大于弊端，它能在多种体系下对学生产生良性的影响。

尾声：回归中东

2021年4月，我的大学申请正式结束，拿到的录取通知书有美国的常春藤，有英国的G5，还有纽约大学建在阿联酋阿布扎比的分校。没有过多犹豫，我选择了最后一个。正如我先前所说，我喜欢纽约大学阿联酋阿布扎比分校，因为这里给予每个人无忧无虑地在自己喜欢的领域追求卓越的学习环境。

2021年7月，我结束了高中生活。2021年9月，我来到纽约大学阿联酋阿布扎比分校。我见到了在各方面有所成就的学兄、学姐，也读到了自己喜欢的课程。我浅修了阿拉伯语和法语，也读了社会学的国际移民课。大一读《难民法》时，总能听到班里来自叙利亚、巴勒斯坦、苏丹的同学分享自己的成长经历，也能听到来自波兰的同学描述乌克兰难民的现状。读移民与归属课时，上研讨课，全班一共4个学生，占据一个大大的会议室。而且除了课上教学，教授还常常带我们去美术馆，从艺术的角度探究移民问题。

对我来说，阿联酋是读书的好地方。这里90%的人口都是外国居民，国民只占10%，随时随地都可以接触到人口迁移的实例。周末，我走访周边其他国家——巴林、阿曼、卡塔尔，和各行各业的人聊天；假期里，我花两三小时乘飞机到约旦，继续我的难民研究；课堂上听到在加勒比国家投资入籍的政策，我就跑去迪拜世博会，探访不同的展馆，探究最新的模式和价格。

2021 年 12 月，我为阿布扎比游泳世锦赛工作，偶然间遇到了难民代表队。此次该队参赛的唯一队员是来自叙利亚的阿拉。和他见面时，他身着刚刚结束不久的东京奥运会的服装。我和他进行了一场简单的对话，他向我讲述了自己的奥运故事与难民故事。其实这场世锦赛原本有两名难民队员参赛，他们二人从 2009 年就是朋友，成为难民后又一同在德国接受训练。然而可惜的是，因为新冠疫情，阿拉的队友和教练都没能来到阿布扎比。在东京奥运会上也一样，原本四五十人的奥运难民代表队，只有 29 人到场。

世锦赛结束后，来自四面八方的各国运动员回到自己的国家，静待下一次的征战。而难民还是难民，他们还是生活在异国他乡。我站在昔日的赛场旁，静静地思考。纵观过去三年，北大附中的通识教育是我成长的坚实基础；我对"非功利教育"的感触促使我随心而往；旅行经历让我看到了不同的人生，从而打开内心，不再死读书；难民研究让我懂得真正的快乐并不仅仅来源于自我，更源于将自己的支持给予其他的群体。这三年，我搭建了公益分享，做起了难民教育，我走出了自己的路，也选择了回归中东。我做到了，我学着自己喜欢的东西，我过着自己喜欢的人生。三年前，少年出故乡，睁眸悟世界，闭目观内心。

2022 年 5 月，我来到格鲁吉亚，再见到好友迪亚，一同聊着抱负与理想，开怀大笑。2022 年 6 月，我拜访加纳校区，开始在非洲做实地研究。2022 年 7 月，我背起背包，只身回到约旦，再一次与难民共事。

四方风起，路定书成。

附

作为梁斯乔的父母，我们是本书的第一位读者。读完此书，已泪流满面。这是心酸的泪、心痛的泪、欣慰的泪。

当读到孩子"我一个人孤零零地站在斯沃斯莫尔镇小小的火车站站台上，一边等火车，一边抱着刚从旁边的商店里买来的两包薯片，就着凉水大口大口地吃，这就是我的午饭。彼时的我似乎有点孤独。然而吃着吃着，我就哭了"的时候，当读到孩子"曾经在凌晨的机舱中狂呕不止；还曾经一日辗转三城，疲倦得吃什么都淡而无味"的时候，当读到孩子"看自己过去的三年，竟忙到没有一点闲暇。从初中开始，我的人生似乎就只有一个方向，就是考一所顶尖高中，再考上一所顶尖大学"的时候，当读到孩子"过去10年，我一直努力不懈地把自己变成一个升学主义的优秀产物，我一心追逐数字，追逐排名。为了耀眼的分数，我愿意付出一切"的时候，我们感到心酸，同时惊讶地发现，陪伴孩子成长了18年的我们，本以为对孩子早已熟悉，实际却依旧陌生。

当读到孩子只身一人在纽约"我毫无社会经验，第一次独自在国外生活，我一下子失了方寸，肚子也不饿了，碗里的面也吃不下了，抓起随身物品两步跑到前台结了账夺门而出。天已黑，人不多，我一路小跑。我是个技术盲，不懂手机定位的原理，只想着赶紧把手机卡拿出来扔掉。一边寻找附近有没有卖手机的店铺，一边通过了对方发来的微信好友的申请。加上的那个'新朋友'在微信里假装很无辜，问：'怎么把我删掉了？'我慌慌张张四处寻找，也没找到手机店，咬咬牙挂掉了拨过来的电话，删掉了微信好友，关了手机。然后我迅速跑到最近的地铁站，蹿上了开往曼哈顿上城的地铁"的时候，当读到"我抵达时天空已如墨染。之前听说纽黑文市不安全，也没在意，然而还没出站，我就发觉一切都似诡秘莫测。放眼望去，荒凉的郊外，一排开黑车的壮汉戳在站口，个个凶神恶煞"的时候，当读到"关上门之后，一转身，我忍不住打了一个哆嗦，歌也哼不出来了：眼前突然出现三个白人青年，他们拿着奇怪的饮品，围成三角形，向我走过来"的时候，我们感到心痛。当初，让16岁的他独自一人去国外游历，虽然培养了他独立生活的能力，挖掘和发展了他的天赋，锻炼了他不怕挫折、不畏艰辛、勇于挑战、积极乐观的优秀品质，但这种种经历，还是让我们后怕。在孩子的成长过程中，我们始终认为发现孩子是谁比成为谁更重要。

当读到孩子"我持续地反思、完善自己的连接之道，总结出旅行的意义终究在于连接，在于对世界无限的奉献和对他人坚持的关爱"的时候，当读到孩子在"高二、高三两年间，我常常连续两三周，每晚11点睡觉，凌晨4点30分起床工作。平均每周做15~20次与项目成员、项目导师、合作方面谈，有线上的，也有线下的。中午在食堂吃饭，能踏踏实实吃上10分钟，对我来说都是非常奢侈的事情"的时候，当读到孩子感触到"不再求功求利，只因已开始感受这种无比真实的，因改变和帮助他人而产生的幸福与美好。这种幸福无比纯粹、无比安心，远胜其他"的时候，我们很欣慰。在孩子成长的过程中，我们也始终鼓励孩子成为自己，支持孩子成为真正的自己。

如今，孩子心连广宇，情结四海，志在"利他"，不"追名逐利，最终竹篮打水"；不"埋头苦读，却不得变通"，而是要做对世界、对社会和身边他人的关爱和关注的新时代的中国青年，这令我们感到骄傲！

感谢这个时代，感谢这个世界，感谢学校和老师，让孩子终于成长为他想成为的那个人！

孩子的教育问题是众多家长的核心难题，也是当今社会最关注的问题。愿这本书，能够对中国的家长有所裨益，能够对中国的教育发展有所裨益。